浮沉劫之缠恋

花晓同 著

中国華僑出版社

图书在版编目（CIP）数据

浮沉劫之缠恋 / 花晓同著. —北京：中国华侨出版社，2015.10
ISBN 978-7-5113-5698-7

Ⅰ. ①浮… Ⅱ. ①花… Ⅲ. ①长篇小说－中国－当代 Ⅳ. ①I247.5

中国版本图书馆CIP数据核字(2015)第235825号

浮沉劫之缠恋

著　　者：花晓同
出 版 人：方　鸣
责任编辑：月　姝
装帧设计：肖　瑶
版式设计：刘碧微
经　　销：新华书店
开　　本：787mm×1092mm 1/32　印张：9　字数：260千字
印　　刷：北京京都六环印刷厂
版　　次：2015年11月第1版　2015年11月第1次印刷
书　　号：ISBN 978-7-5113-5698-7
定　　价：32.80元

中国华侨出版社 北京市朝阳区静安里26号通成达大厦3层 邮编：100028
法律顾问：陈鹰律师事务所
发 行 部：（010）82068999 传真：（010）82069000
网　　址：www.oveaschin.com
E-mail：oveaschin@sina.com

如发现图书质量问题，可联系调换。质量投诉电话：010-82069336

C o n t e n t s 目录

Chapter 1

委曲求全也换不来婚姻的安宁

我的婚姻早就是名存实亡，丈夫张南出轨已是闹得人尽皆知，离婚的事他已经找我谈了半年，我一直拒绝。我之所以不离婚，之前是因为我觉得不想改变目前的生活状态，反正我和他之间向来没有感情，连我们结婚也是听从家里的意愿。

而最近几个月，我不同意离婚却是因为我父亲的公司出了状况。他投资一个大型项目，向好多朋友借了大量的流动资金，最后项目没有正常经营下去而造成了资不抵债的事实亏损。出事之后，众多债主盯住了我和张南的婚姻，他们认为只要我不离婚，我家就还有偿还能力，也不至于那么着急地把我父亲怎么样。

可这样的情况张南怎么可能等得下去？尤其是现在，他的情人许安芷已经怀孕了，他更是迫切地想要结束和我的婚姻。然而，老天在这种时候也在帮我，我在收到张南起诉离婚传票的当天，发现自己怀孕了。张南对这样的结果怒不可遏，要求我去做掉孩子并和他离婚。

我怎么可能答应这样的要求？姑且不说孩子目前是我的保护屏障，就算离了婚才发现自己怀孕，我也不可能做那种事情的，这毕竟是一条生命啊！

之后张南就走了，我站在楼上的窗台前，眼睁睁地看着他扶着已经有些出怀的许安芷离开家里。相比之前他对我的怒骂，态度截然相反。

在畸形的婚姻中，丈夫带着情人回家名正言顺地逼我离婚，我却一点办法也没有。

在张南离开后的很长一段时间里，别墅便成了空宅，每天就我一个人。可能是一些风声终究还是传回了老家，最大的债主张叔把我爸请到他家里住了下来。目的不言而喻，想要我爸在破产的时候，尽量先把他的钱还上。

我爸被带走之后，我妈没有选择积极处理，而是去了寺庙剃度出家。她一生信佛，觉得这是佛祖对我们家的考验，应该去寺庙里吃斋念佛为我爸祈祷。

太多的变故让我变得越来越安静，好在我还有泡茶的爱好，很多时候在茶室一坐就是一整天。泡茶成了我排遣寂寞最好的东西，也只有在泡茶的时候我才觉得自己不是行尸走肉。

我以为日子就会这样安静地过下去，直到我生下这个孩子。可是，没想到张南和许安芷的手，已经开始伸向了我。

这天，我无聊地坐在沙发上，打开电视，一边听着声音一边整理着白天新买的茶具。

电视上正在放一档最近很火的魔术比赛节目，有个年轻的魔术师正在表演近景魔术“空手泡茶”，魔术师的手总是很神奇，众目睽睽之下，一壶白开水瞬间就变成了红茶，紧接着，魔术师谢幕，评委开始为其评分。我盯着电视，心里莫名地希望他能拿个高分。

屋外的门铃响了起来，我不情愿地起身去开门，鲜黄色的菊花映入眼帘，吓得我猛地关上门，门外的人刚好伸手来推门，我往后踉跄着摔倒在地上。

“您好，鲜花速递。”男人捧着鲜花站在我面前，顺势将我从地上拉起来，“请签收。”

我随便在纸上写下自己的名字："你快走，快走。"

男人奇怪地看了看我，转身离开。

我探出头瞥了一眼屋外，门外的场景还是让我的脑子炸开：门前的小花园里摆着一个纸扎的小人，小人的面前有两根蜡烛，蜡烛前面没燃尽的纸钱还在燃烧……

我的心彻底乱了，那种紧张得心脏都快要跳出来的感觉，几乎让我窒息。到底是谁送来的花并摆放了这些东西？这是想要做什么？

高度紧张的情绪影响到我，不管做什么都没有心情，心神不宁。而到凌晨，小腹却开始隐隐作痛起来，而且这种疼痛伴随着阵阵痉挛。我知道不好了，高度紧张的情绪，似乎已经影响到了我的孩子。于是，我更慌了，连忙拿过手机下意识地输入一串数字。

电话半天后接通，却传来叶一丁熟悉的男声："柯安？你找我？"

叶一丁是我的初恋，四年了，他的号码躺在我手机里从未拨过，而现在这种紧急情况下我竟然拨通了他的号码。恐惧让我不敢挂电话，而这种脆弱的时候，又似乎特别依恋有人照顾我的情形。我情急之下说："一丁，我生病了，快来尚枫别苑A区2座。"

"好，你等着我。"

我从没有想过，这通电话会彻底改变我未来生活的轨迹。如果预料到了以后，我也许会默默放下电话，或者告诉他我没事儿，不过是拨错了而已。

20分钟后，叶一丁推门便看到已经疼得缩到门边的我："怎么了你，灯也不开？"

"送我去医院。"

"好好，你别着急。"

叶一丁一路上以超快的车速行驶，在短时间内便到了附近的妇幼保健院。一番检查后，医生建议留院观察。我被安排住进了普通病房，6个人一间屋。叶一丁忙前忙后为我办理手续，而我妈的电话，也在这个时候打了过来。

从枕头下方取出手机接通，传来我妈慌乱的声音："安安，你爸出事了。"

我摇了摇头，想让自己精神一些："怎么了，妈？"

"你范叔叔说你爸昨天出门散步，到现在还没回家。你说你爸会不会被人……"

范叔叔是我爸最大的债主，这段时间被各个债主追债的时候，我爸一直在他家。说是避难，实则是他早知道了我爸资不抵债的情况，提前将我爸控制起来，好先收回自己的款项。

我吓得坐了起来，眼睛直溜溜地瞪着叶一丁，坚定地打断我妈："不会的，妈。"

"唉……"我妈幽怨地叹了口气，"菩萨保佑吧。晚上张南回家，你能不能和他说说让他去查下？不管是去了哪儿，总要让我们能联系到啊。"

我紧咬住双唇，轻轻地说："好的，妈，等张南回来我让他去查。"

我和张南的情况从未在她面前提过半句，一直到现在她都以为我过得很好，张南也是我们家出事后唯一的保护伞。之后和她聊，我都是含着泪瞎掰，什么张南刚带我去国外旅游回来我就怀孕了啊，什么张南最近在帮我查我爸的事啊之类的。听得我妈是一阵欣慰，隔着电话我仿佛都能看到她脸上欣慰的笑容。

我的幸福，恐怕是我爸出了事之后对她最大的安慰了吧？

结束和她的通话后，我没忍住，扯过被子捂住脸就哭了起来。

叶一丁拉住我的手，轻轻地拍了拍："你先躺会儿，我下楼买点吃的。"

我想，他是要给我空间，让我毫无顾忌地哭。

第二天早上，叶一丁下楼为我买早餐。凌晨被推送去手术室的孕妇，

也在这个时间结束手术被推回了病房，我坐起身想要看看她生的孩子，不料就听到她在大哭。

旁边的家属都在安慰她："禾禾，没事的，咱还年轻，还有机会。"

"不可能，我不相信！"这个叫禾禾的女人不知道是在哭还是在笑，自言自语地说，"呵呵，死了，死了就没机会了。"

我心想，怎么可能是死胎？昨天听到她们聊天，都已经足月了啊！心里忽然不安起来，于我而言，张南和许安芷要的不正是这样的结局吗？

护士照例查房，先是去禾禾那边安抚了一通，然后走到我病床前询问："柯安是吧？"

"是……"

"今天好些了吗？"护士还算和蔼，一边说一边摸了摸我的额头。

我笑着点点头。

她又问："家属呢？"

我问："下楼买早点去了。"

"今天还需要做个检查，不过在老楼。没事儿，我让护工推你去吧。"护士说完，身后走来两名护工，一前一后将我的床板挪到旁边的推车上。

昨天来检查时就了解到，这医院住院部在新楼，要拿药缴费或者检查，就需要到旁边那栋老楼去。我也没多想，只想尽快确认我无大碍，好好养胎。

不过护工把我推到楼下花园的时候，忽然抽出两条2米长的扎带，先后绑在我腰部和腿部的位置，然后用力一拽，扎带就越拽越紧。

我顿感不妙，刚要开口，嘴也被不干胶贴上，紧跟着两位壮汉过来替换了护工，迅速上前将我的床板抬起来，快步走到附近一辆商务车前，把我扔到车上关了门。我听到他们在车外小声地说着什么，言语之间偶尔能听到许安芷的名字。我在车里拳打脚踢地想要挣脱，哪知扎带是越挣扎它就越紧，最后我只好无奈放弃。

可是车驶离医院不久，突然一个急刹停了下来，就听到前面的人探出头骂："会不会开车啊你？"骂完想重新发动车，却怎么也打不燃火。

开车的男人一生气，打开车门下去了。

紧跟着听到警笛的声音，坐在副驾驶的人连忙下车为我解开扎带："走，快走。"

我还没反应过来，就被他推出了围观的人群，不敢再细看发生了什么事。现在这种情况医院定是不能回了，我只好拦了一辆出租车，匆忙地往家里赶。

回到家用座机拨通叶一丁的电话，意外的是关机了。

我被吓得不敢出门，肚子也已经完全不痛了，索性就反锁了家里所有的门窗，回到卧室也同时把卧室的门反锁。也想过报警，但我知道这事百分之百是许安芷做的，我都听到她的名字了，报警的话也不一定能保全现在的我。

这种煎熬，像是在等死一般。从早上待到下午，我完全没了主意，一遍遍地拨打叶一丁的电话，却一直是关机。

傍晚，楼下敲门声响个不停。

我以为是叶一丁来找我，起身裹上睡衣下楼打开门，门外站的却是两个陌生女人。

我机警地关门，她们俩同时伸手挡住门并开口："柯安，等等。"

我已经被吓得魂不守舍了，呆滞地问："你们找我？"

其中穿黑衣服的女人点了点头："我们是张南的朋友，找你有事。"

"有什么事就在这儿说吧。"我依然没有放松警惕。

另外一位穿白色貂皮的女人接过话，没有绕弯子地说："我叫雷希，是张南的女朋友，听说他要和许安芷结婚了，我不愿意他们结婚，如果你不介意的话，我们谈谈合作。"说完不等我回话，轻轻伸手拉住我，"外

面冷，咱们要谈的还多，进屋说吧。”

眼前的两个女人礼貌又自信，看起来并不像坏人，我站在她们面前，完全无法拒绝。不知不觉中，我已经被雷希挽手拉着走进了客厅，坐在了沙发上。

黑衣女见到茶几上的茶具，笑着问：“你喜欢泡茶啊？我叫欧阳兰兰，我也很喜欢茶艺，要不你们聊着，我帮你们泡茶？”说完便把一旁的水倒入茶壶，准备烧水泡茶。

这一切，亲切而自然，让我毫无防备。

黑衣女在那边泡茶，雷希就像老朋友一般拉着我的手：“你别怕，我们都是同病相怜的女人。如果张南娶许安芷，那我们都是被他抛弃的对象。所以我想，如果你能阻止张南娶许安芷，我可以保证以后不破坏你的家庭。”

我就想不明白，这个我日思夜梦都想要逃离的男人，到底有什么值得她们争抢的？只是现在我没了撤离的资本和后退的路，低头小声地说：“不用你说，我现在不能离婚。”

“可是，我刚进门时看到屋外……”雷希话说一半，朝外面努努嘴。

“那是许安芷干的。”我不敢看。

“我知道，所以才来找你。你现在还是张南的妻子，好多事情做起来比我要方便，但如果你一个人对抗他们的话，我想他们俩或许会为了离婚对你肚子里的孩子……”雷希停顿下来观察了一下我的表情，继续说，“如果你听我的，我能保证你肚子里的孩子的安全。”

雷希保留了半句，把我惊得不行。上午的事情，虽然可能是巧合也可能是偶然，但足以说明一切问题。如果靠我自己，真的能顺利保住孩子？

于是，我有些动摇了，问：“怎么对付？”

雷希脸上露出让人捉摸不透的表情：“你怀孕的事儿张南他妈知道了吗？”

我模棱两可地说：“我不清楚。”

“哈哈……我这儿有份检查报告，你交到你婆婆手里。”雷希笑着从包里将事先准备好的检查报告拿出递到我手里，上面写着开始妊娠20周，另外在表的右下角，用圆珠笔写着一个小小的“男”字。

我问：“这……干什么用的？”

“交给张南他妈。”雷希胸有成竹地说，“现在只有他妈那儿才是你最安全的地方。”

虽然我不知道雷希到底安的什么心，但凭她想办法帮我保住孩子这点，我的天平已经偏向了她。对已经漂在大海中央很久的我来说，只要能抓住的，都能充当我临时的浮萍。

雷希安排好了一切，甚至连我回去之后可能面对的婆婆的质疑，她也联系好了张家的私人医生，能证明我怀的就是男孩。

两小时后，她们开车把我和行李带到了婆婆所在的别墅区。

结婚以来，我回这个家的次数十个手指就能数过来，一开始婆婆对我还是好的，可自从我第二年还没有怀孕开始，婆婆面对我的脸色也就越来越难看了。

进屋后，我把检查单递给她，小声地说：“妈，我怀孕了。”

这种感觉，像极了古代被打入冷宫的皇后，母凭子贵想要求得皇太后的依靠。

奇怪的是现在面对我怀孕的消息，她没有太多的惊喜，只是看了一眼检查单，叮嘱刘妈把医生叫过来复查一遍。很显然，婆婆是不相信我手上这张检查单的。

医生是雷希叮嘱过的，到家里检查之后，说出来的话和检查单上自然一模一样。

因为婆婆相信医生的话，也相信我怀的是个男孩，重男轻女的她终于应允我留下来住在这儿，让我住在刘妈隔壁的房间，这样半夜要是有什么情况，刘妈好照顾我。

我想我暂时应该算是安全了。

哪知，我刚把行李搬进卧室，就听到外面竟然传来许安芷嬉笑的声音："亲爱的，我还是喜欢……"话没说完，估计是看到我，立刻大声嚷嚷起来："你怎么在这儿？"

"你先上楼。"张南明显也没想到我会搬过来，安抚完她走到我身后，抓住我的手问："好好的你怎么来这儿住？你到底想要做什么？"

我吸了口气，异常冷静："我怀孕了需要人照顾。"说完，转身关上了卧室门。我知道这样的自己很讨嫌，让任何一个心已不在自己身上的男人都觉得可恶。

张南在外面拍门："开门，柯安你把门打开。"

我懒得理他，嫁给他以来我唯一习惯的是，在面对别人的怒骂时保持沉默。但我的心里开始不平静起来，站在窗边看着外面小区的风景。

窗户正好对着另外一栋别墅，门前一个抱着滑板的男孩，穿一件鹅黄色的紧身休闲服，下身是一条浅绿色的九分裤，露出脚踝，显出他另类的帅气。他好像正在和家人吵架，闹着要往外走，后面跟着一个女人把他死死地拽住："小单，你爸说让你今天在家等他回来。"

他往前冲了几步，女人死死拽住他的样子惹烦了他，转身大吼："你走不走开？"

女人还是不松手："小单你别这样，等你爸爸回来再走好吗？"

小单狠心把衣服脱掉："拿去。"然后裸着上身，踩上面前的电动滑板扬长而去。

还站在原地的女人显然是他妈妈，但他却宁愿不要衣服也要坚持自己的选择，浑身上下都透露出叛逆和桀骜不驯。那是让从小就乖巧懂事的我非常羡慕的一种状态，如果当年我能像他一样，能稍微反抗一下父母的安排，不那么顺从他们的意见，现在是不是又会不一样？

和许安芷在这个家的第一次正面交锋，并没有发生任何冲突。张南在外面拍了几下门我不开，也就悻悻离开了。

如雷希所说，有了婆婆对孙子的刻意保护和她在家里的威信，我和许安芷还有张南之间的关系，倒是因为同在这个屋檐下，出人意料地再没有任何摩擦。婆婆每天早出晚归，公公偶尔回家一趟，张南和许安芷大多睡到中午起床离开、半夜回来，大多数时候家里就我和保姆。这一切，平静得让我不敢相信是真的。

这天，我正坐在后花园晒太阳，许安芷和张南意外地早早回来，拎了一大袋子在超市买的食物。张南把食物放在桌上，冲我喊道："刘妈不舒服去了医院，中午爸爸和大姐要回来吃饭，你做饭吧。"

张南说完放下东西就坐上沙发开电视，许安芷乐滋滋地跟过去贴在他身边。我也没计较他俩在我面前的态度，把桌上的袋子拎去了厨房，开始准备午饭。

刘妈从医院回来时看我在厨房里忙碌，忙把我换了出去。我回了卧室，对着窗外面发呆，一直到中午大姐张欣敲门叫我吃饭。

我打开门，勉强地挤出笑容："大姐。"

大姐溜了进来，小声地问："柯安，听说你爸出事了？"

我面部轻轻抽搐了下，很快恢复平静："嗯，他住院了。"

"不是这个。"张欣神秘地说。

我一愣，略带紧张地装傻："大姐，那是什么事儿啊？"

"你该不会真的不知道吧？听说你爸的企业……"

我还是尽可能装作不知情的样子："我爸的企业怎么了？"

张欣抬头看了我一眼，一副"你确定不知道？"的神情："你爸除欠银行大量贷款，还有不少民间借贷。这些，你不会都不知道吧？"

我觉得脑子"嗡"的一声，不知道这件事还能对张家的人瞒多久，也

不敢想，他们如果知道了，还会不会让我留在这个家里？

好在张欣并没有在吃饭的时候多嘴，只是一家人正常地闲聊。饭后许安芷被张南扶上楼午休，其他人围坐在花园里玩麻将。而我，更像是个多余的人，便独自回卧室泡茶。茶叶在沸水的冲泡下翻滚，借着窗外洒落的阳光，所有的不快也能暂时消散，倒也显得悠然自得。

只是在张家，注定只能得到片刻的安宁。

一壶茶还没泡好，张南就在外面大喊："刘妈——刘妈，你快通知莫医生，安芷肚子疼。"

继而就听到婆婆的声音："呀，是不是快要生了？"

家里要添小生命，外面花园里的人也沸腾了，连一向对许安芷没好脸色的大姐也尖叫："啊？要生了？不是还没有到预产期吗？"

婆婆更是没有了平时的淡定："说不定早产呢。哎，刘妈你到底打了电话没有啊？"

不过这一切都与我无关。我只在想，许安芷生了，那是不是又多了一个要挟张南的证据？例如孩子可以做亲子鉴定，如果以后再闹上法庭，这可否作为他重婚的证据？

很快，张南开车带着许安芷去了医院，自然而然，全家人除了我之外，都跟着去守护新生命的降生，家里又剩下了我自己。我很习惯这种安静，继续泡茶品茶，准备睡个午觉或是站在窗边发呆。

对面的石小单又和家里吵架了，这次吵架的原因好像是他要出国去参加一场魔术比赛，而他家里人极力反对，想要他把心思收回来专攻学业。最后石小单摔门而去，剩下年长的男人看着他的背影摇头，他身边的年轻女人在安慰他。

一直到晚上张南都没有回来，吃过晚饭我早早地就睡下了。睡到半夜，房间门被猛地踢开，我被惊醒，然后灯也亮了，张南怒气冲冲地站在我床前，吓得我往后一缩。还没等我反应过来，他就冲上前抓着我的头发用力往地上拽：“柯安，你故意的是不是？”

他的脸离我很近，那双血红的眼睛格外吓人。

我挣扎着蹲在地上，完全搞不清楚状况。

张南又用力把我往上一提：“我问你话你听到没有？”

响声惊醒了隔壁的刘妈，她上楼叫醒公婆，在公公的制止下张南才松开了我。但即使是这样，张南瞪着我的眼神也像是要把我吞掉。张南在公公的推搡下出了门，门外的刘妈这才进来把我扶出去。

我揉了揉刚才被张南抓过的头皮，头发扯得有些疼。原以为许安芷生孩子是喜事，现在却大半夜莫名其妙地挨了一顿打，着实让我很委屈。

趁着公公和婆婆都在，我压低声音问：“爸，妈，到底出什么事儿了？”

公公点了支烟，没做回应。

婆婆招呼刘妈倒了杯水，不留余地地指责我：“柯安，妈也知道张南今天的做法欠妥，但你有想过你的问题吗？”

张南狠狠地说：“你少装，安芷有可能会早产你知道吗？你往粥里面加什么薏仁和蟹肉？粥为什么你不喝？你是知道孕妇不能喝，还是知道里面加了东西？你敢说不是故意的？”

张南连环炮似的向我开火，但我一句也没能听明白，因为我明明熬的是白米粥，而我不爱喝粥，自然不会想要喝的。为什么他又说里面加了薏仁和蟹肉？这是个正常人都知道的常识，孕妇不能吃这些东西，许安芷怎么可能不知道？她怎么又会吃那么多？只是现在的我百口莫辩，我没有想到，她为了加害我，会狠到拿孩子做筹码。

在场的人没人相信我，但我还是坚持反驳，最后是公公发话让我回屋睡觉，我才躲过了张南的一顿毒打，反锁了卧室门到第二天也不敢开门。

第二天我听他们聊天提到，许安芷已经剖腹产下了一名男婴，因为还没有足月，正在育婴箱观察。这件事最终因为新生命的诞生画上了句号，暂时没有人再来过问我到底有没有害许安芷，是不是故意在粥里加了东西要加害许安芷。

一周后许安芷出院，带着未足月生下来的孩子，婆婆给他取了小名叫多多。从他们回来之后，家里所有的目光都在孩子那儿，没人注意到还有我的存在。

我也乐得清闲，除了吃饭上厕所，都躲在房间里不出门。睡得累了就起床泡茶，或是站在窗边看外面的某处发呆，偶尔也会看到石小单，但每次见他不是和中年男人吵就是和女人吵。奇怪的是，见到他吵架我就特过瘾，觉得能反抗别人的人都特有性格。

多多是张家出生的第一个孩子，满月当天，自然是来了不少的亲朋祝贺。在大家都为添人进口高兴的时候，只有我是尴尬得不好意思出门的，而在许安芷的事情出了之后，婆婆对我的态度比之前更冷淡了。在我谎称不舒服不想吃饭的时候，也没有人来关心我半句。

只有在下午的时候，大姐张欣敲开了我的门，为我端了点儿吃的进来。我感激地看着她和送来的食物，不料她直接开口问："柯安，你爸的事情你打算要瞒到什么时候？"

我愣了下："大姐，我……"

"我能理解，可是瞒着总不是解决问题的办法吧？而且现在许安芷已经生了，你和张南的事，到底打算怎么办？唉……"张欣叹了口气，"其实站在我的角度，是觉得张南和我妈这样的做法不对。但是你也知道，妈想要孙子，上了年纪的人思维固执，总是劝不动的。"

我忍住不让自己哭出来："大姐，不瞒您说，如果不是我爸出这件事儿，我是想离婚的。"

"你在担心什么？"张欣用手擦去我脸上的泪痕，"放心，姐不会乱讲话的。"

张欣和我向来都要亲近几分，在我和张南的事情上，也一直都会指责张南做得不对。所以面对她，我有点儿朋友的感觉，索性就告诉了她：“大姐，你也知道我爸在外面还有很多债主，我在想一旦我和张南离婚，恐怕那些债主……”

我话还没说完，卧室门就被推开，许安芷端着水果盘冲了进来：“难怪你不离婚，原来你还想着这一出呢！”

“小许你出去，这儿轮不到你说话。”张欣打断许安芷。

我的心咯噔一下，这可是隐藏在心里的小秘密，现在许安芷知道了，那不等于张家所有人都知道？那我打的如意算盘，还能坚持到什么时候？

我在惴惴不安中熬到晚上吃过晚饭，所幸并没有人提及这件事。晚饭后张欣回了她家，公公也因为应酬出了门，许安芷和张南带着孩子上了楼，客厅里就剩下婆婆在看电视。我悻悻地准备回卧室，不料被婆婆轻声叫住：“柯安，你给妈说句实话吧，你爸现在到底有多少债务？”

该来的，终于还是来了，我站在原地，进退不安。

“说吧，就算你不说，妈也能问到的。”婆婆追问道。

话音刚落，张南从楼上急匆匆地下楼冲到婆婆面前：“妈，你说什么？你再说一遍。”

紧跟着许安芷抱着孩子从楼上下来，在一旁煽风点火地说：“你没听明白啊？柯安家里欠债了，她这是故意怀孕不想和你离婚呢。况且你也不想想，前些日子你都住在这边，哪儿有机会给她怀孕啊？肚子里的孩子是不是你的有谁知道啊？”

“小许你闭嘴。”婆婆转头呵斥了一声。

许安芷嘴里念叨了两句，果然就不再说话了。

张南的眼睛里再次布满血丝，像极了许安芷生产那天，他半夜回家的眼神。我顿感不妙，条件反射地想要回卧室关上门，但动作较张南还是慢了一拍，他已经冲了过来把我往屋外推，一步步把我抵到窗户边上，瞪大眼睛盯着我：“柯安，是不是那样？”

婆婆紧跟过来想要拉开张南："南南你放开柯安，她还怀着孩子呢。"

张南忽然就松开我大声吼道："妈，你现在有了一个孙子还不够吗？"

婆婆似乎也有怒火，坚决地说："不够！"

张南推开婆婆转身从许安芷手里接过多多，站在我的面前把张多多举过头顶，指了指我说："妈，告诉我你到底要哪个孙子？"他今天喝了不少酒，现在的状态明显是酒劲发作的样子，像是完全失去了理智。

孩子猛然受到惊吓，大声地哭了起来，我内心深处的母爱开始泛滥，起身试图从张南手上抢下孩子："张南，你想要做什么啊？他是你的儿子！"

婆婆看到此情此景，也没了和张南对峙的气势："你先把孩子放下行吗？"

"妈，我的婚姻向来都是听你的安排，现在你能不能听我一次？"张南依然没有要把孩子放下来的意思，"这个女人从一开始就是讹我们家的你不知道吗？到现在还想要继续讹下去，被利用了这么多年，你还不愿意醒悟，是吗？"

他说完，像是发泄似的用力踹我一脚，好在这一脚只是踹到我小腿上。被疼痛一惊我明白过来，张南这是要逼我拿掉孩子啊！

僵持了很久，张南说着说着开始哭起来，哭诉这些年他和我在一起的日子，简直像是生活在地狱。要不是因为当年的冲动和婆婆的安排，他是不可能来买我这个单的。他固执地认为，我从一开始就是在讹他，想嫁到他们家来，现在我爸债台高筑的事实，更加坚定了他这样的想法。所以他只想和我离婚，不管付出什么代价，都要离。

婆婆最终还是妥协了："妈答应你，你和柯安的事我不再管，你们自己处理。但是你先把孩子放下来好吗？"

张南得到婆婆的应允，对我说："听到了吗？你还不快去医院把孩子处理掉！"

兜兜转转，事情最终还是回到了最初，打掉孩子，张南才好向法院起诉离婚。我已经顾不上离婚之后将要面对什么，作为母亲，我的本能反应是护住孩子。于是，我站到张南面前说："离婚可以，但我要生下孩子！"

张南终于把孩子丢到婆婆手里，转身拉着我的手就往外走："那好，现在就签协议！"

折腾到半夜离婚协议总算是签好，我长舒了口气，这下是由不得我纠结了。

但我又陷入了新的矛盾，离婚后，从未过多接触社会的我该去哪儿？会不会离开张家就被那些债主追杀？我该怎么做才可以保全自己好好地生活下去？

冷静地想了好久，如果真的离开了张家，我应该先找个地方安顿下来。我没有勇气去一个完全不熟悉的地方，老家宁川定然也是不能回的。我忽然想到叶一丁老家在滨海，如果叶一丁能帮我安排一下离婚后的生活，至少我心里会有重新开始的勇气吧？我犹豫了很久还是拨通了他的电话，没有说我要离婚，只是简单地说过段时间想去滨海工作生活。

叶一丁利落地答应了我，让我等消息，他会尽快安排。

第二天一早，张南就敲门叫醒了我，让我带着昨天晚上签下的协议，带好证件出门。眼看就要跨出张家的大门，张南和匆忙进门的刘妈撞个满怀，刘妈连声说着对不起。

张南完全不理刘妈的道歉，拉着我往车库走去。

刘妈在身后轻轻拉住他："少爷，这是您的快递。"

张南不耐烦地说："等我回来再说。"

刘妈碎步追了上来："是纽约寄过来的。"

张南松开我的手停住了脚步，从刘妈手里接过快递慌乱地拆开，从快递袋子里取出一张小卡片，盯着上面，整个人完全僵住了。半晌他才问刘妈："这是什么时候寄到的？"

"就刚刚啊。"刘妈说。

然后张南忽然转身折回屋内，我完全搞不明白状况，也只好跟着往回走。客厅里的许安芷一脸失望，婆婆长舒了口气。

张南进屋后径直上了楼，没有理会任何人。我以为张南临时有什么急事，却不想，到晚上甚至接连好几天，他就像是生了一场大病似的，再也没有下过楼。

Chapter 2

陷入绝境

生活又归于平静，每天散步泡茶站在窗前发呆，成为我生活的全部。至于张南到底发生了什么，他什么时候会来找我去民政局，我不愿意去多想。该来的，始终会来。

倒是张南的没有动静，惹怒了一直等着我们离婚想要正名的许安芷。

又是一个我在外面散步的夜晚，许安芷跟随而来，在出了小区大门后就靠近我，毫不客气地拉着我往人少的地方走。一边拉一边小声地骂道："不是说离婚吗？怎么又不离了？"

这场景甚是可笑，可我不想在外面和她起争执，要是被别人知道，谁脸上都不好看。我担心被她拉倒，就顺着她挣扎着往前走："你放开我。"

"柯安，张南到底怎么回事？你们离婚的事儿说得好好的，怎么会忽然他就成了现在这副模样？"许安芷不停地追问我。

我冷笑了两声："我不知道。"

"你怎么可能会不知道？你是不是用了什么方法威胁他？"许安芷抓住我的双手不停地摇晃着，情绪也变得不安起来，"柯安，威胁不是你最擅长的吗？当年要不是你威胁张家，张南又怎么可能娶你！快说，你威胁他什么了？”

她和张南这几年来，都是这样想我的，我说再多也是没用。所以我摇摇头，完全不愿意搭理她。

在许安芷不停地摇晃中，我感觉脚步已经开始不稳，挣扎着要她放开我。可我越是挣扎，她就越是用力地妄图把我往旁边的水池里推。

就在我快要掉到水池里的时候，只听许安芷尖叫了一声，我被另外一个人一把抓住。定睛一看，石小单不知从哪儿冒出来，捏住许安芷的手：“放开她！”

许安芷很自然地将我松开，嘴上还不饶人：“哟，这不是隔壁的嘛。不错嘛柯安，没想到你天天待在卧室，是和这家人眉来眼去啊！”

“滚。”石小单捏着她的手往前一送，她就顺势倒在了地上。

自认不吃眼前亏的许安芷起身拍拍灰尘，往家的方向跑去。

石小单这才来拉我：“你没事儿吧？”

平时站在窗边，总是能看到石小单在和家里人争吵。而现在，我终于凑近看清楚了他那张脸，完全是一幅动人的画。青涩的脸上故作出成熟，让人一眼识破却依然摆出大男人的姿态。我莫名地心跳加快，整个脸颊和耳根火辣辣的，喉咙被这样的灼热感卡得说不出话来，连“谢谢”也没来得及说就挣脱他的手，慌乱地跑回家里。

从未想过，小鹿乱撞的心理，在临近三十岁、结婚四年后才第一次拥有。

晚上叶一丁打来电话，告诉我滨海那边的房子已经租好，随口问我什么时候搬过去。张南老不下楼再提离婚，对于什么时候去我也说不好，于是就告诉他我去的时候再联系他。

睡到半夜，感觉床边站着个人影，迷糊中看着脸竟然是石小单。我被吓得睁开眼睛，发现却是张南坐在我床边，手还摸着我的额头。

面对自己的丈夫，我却像是见了鬼，差点尖声大喊出来，不自觉地坐起来往旁边移动："你要干什么？"

"别害怕。"此刻的张南真的不大正常，就是不停地磨蹭我的脸和额头，半晌他竟然脱了鞋钻进我的被窝，搂着我说，"柯安，我们和好吧？"

这种情况让我感觉见了鬼，吓得闭上眼睛，全身抖得更厉害了。可他就这样静静地搂着我，没过多久就轻声地打起了呼噜。我手脚僵硬地躺在他怀里，不敢动弹也不敢闭眼，就睁着眼睛直到天亮。

天亮后不久，就听到外面有了动静，估计不到8点婆婆和刘妈就相继出了门。她们离开后没多久卧室的门被踹开，许安芷盯着我们："你怎么会睡在这儿？"

张南不紧不慢地穿上鞋，搂着许安芷的肩膀往门外推，没有一句解释的话。

许安芷扭动着身体想要挣脱："放开我，你忘了你怎么答应过我的吗？是不是生完孩子我在你眼里就不再重要了？"

"出去。"张南始终没舍得用力推，不过语气也尽是冷淡。

"凭什么出去？"许安芷气得红了眼，趁机蹲下身从张南的胳肢窝钻了进来，溜到我床边撕扯我的被子，"贱人你起来，别老这副楚楚可怜的样子，装给谁看？别以为你就有多高贵，要是没了孩子你比我可怜一百倍！"

张南转身捏着许安芷的手，终于用力地把她往外一拉，出了门。到客厅还听到许安芷在不停地骂，骂完又开始大声地哭。

我始终躲在床上，静等这场闹剧过去……

下午刘妈和婆婆回来，看着婆婆满脸春风的样子，这些天张南的循规蹈矩倒是让她心情好了不少，一进家门就让刘妈伺候我喝汤，还提醒刘妈我每天的营养都要跟上。

也许是许安芷意识到了危机，婆婆回来后不久，她就抱着张多多笑眯眯地下了楼，在婆婆面前百般讨好。张南紧随其后下了楼，破天荒地选择坐在了我旁边。

然后客厅里就出现了从未有过的和谐一幕。

可我心里很是惶恐，这样表面的和谐背后到底暗藏了什么？

刚出生的孩子饿得快，公公不在家，许安芷喂奶倒也没有顾忌，掀开衣服就开始转换到哺乳角色。她的奶水充足，孩子这边吸吮，另外一边就止不住地往外流。

刘妈一看连忙上楼拿了毛巾下来，而张多多吃完一边后就开始大哭。刘妈接了过去，说了声“该换尿不湿了”，然后抱着孩子上了楼。

许安芷奶正胀着，难受得咬紧了牙关，可怜巴巴地看着婆婆寻求帮助。婆婆随即吩咐我：“柯安，你上楼拿下吸奶器吧？”

我也没多想就上楼帮她拿了吸奶器和奶瓶，又辅助她将多余的奶挤了出来放进保鲜盒。婆婆见状欣慰地点点头，好像很享受家里这样的和谐。

我根本没想过许安芷不放过一丝害我的机会，也没想过她会利用自己的孩子下手。

半夜我正睡得迷糊，外面传来孩子大声的哭闹声。孩子撕心裂肺的哭声让我心疼，便起身推开门，只见刘妈把孩子抱在怀里溜达。

刘妈见到我有些抱歉地小声说：“吵到您了吧？”

我伸手摸了下孩子的脸：“怎么回事儿啊？白天不还好好的吗？”

“不知道啊，刚才莫名其妙就哭了起来，喂奶也不喝。”刘妈满脸都是焦急。

楼上的婆婆和许安芷闻声相继下楼走了过来，许安芷一把推开刘妈，把孩子抱进自己怀里，眼里闪着泪光：“妈，咱送医院吧。”

孩子还在继续啼哭，家里已经乱成一锅粥，婆婆尖声叫醒了张南和公公，全家出动一起开车把孩子往医院送。一阵忙乱，家里就又剩下了我一个人。

第二天早上家里人都还在医院没回来，我自己吃完早餐，把茶具端到了前花园，趁着早上的空气好，想泡杯茶消遣一下时光。静下心，指尖和茶具交会，拍打出美妙的节奏，茶叶在沸水的冲击下翩翩起舞，所有的一切都是那么舒心。尤其是在清晨的阳光下，紫砂茶杯里浅黄色的液体裹上一点点阳光，耀眼得让人能忘掉所有不快。

"给我尝尝。"忽然，石小单冲了进来毫不客气地从我手上端走茶杯。

他把茶水一饮而尽之后将茶杯放在桌上："嗯，不错不错，这味道有点儿大师的风范。"

第二次和石小单近距离接触，一抹粉红以很快的速度从我的脸上蔓延至耳根子，刚才还悠然自得的手马上拘谨得不知道往哪儿放，尴尬之中竟然主动端起另外一杯递给了石小单。

石小单喝完茶，索性坐在我面前："嗨，你看过我表演的魔术吗？"

我只觉得脸上的温度像升到了50℃不止，烫得我忍不住拿手去捂住。面对石小单的问题我又不知道该怎么回答，到底我是看过呢，还是没看过呢？

"要不，我为你变个魔术吧？"石小单还在找话和我说。

我连头也不敢抬，更别说多看他一眼和他对话了。

"来，把茶壶借我用一下。"石小单不客气地取过茶壶，倒掉里面的水和茶叶，"说说，你是想要红茶还是绿茶？或者……白茶也行。"

这是在家门口，石小单毕竟是异性，我收回他手中的茶具，起身端着茶盘进屋。这次，我终于鼓起勇气小声地说了句："上次的事儿，谢谢你啊！"

"哎，我魔术还没变呢。"

随着石小单在身后说话的声音，我砰的一声将门关得很响。

我进屋后不久，婆婆和其他人带着孩子从医院返回。我终于没了刚才的紧张，为孩子悬着的心算是落了下去，但还是有些担心地问："妈，孩子没事了吗？”

婆婆微微侧了下身，没理我。

这种条件反射的躲避还是让我心生疑惑：难道这次孩子的事，与我还有关系？

许安芷从婆婆手里抱过孩子，说：“妈，我先带多多睡觉。”

“我和你一起。”婆婆说完也跟着上了楼。

刘妈回来便忙着去厨房准备午餐，客厅就剩下我和张南两个人。只见他双手撑着头，深埋在双腿之间，痛苦地挠着头发。两分钟后张南忽然起身上前抓住我：“柯安，我们回家住吧。”

我问：“为什么？”

张南冷冷地说：“你不再适合待在这儿了……”

“为什么？”我已经开始有不好的预感了。

“你为什么一次次地不放过孩子？为什么我都说我们和好了，你还不放过？”

什么叫我不肯放过？我明明就答应了离婚好不好？于是我质问道：“我不放过谁了？你要离婚我现在也可以陪你去啊！”

“你……”张南指着我，眼神里喷出的怒火恨不得把我燃掉。我看到他纠结的表情，像是在隐忍着什么，过了好久，他才咬住牙关深呼吸了一下，换了种语气说：“柯安，我说过我暂时不和你离婚了，但多多也是我的骨肉，你也知道我和许安芷之间是有感情的，对吧？就让他们住在这儿，你跟我回去住，这样你们互不影响，难道不好吗？为什么要天天见面看到彼此心烦呢？柯安，算我求你了，跟我回去吧。”

张南很少这样和我说话，说得真挚无比，我似乎明白了什么，许安芷又用孩子作为筹码在对付我了。我叹了口气：“什么时候走？”

“我睡会儿，吃过晚饭就走。”张南疲倦地说完，就上了楼。

卧室里的手机响起，我拿出一看，是雷希发来的短信：下午3点在小区门外休息亭见。

不得不承认，雷希为我提供的检查单，让我的孩子这两个月是相对安全的，虽然许安芷两次用孩子加害于我，但我不敢想如果不是在婆婆的眼皮下，许安芷还会用什么赤裸裸的方式来害我和孩子。所以对雷希，我心存感激。

午饭后，家里所有的人都开始补觉，2点50分，我趁机独自出了门，奇怪的是拨打雷希的电话却无人接听，我在门外休息亭一直等到3点10分她也没出现，而手机也一直是没人接听。

又等了半个小时，雷希还是没有出现，我只好起身准备回屋，等她再联系我。

迎面驶来一辆黑色的速腾，行驶到我身后忽然急刹车，传来吱的一声，然后倒车回来停在我面前，驾驶员一侧的窗户落了下来，叶一丁探着头问："柯安，你怎么在这儿？"

在这儿遇见叶一丁也是很意外的，他作为外地来A市打工的工薪阶层，进出别墅区的机会自然不会太多。我惊喜地和他打招呼，如实说："我婆婆住在这儿。"

"哦。"叶一丁的脸上闪过一丝落差带来的伤感，"滨海的房子我已经为你安排好了，你什么时候过去？"

我的手局促地放在前面，张南的反复无常让我没什么底气："很快吧。"

"怎么忽然想起去滨海呢？"叶一丁下车绕到我这边，为我打开车门看了看四周，有些顾虑地说，"你没什么事情吧？要不上车聊会儿？"

我跟着上了车坐在副驾驶，心不在焉地说："找房子和上次住院的事，谢谢你啊。"

叶一丁笑了笑："跟我还说谢？"

他微笑的样子如同亲人一般，让我独自飘荡了几个月的心像是瞬间找到了依靠，莫名地鼻子一酸。心里隐隐作痛地想，要不是命运弄人，我和叶一丁携手走到现在，会不会过着平淡安稳的日子？会不会没有和张南这样如炼狱般的生活？

依稀记得四年前发生的点点滴滴，我和叶一丁在准备婚礼的前期，却因为和我爸参加一个聚会遇见了张南。那绝对是如噩梦的一个晚上，不胜酒力的我喝完一杯红酒后有点头晕，就去了一间空包间休息，不料喝得酩酊大醉的张南闯了进来。

我还记得事后我妈妈拉着我在房间里说的那些话，她说："安安，妈是知道你受了委屈想要去讨个公道。可是你知道吗？这个聚会是你爸爸事业转型的关键，你知道他为了这一天准备多久了吗？如果这件事闹大了，我们家就会得罪张家，张家的势力你是知道的，得罪了他们我们以后在业内还怎么混？再说，那天的情况谁也说不清楚了，他要说是你情我愿你又怎么去证明？即使法律判了他有罪，这件事闹得满城风雨之后你还怎么嫁人？不如忍下来，爸妈尽快为你和小叶举办婚礼如何？"

这番话我想了一个月，最终我发现自己怀孕了，我想我是做不到怀着别人的孩子嫁给叶一丁的。还记得分手那天，当我说出我爱上了别人时，叶一丁那失望的眼神，但他没有看到我转身离开时满脸的泪水。

怀孕的事没有瞒过我爸妈，消息也很快传到了张家，婆婆知道事情的前因后果之后，又了解了我家的情况，果断地带着张南来我家提亲。这件事，最终以我和张南结婚而两家人皆大欢喜告终。张家不怕我去告他们了，我爸妈也不用担心我名声损坏嫁不出去了。

过去的点点滴滴在这一刻全部涌了出来，尤其是听到叶一丁的关心，我更是忍不住地想哭。

"你怎么了？别哭啊……"叶一丁见我流泪，递过纸巾把我揽进怀里，拍着我的后背不停地说，"你过得不好是吗？都怪我，对不起啊。上次我买完早点回医院，护士说你老公为你办理了转院，所以我就没有再打扰你。是他对你不好是不是？别哭了好吗？”

他的体温更是让我止不住泪流，继而从默默地抽泣，到轻轻地发出哭声。我想只有这个男人，才能让我卸下防备卸下伪装，在他怀里肆意地哭泣……

叶一丁懂我，他手足无措地安慰了我几句之后，便不再说话。他给我一个温暖的怀抱和宽阔的肩膀，揽我入怀随我哭，时不时地拍打我的背部，或者轻轻擦掉滴落的眼泪。

久违的这一刻，我只想放声痛哭，把四年来所有的孤独和委屈，都在这个曾经深爱过的男人怀里释放出来。时间静止、倒退，我像是回到了我们没有分开的时候，温暖、放松。

不知道过了多久，手机铃声响了起来，这才打破了我的幻想。我以为雷希总算是回电话了，从叶一丁怀里抽身出来，擦干眼泪毫无准备地接起电话，刚想开口称呼雷希，里面传来张南冷冰冰的声音：“向后。”

我转头，张南靠着叶一丁的车尾，两眼死死地盯着车里。我连忙打开车门，脚刚落地，张南已经冲上前迅速地打开车门，把叶一丁拉了下来，随即一拳打过去。

叶一丁条件反射地想要还手，张南转身快步向我走来，导致叶一丁扑了个空。

紧接着，我被张南拉到他的车里，还没来得及说话，他重重的一巴掌就扇了过来。

我捂着脸抬头莫名其妙地看着他。张南的表情像是恨透了我，且是前所未有的憎恨。我透过玻璃看到叶一丁还站在原地，同样是目光凶狠地盯着我们这边。

张南还在扇我的耳光，一下又一下，气急败坏的样子。

脸颊两边火辣辣地痛，渐渐地我像是麻木了，把脸伸了过去提高分贝说：“打，打死我！”

半晌，张南举着的手轻轻垂落下来，没有再扇向我，一脚油门轰下去，车速越来越快，像是在玩命。路上，手机铃声不停地响，我知道是叶一丁打来的，但却不敢接。

终于有惊无险地回到家，家里一段时间没有住人，早已经布满了灰尘。我没有去收拾的意思，俩人都坐在沙发上，谁也没有主动开口。

气氛很紧张，彼此的呼吸都听得一清二楚。我不知道张南为什么忽然又不提离婚，要和我和好，我也不确定这样的状态能持续到什么时候，更加不清楚的是，他这样做的目的是不是想要除掉这个孩子。再加上他前几天的疯狂和今天的行为，我想既然已经做好了离婚的准备，不如就放手吧。保住孩子，比什么都重要。

“我们谈谈离婚吧。”我仰躺在沙发上，说得很轻。

离婚这两个字张南提过无数次，却第一次被我提出来，张南比在车上要惊讶数倍：“什么？你说离婚？我没有听错吧？是因为刚才那个男人？”

我沉默。

“好，你要离婚是吧？”张南显然是激动了，又想要对我动手，站在我面前提高了声音，“不过你得先告诉我，多多的奶瓶里到底被你下了什么东西？”

我确定，张多多生病，我又被栽赃了。

“柯安，你不放过我也就算了，为什么连孩子也不放过？”张南义正词严地和我交涉。

我不愿意再听张南的诬陷，站起来抵在他的胸口，委屈得想哭：“到底是谁不放过孩子？”

“你的目的你以为我不清楚吗？”张南倒在沙发上，点了支烟，“不否认你是个聪明的女人，你的演技无人能敌，可是你骗不过我！从你第一次装怀孕嫁到我们家，你家里人就吃准了我妈想要抱孙子的想法，别以为

我不知道你和你家人打的什么如意算盘！”

“够了！”我站起来靠近他的脸，用尽全力地嘶喊。所有反驳的语言都显得苍白无力，因为在他的观念里，已经固执地认为我嫁给他甚至遇见他，都是我的计划，目的就是嫁到他们家。每次他都是这样的说辞，我真是想笑，我确实不知道他的优越感是从哪儿来的。

“够什么够？”说得正起劲的张南并不妥协，伸手掐住我的脖子，抬起我的头说，“我不要结婚，你想办法逼着我结；我要离婚，你又想办法拖着不离！等我累得不想离婚了，你差点害死我孩子之后忽然告诉我要离！柯安，什么事情都要由你说了算，你未免太把自己当个东西了吧？”张南一副对我恨之入骨的样子，“柯安我告诉你，只有我玩女人，还没有女人玩我的份儿！你算什么东西？你现在要离婚，我告诉你，门儿都没有。”

我紧蹙了眉头，恨得眼睛都眯成了一条线。

“还有，你别再妄想从我们家得到一丁点儿利益，包括你那个唯利是图卖女儿的父亲。”张南完全不理会我，继续嚣张地说，“别以为不离婚你们家就没事儿，我告诉你，你，还有你那个卖女儿的父亲，必须为这些年你的谋算付出代价！”

脖子被捏得越来越紧，但远到不了让我窒息的地步，我伸手握在他手的外面，赌气似的试图让他捏得更紧：“行，你要认为我是这样，那你把我掐死在这儿，不就一了百了？何必把时间浪费在我身上，许安芷还有你的孩子，不是还等着你去给他们一个完整的家吗？”

张南松开掐住我脖子的手，鄙视地笑着说：“哼，弄死你需要我亲自动手？”

再吵下去也不过是嘴上的功夫，毫无实际意义。和张南说话累，结婚累，连现在吵架也觉得那么累。我决定不再理他，转身走上楼关了卧室的门。

张南没有再上来继续找我吵，而是坐了一小会儿后就摔门离开了。我起身下楼，把房间重新打扫了一遍，快要天黑了。我不愿意去想那些让我心烦的事，也只有泡茶能让我心安，我找了一套珍藏的紫砂，在等待烧水的间隙躺在沙发上闭目养神。

渐渐地，我开始平静下来，曾经的孤独，在此刻看来，变成了一种悠然自得。

水壶里的水烧开后，我起身坐正，缓缓地将水倒入茶壶，再一步步地清洗过滤，心无旁骛地开始泡茶。上好的西湖龙井必须要用心去浸泡，否则味道就会有差异，今天的味道闻起来还不错，先前的争吵似乎并没有影响到我的发挥。

待心情完全平静之后，我喝完茶起身，准备出门吃晚饭。至于下午张南去了哪儿，还回不回来，这婚离或是不离，我也暂时不想去关心。还是那句话，该来的始终会来。

刚走出家门我的手机就响了起来，电话那头叶一丁的声音很焦虑："柯安，你没事儿吧？他有没有对你怎么样？"

叶一丁也受了伤，可他第一时间想到的还是我，这让我心里一阵感动："我还好。你呢？你怎么样？有没有去医院看看，伤得严重不严重？"

"我没事儿。妈的，这个畜生！"叶一丁在电话里骂骂咧咧了一通，"你别瞒我，他要是真欺负你，你尽管告诉我，看我不宰了他！"

叶一丁性格冲动、遇事不冷静这点我是知道的，所以我只能劝慰他："我真没事。"

"我不信。你现在在哪儿？我要见到你才放心。"叶一丁倔强得不依不饶。

"我……"我往四周看了看，撒谎道，"他带我出来应酬呢。"

叶一丁这才作罢，再次提醒我："那柯安你答应我，要是他欺负你，你一定告诉我好吗？"

也许从那天他送我去医院，再到今天看到我的状态，叶一丁应该看出来什么了吧？我一时不知道该怎么和他继续，找借口挂了电话。挂电话之

前，叶一丁还再三叮嘱我，要是遇到什么事儿一定要告诉他，不要什么事情都自己扛。

忽然从身边接二连三地飞奔过去几辆摩托车，吓得我连连后退，只是刚退回来又有一辆摩托车飞奔过来，几乎和我擦身而过，我一个不稳坐到了地上。

“吱——”身后一声紧急刹车。

“全队长，刚才2号车好像撞到人了，撤回来吧？”摩托车上的人说。

紧跟着传来对讲机里的声音：“收到，现在返回。”

话音刚落，前面过去的大概五六辆摩托车又以很快的速度折回，纷纷停在旁边。车上的人都穿着赛车服戴着头盔，只是衣服颜色不同，每个人前面也编了号。

刚才停在我身后的人对其中一名穿着红色赛车服的人说：“全队长，2号车撞到人了。”

“呀，是个孕妇。”穿着3号衣服的人说。

全队长取下头盔：“能起来吗？”

我从来没有见过这么大的阵势，瞬间被他们的气场吓傻了。我被人扶到了路边，全队长对刚才差点撞到我的2号说：“石小单，你过来！”

石小单一手拿着头盔，另外一只手揣在裤兜里，歪着身子对全队长嬉笑着说：“跃天，我没撞到她，就擦了下……而已，你至于嘛。”

“她是个孕妇！”全跃天指着我，冲石小单小声地吼道。

石小单走到我面前，定睛看了看我，神情由刚开始的轻松变得略微有些紧张：“是你？”

我没想到他还认识我，想也没想就点头。

他走到全队长面前摊开手：“队长，你的车钥匙给我。”

全队长把钥匙递给他后，他直接骑上摩托车，“轰——”的一声快速消失。大约10分钟之后，一辆白色的路虎停在我们面前，石小单跳下车把我抱了起来，打开副驾驶门直接扔了上去，对其他人说："你们继续，我待会儿回来换摩托车。"

汽车一路行驶得飞快，每天在窗台前远远看着的人，此刻离我那么近。车内狭小的空间里，安静得能听到他的呼吸声，我的心像是被塞住了什么东西，连呼吸也变得不那么顺畅了。我拘谨得连手也不知道该怎么放，就低头两只手放在一起，一动不敢动。

石小单的手机铃声打破了这种寂静，他一边换挡提速，一边按下手机接听键和免提。对面传来成熟稳重的男声："在哪儿野呢？"

"干什么？"比起电话那边的人，石小单的语气不算好。

"下个月就要考试了，你不回来多看看书，怎么考雅思？"

"谁说我要考试了？"石小单一脸不屑地说，"我说了不出国，怎么着？你还架着我去不成？"

"你——"电话那头的男人显然很生气，而不等他说完，石小单已经挂掉电话，且非常生气地打开玻璃，重重地把手机往窗外一扔："去他大爷的。"

不用猜，刚才打来电话的人一定是他爸爸——经常和他在家门口吵架的那个中年男人。车内的气氛更是降到了冰点，我也不知道自己哪儿来的勇气，转头偏着脸问他："你为什么老和家人吵架啊？"

意外的是石小单听完这话就笑了，挑着眉头疑惑地盯着我："你怎么知道？"

"我……"我一时语塞。

石小单歪着嘴，浅笑的时候正好露出一边的酒窝："说，是不是没事经常偷看我？"

开这种轻佻的玩笑，不是特别成熟但却要把自己伪装得情感丰富的样子，却还是让我羞得红了脸。隐隐记起那天晚上他向我挥了挥手，还有那种怦然心动的感觉。

见我脸红，石小单笑得更夸张了，手在方向盘上轻轻地拍打着："哟呵，孕妇还会脸红？"

这让我更不敢开口说话，把头低下去，不停地抠着手指。

好在他没有继续说，而是直接把车开去了医院，一番检查之后并无大碍。从医院返回的路上，石小单像是松了口气，一路上都在和我调侃："喂，你是叫柯安对吧？"

"你知道我？"我被他这么一问，吓坏了。

"当然，你总是像个怨妇似的站在窗边儿偷看我，别以为我不知道。"石小单手放在方向盘上，吹着口哨说，"你说说，你看什么呢？"

我像是被人看穿了小心思，马上就不敢说话了。

石小单倒是不管不顾地腾出一只手："来，手机给我。"

"做什么？"我嘴上抗拒着，却还是不由自主地把手机拿出来放在手上。

石小单一把抢了过去："记个号码，万一今天把你摔成了脑震荡，以后你随时来找我。"

我心乱如麻地看着他还给我的手机，上面他的名字存成了"肇事司机"。看到这四个字我就笑出了声，心早已经慌乱地跳开了。之后的整个晚上，脑子里全是和石小单相处的短短几个小时，半梦半醒之间一直到天亮。

一周之后，精神萎靡的张南在张欣的带领下回了家。

放下行李之后，张欣当着我的面儿开口训斥着张南："这么些年，姐没说过你什么吧？可这件事的来龙去脉你现在也弄明白了，还有什么理由继续固执下去？不管你觉得柯安哪儿不好，可现在她怀孕了，多多也被证明了不是她害的。"

我一阵惊愕，难道多多上次中毒的真相已经查出来了？难道真是许安芷？

张南依旧顽固不化：“姐，安芷这样做，只是想……”

“你不用说了。”张欣强势地打断了张南的话，拿出一个小药瓶，拧开瓶盖把里面的粉末直接倒在茶几上，“这些你知道是什么吗？我都不敢告诉妈。”

“是什么？”

“红霉素、氯霉素的粉末混合物！”张欣早年是学药剂的，对药品也懂一些，她用手将粉末均匀地摊开，“这些东西喂给婴儿吃了，直接的后果就是导致厌食！我告诉你为什么奶瓶和吸奶器里都检验不出来这东西，因为她把这些粉末直接涂在自己身上了。”

我顿悟，原来如此。

只是张南依旧不大相信地看着张欣：“不可能，她不会这么狠心！”

“呵呵。”张欣冷笑了两声，“你就那么确定？”

我觉得胸口堵得有些难受，正好卧室的电话铃声响了起来，我顺便就和他们打了招呼去卧室接电话。来电话的是我妈，她开口就很是焦急地说：“柯安，今天你范叔找我了，他的企业资金已经开始接不上，要是再找不到你爸，下个月开始他不会再承担银行的利息。”

范叔作为我爸最大的债主，一直帮他偿还着银行的贷款利息，目的就是为了能尽快将资产倒手处置变成钱，先还上他的一部分再等银行来查收宣布破产。而法人代表消失，范叔如果再继续还银行利息，很可能是个无底洞，如果不还银行利息，资产又会很快被封，他的钱一分都不能收回。

到现在，我对这件事根本不想再抱以任何希望，是福不是祸，是祸躲不过。我安慰着我妈：“妈，如果真的破产那就算了吧？这事儿或许真是我爸的一个劫，逃不过的。”

我妈有些激动：“妈是没有这个能力，只能在寺庙里天天吃斋念佛为你爸祈祷。可你不同啊，张家人脉那么广，你和张南说说，让他帮帮忙。实在不行，你去找找你婆婆！”

听说让我找张南和婆婆，不知道为什么我就一股无名火起，也忍不住有点激动："当初做项目的时候我是坚决反对，你想，前些年我爸不停地加快扩建规模，本来就太急了，还突然拿出那么多资金，甚至借款贷款去做项目。那可是我爸执意要去的，现在把钱套进去了吧？你让我怎么管？张家就算再傻，能拿钱帮我爸补这个缺口吗？"

我妈的声音开始软了下来："柯安，妈不是逼你一定要做什么，妈是担心你范叔如果因为收不回钱，伙同其他走投无路的债主一块儿来……"

我知道我妈在担心什么，只能无奈地说："妈，如果事情真到了末路，我去山上接您，咱们也找个地方躲起来吧？"

"作孽啊！作孽！"我妈重复地念叨着这句话，半晌，她又说，"你范叔今天还告知了一个情况，他怀疑你爸投的这个项目有问题，他的意思是能不能从项目方面下手，找到你爸投资的上家，看看到底发生了什么事情，看有没有希望追回钱。"

这个项目我刚结婚的时候听我爸提起过，说是一个什么风景区的项目。当时融资方吹嘘项目的盈利状况，让我爸一下就心动了，不顾多方阻拦，拿着项目资料向好友吹嘘项目前景，集资好几千万，准备大干一场。听我妈这么一提醒，我倒是真觉得项目哪儿有问题，如果能找出来问题所在，不指望钱能全部回来，至少我爸也可以作为受害人和债主们一块儿走法律途径去找项目投资方啊。这样，他就不用东躲西藏了吧？

挂掉电话，张南和张欣还在外面说着什么，时而大声地争吵，只是张欣说话的声音小，我只能断断续续地听到张南说："我上次已经说过不会和柯安离婚的。"

"好？凭什么对她好？"

"反正我也听妈的话搬回这边住，至于许安芷，暂时就住在那边吧，你们也别想给她脸色看，好歹她也是多多的生母。"

张欣说："这次还好刘妈及时发现，要不然可是两条命，我看你怎么和妈交代。”

“什么两条命？”张南反问。

张欣说：“刘妈在许安芷房间里还翻到了流产药！你说说，她孩子都生完了放流产药在身边，不是想害柯安肚子里的孩子，那还能有谁？”

张南听完彻底泄气了，到后来他们的声音渐渐小了，我才打开门走了出去，张南狠狠地瞪了我一眼，转身上了楼。

张欣一副尊者的样子安慰着我说：“柯安，许安芷这事儿，你就翻篇儿吧，好好和张南过日子，大姐也不想看到你们老折腾。”

“嗯，谢谢你，大姐。”面对张欣的极力劝和，我除了谢谢不知道说什么。

回想起刚才张南说的那些话，我心里有些不安，他不离婚绝对不是因为许安芷害了孩子，而是另外还有原因，从他的表现来看，完全可能是因为上次的那封快递。可是快递是谁寄来的，那个人到底又是谁？我们这样的婚姻又能维持到什么时候？许安芷还住在张家，她会不会对我的孩子下手？纠缠在这样的是是非非里，到底什么时候才会是尽头？

我终究还是平静了下来，表面上看，好像真的回归到了一年前的状态，张南虽然心不在我这儿，但每天总是要回来。可实际上呢，主卧室在楼上，他就睡楼下的保姆房，每天几乎都是我睡下之后才回，一早我起床他还在睡。等我出门散步或者一个不经意，他又走了。总之，我们之间几乎没有交集，很长一段时间，都没有说过一句话。

这样的平静让我没了那么多想法，就希望能生下这个孩子，然后好好把他养大。至于张南，至于婚姻，我已经不抱任何希望了。

在两个月后的一天，刘妈打来电话，说是婆婆让我回家一趟，她从国外带了一些东西让我去取一下。我想，不管怎么说，长辈带了东西回来，我去取也是应该的。我到的那天许安芷刚好有事出了门，公婆也去了公

司，家里就剩刘妈和多多在。

哪知，我取完东西回家的第二天早上，就出事儿了。

我一早起床，就发现张南不在家，吃过早饭的我在院子里浇花。院子里的花经过一个冬天开始发起了新芽。前年教我茶艺的师傅曾子诺送的一盆米兰，也在去年死过一次之后又活了起来。我还在想，今年这米兰总是要开花了吧？

忽然，外面传来许安芷的声音：“柯安，你个贱人！”

我没来得及多想就丢下水壶，紧跟着许安芷追了过来。在我马上就要关门的时候，许安芷追上了我，冲上前把我按倒在地上，骑在我身上往我肚子上揍着，一边揍一边说：“柯安，你个贱人，你是不是要害死我儿子？啊？张南都天天回来了，你为什么还要对我的孩子下手？这几个月都相安无事，为什么你一回家我孩子就成了那样？”

我听得莫名其妙，忍着痛反抗，不料许安芷个子比我高大，较弱的我根本不可能是她的对手，只能任由她把我骑在地上，我能做的，就是死死地护住我的肚子。

许安芷一边打一边骂，而在骂声中我也听了出来，昨天我离开后不久多多就睡着了，一直睡到今天早上6点也没有醒。孩子呼吸微弱，看起来像是被人灌了安眠药的样子。许安芷这才急了，问刘妈是怎么回事，刘妈说昨天我去过家里，在她帮我找东西的时候，我抱过孩子一阵儿，大概十分钟，具体怎么回事她也不知道。

断断续续地听完，我一阵惊愕。昨天我回张家的时候，刘妈抱着孩子在花园里晒太阳，我就是怕再有什么差错，连看都没看孩子一眼，就直接进了屋，按照刘妈的指示，拿了婆婆为我放在茶几上的孕妇营养品。下午天气有点儿热，刘妈说冰箱里有银耳汤，我就去盛了一碗喝了才走的。从我进门到离开，加起来也没有超过十分钟。

可是，刘妈为什么要撒谎？

屋里的动静引得出门的邻居留足观看，不一会儿小区保安也闻讯赶过来报了警，这才拉开了许安芷。我被扶起来的时候，脸上已经有很多血了，虽然我极力地护住肚子，但隐隐作痛的感觉还是不停加剧，意识也越来越迷糊。我忽然有了种不好的预感，拿出手机拨张南的电话，一遍遍地拨，都在通话中，情急之下我拨通了叶一丁的电话。

然后我眼皮越来越沉，恍惚看见有孩子围绕在我身边，一个是多多，另外一个是我不认识的小男孩。多多掐着男孩的脖子说不让他和自己抢爸爸，我伸出手去拦，却不小心触碰到孩子冰冷的身体，孩子早已经停止了呼吸。

我吓得抱紧了他，然后醒来，是一场梦。

睁开眼睛全身都是汗，我躺在病床上，医生站在床头拿着记事板，冷冰冰地说："你家属呢？你现在的情况，恐怕孩子保不住了，现在我们需要为你尽快安排手术。"

这如雷劈的消息让我不能接受，我坐起来弯腰抓住医生的手："医生，你是不是搞错了？"

医生看了看我："你还是尽快通知家属吧，耽误了手术时间可不是闹着玩儿的。"

医生离开后，叶一丁满脸惊愕："柯安，怎么回事儿？怎么会有人给你下药？"

面对叶一丁的质问，我也不知道该从哪儿回答。

"柯安，你有什么事不能直接告诉我吗？"叶一丁急了。

相恋五年，分开四年。他再次出现在我面前的时候，一如以前那般温暖，我想到最近发生的事情，不争气地抽泣起来。

叶一丁轻声说："柯安，你快告诉我怎么回事吧。如果他对你真的不好让你受委屈，想离开就离开吧。无论如何，我都会在你需要我的时候出现的，虽然我本事不大，但我愿意用生命为你创造安宁的生活。"

听着这番动情的话，我再也抑制不住大声哭了出来。一边哭一边捏紧了拳头，恨不得将指甲深深地嵌进肉里去。叶一丁就坐在旁边安静地让我哭个够，时不时地拿手帕为我擦干眼泪，或是拍拍我的肩膀，或是摸摸我的头发。这种熟悉的久违的温暖，让我忽然就有了倾诉的冲动，到最后哭得特别累了，才哽咽着将这一段时间所有发生的事情都告诉了他。

说完我有些后悔，觉得不该告诉他这些，但同时我又觉得卸下了这四年来所有的重担。

可是叶一丁听完，说话的声音完全变了，嗓子眼里咆哮着，近乎在颤抖："畜生！他张南真是个畜生！你这些事为什么不早点告诉我？你憋在心里不难受吗？"

"难受……真的难受……"我小声地应允，只觉得心如刀绞般疼。

叶一丁已经按捺不住自己的情绪了，一拳打在墙上，自己也忍不住抽泣起来："你说我当时怎么就不拉你回头啊！"

然后，就是我们俩抱头痛哭。

医生还是在和叶一丁一块儿来的物管保安那儿，查到了张南的电话。在确定好手术时间后，就通知了张南来医院签字。11点多，张南和婆婆匆匆地赶到了医院，在张南看到叶一丁的瞬间，瞪大了眼睛差点儿就又扑了过去。

叶一丁当然也是愤怒的，尤其看到张南姗姗来迟更是抑制不住火冲向张南，抓起他的衣领不停地质问："你孩子都快要保不住了，你还真是沉得住气啊！"

张南又想要和叶一丁扭打在一起，倒是一旁的婆婆冷冷地对护士说："护士，帮我们安排个VIP病房吧，另外，这个人会影响病人休息，麻烦请他出去。"

说完没多久，就进来两个保安，双双夹着叶一丁把他"请"出了病房。

半小时后，我被推进了手术室，打了麻药失去了知觉。再次醒来的时候，之前微微隆起的小腹已经不复存在了。婆婆和张南也已经离开，出于人道主义，她留下了刘妈在医院里照顾我，然后在医院一待就是半个月，到我基本坐完小月子，张南才来把我们接了回去。

张南把我放回家里就出了门，我知道，我孩子没了，也就意味着所有的主动权都将不再掌握在我手里。手机上次留在家里没有带走，早已经没了电，他离开后我就上楼去找手机充电，刚开机叶一丁的电话就打了过来："柯安你电话终于能打通了，你怎么样啊？"

能掐准这个时间打过来，我不知道叶一丁到底一天拨了多少次我的电话，忽然就有点感动："我今天刚出院，刚回到家。"

"要不要我来看你？"叶一丁的声音稍微缓和了些。

"不用，不是特别方便。"

"柯安，你现在孩子都被弄没了，你难道还想要和他继续这样行尸走肉般地过下去吗？"叶一丁在那头又开始激动起来了，"是，我知道是我对不起你，我当时不该放手，也不该相信你说的分手原因。如果当时我能接受你肚子里的孩子，你是不是愿意和我走下去？"

我淡淡地说："一丁，我谢谢你，你不用担心，这件事我想我会处理好的。"

"不，我不相信。"叶一丁反驳道，"分手的时候我就是太相信你，所以才把你害到今天的地步。之前我觉得你有些不对劲，也是相信你会处理好。可是结果呢？你最想要孩子的，你在这个男人这儿，一连失去了两个孩子。如果我这次再相信你，是不是有一天我都不能这样和你通电话了呢？你是不是真要把命搭进去了才算完呢？"

"不会，我真的能撑下去。"

"撑？能撑下去你为什么给我来电话？你为什么不自己去医院，为什么你要忍不住流泪？柯安，就你的性格，能告诉我这些，说明你已经撑到极限了，不是吗？"

叶一丁句句说中我的内心，我忽然就哽咽了。

“我不愿意有一天听到你的噩耗，这次不管你愿不愿意，我也要把你从火坑里拉出来。”叶一丁说得很坚定，“你必须要离婚！不管你以后是不是和我在一起，你一定是不能和他过下去了，你这样是在作践自己，你知道吗？”

门铃声响起，我只能暂停了通话，拿着电话走到门边紧张地问：“你哪位？”

“我是你范叔。”

范叔沉闷的声音让我几乎蹲在了地上，范叔连电话都不打一个就直接找上门，事情一定很严重。对叶一丁简单地说了句我有事儿，叶一丁当然是听到了我发抖的声音，不停地问我怎么了，我来不及回答他，就匆忙地挂了电话把门打开：“叔，你怎么来了？”

“闲着没事，来看看你。”范叔倒是不客气，直接就进屋坐在沙发上，直奔主题道，“柯安啊，你爸怎么还没有消息？”

我拘谨地坐在旁边：“范叔，我也不清楚……”

“我可是看着你长大的，也就不和你见外啦。”范叔打开手上拎的文件袋，把里面所有的资料拿出来摆在茶几上，“你看看这些吧，白纸黑字都写得很清楚。”

“嗯。”

“唉……”范叔幽怨地叹了口气，“你看啊，范叔这么些年从起家走到今天也不容易，当时借钱给你爸呢，也是想帮他渡过难关。嘿，可没想到事情弄成了这样，要不是被逼到没有办法，我也不会来找你这一趟。”

“范叔……您是来找我要钱的，是吗？”

“也是想来看看你。”范叔一语双关地说，“顺便想要见见侄女婿，听说他家的生意可是做得顺风顺水，想来应该不缺范叔这几个保命钱吧？”

“他不在家……”被债主逼上门的滋味，我是第一次尝到。

“没事，那我等着。”

手机再次响起，来电还是叶一丁。我听着范叔不停地软硬兼施告诉我一些利害关系，掐掉他的电话回了个短信：“现在真有事，晚点联系。”

没等多久，门外就传来了张南的脚步声，我没来得及走到门边，范叔抢先帮我把门打开笑盈盈地说：“侄婿回来啦？”

看着眼前陌生的老头，张南脸色铁青：“你谁啊？”

“我是你爸的世交，婚礼上我们见过的。”范叔为了要钱，把脸都贴了上去。

张南一眼就看到了茶几上的一堆资料，冷冷地说：“哦，你是来要钱的，是吧？”

“也不完全是……”范叔在一旁点头哈腰地说。

“我不欠你的钱。”张南把资料丢了回去，“你走吧，我和柯安还有事说。”

范叔吃了个闭门羹，心里憋屈得不行，但为了要钱还是坐下来和颜悦色地说：“侄婿，其实我今天来呢，就是想和你说说你爸的事情。他欠……”

“我说过不欠你钱。”张南丝毫不给半点颜面，起身走到可视对讲旁边按下了呼叫中心的按钮，“请来我家一趟。”

我一看张南状态不对，面红耳赤的样子，像是喝醉了，连忙招呼范叔：“范叔，你先回去吧，钱的事，我改天一定会给你一个交代的。”

范叔这下是彻底发怒了：“柯安，你要是不给范叔这张老脸……”

“快滚。”张南冷面盯着范叔，恶狠狠地说。

范叔压根没想到张南会是这种态度，一边往外面走一边警告我：“你们要翻脸是不是？那可别怪我不近人情！”

等范叔离开后，张南拿起茶几上的资料撕了个粉碎，顺手抓起我的手机扔到地上，大声地质问：“柯安，你要让我丢人丢到什么时候？”

我不解地盯着他。

“你一天都是闲得慌是吧？”

张南依旧疯狂地摔着家里的东西，从我的茶具到遥控器再到花瓶，一样不剩。待家里一片狼藉之时，他的手机响了起来，他不耐烦地接起来：“我说过我不接受采访，不接受！”说完又将手机狠狠地摔了出去，正好砸在电视机上。可视电话也不停响起，张南愤怒地掐掉了线头，大吼一声：“啊——”喊完冲到我面前将我推倒在地上，骑在我身上死死地掐住我脖子：“你一天到晚住院没事儿发个什么破微博？现在闹得满城风雨你就舒服了是吗？你看着我张家出丑，你就高兴了是吗？”

张南的力道很大，而且几乎是用尽了全身力气。我瞪大眼睛看着他，出现在我眼前的是一张前所未有的愤怒而扭曲的脸，我想要的最后一丝呼吸没法得到，知觉越来越模糊……

“啊——”张南忽然大喊一声，松开了我。

我半天没喘得上气来，只是模糊中看到叶一丁站在张南身后举着刀。我吓得顾不上全身发软起身抱住叶一丁，可他却像疯了似的喊着：“畜生，你还想害死柯安！”

时间一分一秒地过去，屋外若隐若现地响起拉长警笛的声音。叶一丁猛地从地上起身抓住我的双臂说：“柯安你听着，这件事是我做的，责任由我来承担。”

我傻了，说不出任何话来。

“滨海的房子在两个月前我就租好了，钥匙你拿着，在乐安小区12栋3单元202。等这件事之后你把我忘了，自己去滨海重新开始生活吧，别惦记我也别担心我。”叶一丁慌乱地拿出一串钥匙递给我，在我额头轻轻一吻，“柯安，我爱你。”

然后，一切都结束了。

Chapter 3

新生

在审讯室的日子，是我这辈子最煎熬的。审讯室里没有窗户，我的手机和所有物品也被上缴，不知道是几点，也不知道什么时候天亮。无法预知的未来，担惊受怕的思绪萦绕着我。我迷糊而又困顿，可闭上双眼全是张南和叶一丁交错的脸。当警官让我离开的时候，我神经几乎错乱了，想疯狂地挣脱开所有的一切，想大声地哭又想大声地笑。我浑浑噩噩地走出警局，忽然被人抓住了右手，我看清楚了抓住我的人是石小单。被他牵着的手一阵温暖，我像是走在荒漠中见到了绿洲，好想紧紧地抱住他。

公安局外面，早早守候在此的记者见到我，都纷纷涌上前来问话。石小单并不理会，拉着我的手推开人群走到停车场，拉开车门："上车。"

我脑子里一片空白，顺从地上车，顺从地跟着他去了某个小区。石小单轻车熟路地把我带上楼，打开其中一间房门："看看吧，小是小了点儿，将就着住也是没问题的。"

我探头看了一眼，房间里布置得清新淡雅，一看以前就是个女孩在住，而且还是个有情调的女孩。我往里跨进一步，才得以仔细地看清楚，虽说是一室一厅，但简洁的装修看起来很是舒服，尤其是茶几上还有我最爱的茶具。

我呆呆地开了口："房租多少？我暂时没钱。"

"我知道，那就先欠着呗。"石小单见我开口说话，高兴地蹿到我面前说，"肚子饿不饿？我刚才叫了吃的，你先忍着啊，几分钟就好。"

我又不愿意说话了，目光呆滞地盯着前方。

石小单伸出手在我面前晃了晃："喂，我说你怎么回事儿？别是在里面待出个好歹来了吧？喂喂喂，你能听到我说话吗？"

我这才发现，他的手指那么地漂亮，也才想起，他应该是个魔术师，于是挤出一丝生硬的笑容："你上次的魔术比赛，名次怎样？"

"哦？连这个你也知道，看来你蛮关注我嘛。"说完他搬过旁边的五指沙发，"来，你坐这儿，我变个魔术为你压压惊，外卖可还得等一会儿。"

然后我就看着那个曾经在银幕上的小男生，在我面前，离我不到20厘米的距离，只为我一个人表演那个魔术。更让人意外的是，他演着演着我竟然睡着了。我确实困了，在审讯室一天一夜没有闭眼，精神高度紧张，现在好不容易有了个安静的地方。

我是被争吵的声音惊醒的，醒来的时候我睡在床上，身上带着血迹的衣服已经被换上了白色的丝质睡裙。窗帘拉得很严，也看不到外面到底是天黑还是天亮，这一觉到底睡了多久我也不知道，只听到楼下一个陌生男人的声音："她现在什么情况你不清楚？还把她接到这儿来，不是引火烧身是什么？你姐的教训，还不够？"

这是上次在石小单电话里听到过的声音，应该是他父亲。

紧接着，石小单激烈地反驳："我姐的教训？那还不是你作的孽！”

“不管怎么说，总之不允许你和张家的人有什么瓜葛！”

“她是柯安，不姓张！”

“行，如果你执意要她住在这儿，那你明天按照计划去考试，出国！”

“谁说我要出国？你又凭什么来安排我？”

“凭我是你爹。”石父生气了，怒吼道，“要是你再这样不听我的话，你就别伸手问我要钱，滚出去，爱干什么干什么！”

“这是我的房子，该滚的是你！”石小单也怒了，丝毫不顾忌面前的人是他父亲。

他们父子的争吵让我心里内疚，毕竟是因为我这个外人。虽然不知道石小单为什么要帮我，但让他为了我和家人争吵，心里总是过意不去。我起身下楼，石父正站在阳台上抽烟，气得拿着烟的手都在发抖。

石小单转身看我：“你怎么下来了？睡觉去。”这是命令，和以往的吊儿郎当不同。

石父听见我的声音转过头来，我这才近距离看清楚了他的脸。和全天下所有慈祥的父亲一样，脸上有对孩子的疼爱和关心，也有对石小单这样叛逆态度的无奈和不安。

我点点头，小声地打招呼：“叔叔。”

石父没理会我，继续和石小单说：“小单，我们上楼谈谈吧？”

“谈？还有什么好谈的？第一，我不出国；第二，柯安需要住在这儿！”

石小单完全不留任何商量的余地，这让他父亲很是尴尬，他当着我的面儿再次发火：“好话不听是吧？那行，我马上把这房子卖了！你的银行卡收回，再告知你那些狐朋狗友，谁敢借你一分钱我就对他们不客气！我看你牛，拿什么来牛！”

“卖房子？这是你送我的生日礼物，凭什么卖？”石小单不服气地说。

“凭房产证上写的是你阿姨的名字。”

“什么？”石小单瞪大眼睛，“石腾雄，你骗我！”

说完伸出拳头，像是要向石腾雄打过去的样子。石腾雄一把将他的手抓住，连拉带拽地把他往楼上拖：“我就不信你小子还能把老子给恨住了！”

他们俩上楼后，我心里更加内疚了。如果继续待下去，看这样子，这对父子决裂都可能。石小单能把我带离警局在这儿安心地睡上一觉，我已经很满足了。于是我找到纸笔，在上面写道：“我没有勇气留在这座城市，谢谢你的帮助，有机会再感谢。”

5个小时的颠簸，我站在了滨海的地界上。呼吸着这片曾经养育了叶一丁的土地散发出来的熟悉空气，我又难受得想要蹲在地上哭。可刚蹲下身，叶一丁好像又出现在了我面前，如同昨天那样。

我拿着钥匙，凭着记忆打车来到叶一丁安排的住所，环境还算一般，一套二居的小居室。简单地一番收拾后，我出门置办了一些必需的生活用品，之后的几天便待在房间里不敢出门，对未来甚至惶恐到不知所措。我不知道去哪儿找工作，也不知道身上的钱花完之后我该如何继续生活下去，总之就像个废人一样窝在家里，等着时间一天天地过去。

待在家里的日子，我每天翻来覆去地想很多事情，从我被绑架开始再到最后出事结束的那天。我被许安芷成功诬陷过两次，最后还是因为被诬陷让她对我下了狠手。而雷希明明说过只要我回了张家，她就能保证我孩子的安全，可是到最后为什么我的孩子还是掉了？

一遍遍地想，想所有的细节，想了整整半个月，我才终于明白了什么。

我记得，有一次我看见刘妈出门买菜回来的时候，站在小区外面很远的地方，有一辆车停在她面前，车里的人像是和雷希在一起的欧阳兰兰，只是隔得太远我没办法确认。当时我想，如果真的是欧阳兰兰，那刘妈一定就是雷希所谓能保我孩子的那个人吧？

但事实是，之后每一次许安芷或者是多多有什么状况发生的时候，刘妈都是在场的。从第一次她出现早产迹象到后来的奶瓶事件，再到上次我回去拿东西她对我的陷害。这些都说明了刘妈是别有用心的，至少，不是那么单纯。

如果真是雷希，所有的一切都容易解释了。她对付的是我和许安芷两个人，她想办法让我们住在了一起，你争我斗到两败俱伤，然后她再坐收渔翁之利。而我和许安芷，到最后也不会想到还有另外的人参与了我们的争斗，都只会把恨加到对方的身上。

只是，雷希一定没有想到，最后张南会死。

我在家里翻来覆去地想，想了接近一个月，几乎认定了这就是事实真相的时候，雷希的电话终于打了过来。看到她来电的一瞬间，我想，该是印证我猜测的时候了吧？

电话那头，和我见过一面的雷希，像是和我特别亲近的样子："做什么呢？半天才接电话。"

我说："没干什么啊，怎么？有事儿吗？"

"哦？"雷希轻声笑了笑，"听说你孩子掉了？"

"是，你满意了吧？"我懒得废话，直接和她摆明了说。

"果然聪明。但你应该知道张南的死对我意味着什么，对吧？"雷希算是间接地承认了。

"我不明白。"确实，对于她的目的，我一无所知。

"电话里说不清楚，我在滨海，咱们约时间见个面吧？"她说话的语气不是询问，而是通知，说罢马上补充道，"你放心，我不会对你怎么样的。”

见面的地点雷希主动约在了Cokker咖啡，这家咖啡厅在小区对面的二楼，站在阳台上也能看到它的招牌，毋庸置疑，雷希已经知道了我所在的位置。

晚上6点，Cokker咖啡厅二楼，我和雷希还有欧阳兰兰相对而坐。

落座不到半分钟，甚至都没有基本的寒暄，雷希直入主题地递给我一部手机，说：“这事儿，是你做的吧？”

手机停留在一条长微博的界面上，微博的标题就叫：“CC集团执行董事之子一夫二妻的靡乱生活”。里面夹带着大量的图片，用文字的形式阐述了这段时间我和许安芷一同住在张南家里的事实。短短几天的时间，微博被人疯狂转载几十万次。

张南虽然不算是名人，但他家的CC集团多次出现在公众的视线里。两年前CC集团还出资成立了公益性质的女性基金，专门为那些贫困的女病人提供资金帮助。所以这件事在微博上一经出现，自然会引起大家的高度关注。

我摇摇头明确地回答：“不是我。”

雷希没再多问，而是换了话题：“我想要知道张南是怎么死的，你作为唯一离现场最近的人，想必应该最清楚。”

“张南的死是意外和巧合。”我如实说。

“不是你找人杀的？”

“不是。”

雷希端起桌上的咖啡，轻轻品尝了一下，抬抬眉毛镇定地说：“好，我相信你。可是，你现在打算怎么办？就在滨海长期待下去？”

“在滨海待着呗……”

“柯安，你不觉得你很恶心吗？你是不是一早就知道了事情的真相，所以配合我演完这出戏？在我要看到希望的时候，又给我这样的打击？”雷希忽然变了脸，双手撑在桌上瞪大双眼，凶神恶煞地盯着我。

我避开她的眼神：“说吧，你到现在还找我，是想要做什么？”

“你都知道了对不对？你知道了是我故意让你回了张家，让你和许安芷两人相互残杀到孩子不保对不对？所以你为了不让我达到目的，在最后的关头杀了张南对不对？”雷希的情绪越来越激动，一度伸手按在我肩膀上不停地摇晃。

我晃着头回答：“如果是我的话，我为什么还能在这儿？一切都是意外，当时张南看到了这条微博想要杀了我，是叶一丁闯进来救了我，误杀了他的！”

雷希晃了很久，终于停了下来，表情从刚才的狰狞慢慢恢复平静，将杯中的咖啡喝完之后，趁着欧阳兰兰买单的间隙，她起身整理着头发，一字一句地说：“行，有什么事儿我会再找你，只要你还想好好地活下去，就别妄想从我的眼皮底下消失。”

她们离开后，我独自在咖啡厅坐了许久，所有的猜测在刚才变成了现实，让我特别地自责。如果我当初不轻信雷希这个人，不搬回张家，是不是就会没有这样的麻烦？

窗外是一条主街，现在正是下班的时候，小贩们索性把摊位摆在了人行道两边，下班的人们从中间路过，时不时停下来买点儿东西，好不热闹。窗户下面就是几个卖水果的小贩，其中一个卖樱桃的小贩面前，驻足了一个略微熟悉的身影。

我把目光聚焦到这儿，只见女人弯腰专心地挑着樱桃，挑了大概一袋子之后微笑着递给小贩说着什么。也正是这么一抬头，让我看清楚了她的正面，是叶一丁第一次带我去医院时，睡在隔壁床那个生下死胎的女人。

在这个陌生的地方，能看到曾经有过交集的陌生人，忽然就有种熟悉感。我不自禁地下楼走到她身旁，她也看到了我，目光在我身上停留了好几秒后说：“咦，我好像认识你。”

“嗯。”我竟然有些兴奋地点点头，“我们在一个病房里待过。”

“对对对，之前在A市的时候，你就在我隔壁床呢，好像住一天就转院了？”女人一边说一边低头看着我的肚子，“你……生啦？”

我说：“掉了。”

“不好意思啊。”女人大概没想到这个结果，有些尴尬地把刚刚称好的樱桃递到我面前，“来，吃点儿。”

我摆摆手：“不用。对了，你就住在这附近吗？”

“是啊。”女人指了指街对面的小区，“就住那儿。”

我没想到她竟然和我住在同一个小区，心里有点小激动：“我也住那儿。”

于是，我们俩就结伴往家里走。更巧合的是我们竟然进了同一个单元同一层楼，开门时我才知道她就住在我对面，然后她就盛情邀请我去她家里坐坐。

聊天中得知，女人名叫白禾禾，之前在A市上班，因为掉了孩子和男朋友分手，才回到了滨海。白禾禾比我开朗，见到我之后就不停地告诉我她的情况，等她大致把自己的基本情况说了一通后问我：“你呢？你的孩子怎么掉的呀？”

面对她的坦诚，我选择了隐瞒，含糊着说：“嗯，出了点意外。”

白禾禾也没有在这个问题上继续追问，而是帮我削好了桃子，递给我说：“喏，尝尝。”

白禾禾好像在滨海也没什么朋友，从见到我开始就不停地和我聊。她说她以前在A市的一家售房部做销售，和男朋友在一起也有两年了，上次流产之后男友母亲就和她摊了牌，让她必须离开A市、离开她儿子，还能得到一大笔钱，否则就收回儿子手里所有的权限和金钱。白禾禾说的时候还笑着问："狗血吧？像不像小说里烂大街的桥段？"而当时她患有白血病的妹妹骨髓已经匹配成功，等着钱到位就可以手术。于是白禾禾选择收下这笔钱离开A市，之后就回到滨海重新开始。

我有些心疼地问："那你离开你男朋友，不伤心吗？"

"伤心，怎么能不伤心。"白禾禾轻描淡写地说，"可比起我妹妹的生命，也就还好啦。"

我不知道该怎么来安慰她，就不停地重复："没事儿，都过去了。"

可白禾禾倒比我还想得开，马上就喜笑颜开了："我早就不去想这件事儿了，现在看到我妹妹活蹦乱跳的，我不知道多开心呢。"

我咬着嘴唇，看着她没再回话。其实我清楚，白禾禾应该是难受的，至少在心底是。

巧合的机缘下认识白禾禾，让我觉得老天至少还没有把我往绝路上逼。因为有了她，我对周围的环境很快熟悉了起来，从来没有找过工作的我，在四处碰壁之后，也因为她的帮助，工作有了眉目。

这天，我刚从人才市场受挫出来，就接到了白禾禾的电话。她在那头激动得像是要马上蹿过来把我抱起："柯安，做外国人的中文老师，干不干？"

我莫名其妙："什么？"

"哎呀，我有个韩国客户要找中文老师，我推荐你了，去不去？"白禾禾是个急性子，不等我回话又说，"算了就这样，我一会儿回来再和你详谈。"

晚上白禾禾回来，就叽里呱啦兴奋地和我说白天的情形。原来，这个韩国人是上个月在白禾禾手里买了一套四合院的客户，今天又带朋友来买房，中文却没有半点进步。于是他就开玩笑问白禾禾愿不愿意给自己做中文老师，白禾禾一听就连忙把我推荐了出去。

见面的时间约在了周末，白禾禾一大早就跑来敲开我家门，带着我七绕八绕，还过了渡河，最后来到一个叫清渔镇的小岛上。

清渔镇算是已经偏离了市中心，看起来像是开发区之类的地方，四处都是三轮车和工厂。

白禾禾按照手机上的地址一路询问，终于在一个比较偏远的农家里遇见了这个韩国欧巴。我们到的时候，他正坐在院子里盯着木桌上的茶具发愣。

白禾禾拉着我的手走了过去："金先生。"

韩国欧巴抬头看到白禾禾，连忙起身说着英语示意我们落座，一边示意一边倒了两杯茶递到我们面前："请。"

白禾禾一番介绍后，金先生冲我笑笑，重复着我的名字艰难地发音："柯南？"

我摇摇头："是柯安。"

"柯……安。"金先生点点头，"我……中文名字……金俊中。"

用中文沟通确实是很大的障碍，好在白禾禾的英语不错，夹在中间就为我们做翻译。最后确定下来，我的上班时间为每天下午2点到6点，周末上全天。工资周结，一周1000元人民币，从下周一正式开始上课，到金俊中彻底学会中文，我们的合约自动解除。

金俊中是个不苟言笑的人，和想象中的韩国人没有太大的区别，谦和、绅士，说话声音特别斯文。我对他的第一印象不错，心里默默地希望我这个人生中的第一份工作能够顺利。

临近中午，金俊中说要请我们吃午饭，白禾禾和我连声客气地说着"不用"，一同起身准备和他告别。哪知白禾禾刚站起来，连衣裙的裙摆就扫到了面前的木桌上，刚才为我们倒茶用的主茶壶翻倒落地，瞬间碎裂成一片碎碴儿。

金俊中的脸色一下就变了，白禾禾连忙蹲下身赔着小心："不好意思金先生，对不起。"

看金俊中的样子，这个茶壶对他一定很重要，要不然他也不会蹲在那儿盯着碎片半天不吭声，要是因为这样的意外，刚才谈好的工作就丢掉的话那可真不值。我也连忙蹲下去，从地上捡起碎片说："抱歉金先生，这个多少钱？我们赔吧。"

"金先生，您说多少钱，我赔。"白禾禾拦下我，从包里掏出钱包准备要给钱。

过了好半天，金俊中才站起来："不用，你们走吧。"

我和白禾禾同时愣住，不过也没有多想，连连说了几声抱歉之后就迅速地离开。

离开院子走在路上，白禾禾还后怕地拍着胸脯："吓死我了，要是因为刚才那个茶杯害你丢了工作，我可得自责好一阵。"

"没事……"我回想刚才掉落在地上的碎片，"那不过就是做工比较粗糙的紫砂壶而已，论价值应该不是特别贵，改天我找个茶艺店为他再选一套茶具，应该能弥补吧？"

"你懂茶？"白禾禾瞪大眼睛看着我。

我点点头："喜欢好多年了，平时没事儿一个人在家也爱泡茶喝。"

听说我懂茶艺，白禾禾马上就闹着要我在家里表演工夫茶，她说就喜欢女人泡茶时候的那份温婉。于是回市区随便吃了点东西，我就被她拽着去了茶具一条街买茶具。

刚到那儿，就瞧见金俊中拎着一个手提袋往茶具店走，走到柜台边，从手提袋里拿出刚才碎掉的茶具，问老板能不能修。

老板摇了摇头说："抱歉，我们这儿修不了，要不然您重新买一套？"

他失望地离开。

我已经意识到了这个茶具对他的重要性，等他出门后我主动走了上去："金先生，如果您放心的话，把茶具给我，我帮您修，好吧？"

金俊中不可思议地看着我："你？会修？"

我点点头："我可以先试试。"

白禾禾也用同样不敢相信的眼神看着我："你行不行啊？"

"没问题。"说着我伸出手，示意金俊中把手提袋递给我。

金俊中想了想，还是把它交给了我："我相信你。"

和白禾禾选完茶具回到家里，打开金俊中留给我的手提袋，虽然茶具里的主茶壶已经碎掉，但金俊中依然将它们放回到礼品盒里。我一块块将碎片拿了出来，连同里面几块特别小的碎碴儿都平放在茶几上，才觉得自己刚才急得夸了海口。修茶壶这事儿，我只是以前看到曾子诺修过一次，而且修的是特别珍贵的精品紫砂。金俊中的仿紫砂壶被我大包大揽下来，我也只能求助于她。翻找出手机拨通她的号码，电话接通后没有寒暄，我直接问道："子诺，我想向你请教怎么修复紫砂壶。"

曾子诺有些惊讶："你的壶碎了？"

"嗯，我有套很值得纪念的壶碎了，又舍不得扔，想修好继续用。"

曾子诺自然是明白，对于好茶之人，连同茶具也是同样视若珍宝的。她毫无保留地把修复方式告诉了我，让我有不懂的地方再给她去电话，末了她问我："柯安，年底我要去一趟A市，到时候我们一块儿聚聚吧？算起来，也有近一年没见到你了。"

"年底？是A市又有活动吗？"曾子诺平时在北京，到A市的机会不多，除非是有大型的茶叶展览会或者是有茶商请她来。

"对啊，全国最大的茶艺博览会今年在A市开，你没有关注？"曾子诺有些吃惊我的不在状态，"到时候现场能看到不少茶艺大师和珍品好茶呢。”

最近确实接二连三地发生太多事儿了，多到我根本没有心思去关注这些。我和曾子诺又闲聊了一会儿，才知道这次展会是集博览会和比赛为一体的，所有的参展商选送的茶叶都会经过专业评审团的评选。茶叶商将根据排名，在面对客户展销的几天优选最醒目位置的茶叶。而曾子诺这次，就是以评委的身份来参加的。

听完后我也开始蠢蠢欲动了，作为好茶之人，这样的茶业盛事怎么甘心错过？曾子诺答应帮我预留一张门票，可以在比赛的时候进入内场观看品尝，这自然是让我高兴，在连声道谢中，暂时挂了她的电话。

因为修复的原材料紫砂我暂时没有，我只能拿起破碎的茶壶，一片片先认真地清洗出来。到第二天，洗好的茶具已经干了，我带着它们来到昨天那家专卖紫砂壶的店。

老板是个四十出头的中年男人，我按照曾子诺的嘱托说要买胶水和紫砂粉时，他饶有兴致地站到我身边：“是您自己修？”

我点点头说：“嗯，学着修。”

“不错啊……”他背着手频频点头，“这紫砂粉也是进货送的，到现在还没卖出去，真没想到你居然会修这个。”

我没搭话，专心地忙着手里的活，先将碎片一块块地排列好顺序，又细致地涂上专用胶水，按照曾子诺昨天晚上说的流程一点点进行着。

等我修完壶送进烤箱之后，老板再次绕到我面前，主动邀请我到那边的根雕茶艺桌坐坐。我等着壶成型，也就没有再推辞，跟着他去到茶艺桌旁边盘腿坐下。

落座之后，他就一边烧水取茶叶，一边迫不及待地开口：“现在会修壶的年轻人倒是越来越少了，真是看不出来小姐您还有这手艺。呵呵，小姐您贵姓？”

“我叫柯安。”我拘谨地坐在他对面，有些不好意思起来。

“柯小姐。”老板抬头看了我一眼，又低下头开始清洗起茶杯来，“我叫孟石凡，你可以叫我老孟。按理说我们初次见面我不该问这些，可我实在忍不住要问问。”

“嗯？”我好奇地望着他。

他也没多停顿，继而自顾自地问：“我想问的是，柯小姐的茶艺一定也不错吧？如果孟某不算唐突的话，想斗胆喝杯柯小姐泡的茶，不知道，孟某有没有这番好福气？”

说到最后，他声音竟然变得越来越小，还止不住地摇头，似乎没有抱希望。

可我看得好笑，不就是泡茶嘛，怎么好像是请我去杀人一样，于是想也没想就答应了下来，娴熟地接过他手里的茶杯，开始清洗、冲泡。

茶叶还在翻腾的时候，孟石凡瞪大双眼盯着我，嘴里念叨着说：“果然……”

等茶的时候一到，我往杯子里盛满一杯递到孟石凡手上，他只是闻了下茶香便频频点头，待品上一口之后，更是比刚才对我还要恭敬起来，却也没有再多说什么。

茶具烤好后，我便起身准备离开，我付钱给孟老板，他说什么也不要，甚至在互留电话之后，还从货架上取下了一套茶壶套装送给我，说就算是见面礼。我也没想太多，单纯地觉得是一种缘分，这个孟老板多半觉得和我有缘，也觉得我会修壶这手艺不错，想认识下。

当我第二天把修好的茶壶呈现在金俊中面前的时候，他完全不敢相信地询问了好几次是不是我修的之后，才满意地表示一定要请我吃饭向我致谢。

茶具的小插曲拉近了我们的关系，吃过午饭他说什么也不愿意开课，要我先在院子里泡壶茶喝完，再说上课的事儿。结果等泡茶喝完已经快到5点了，再上课的话便没有了回去的公交车，我只好匆匆告别，辗

转坐车回到家里。

刚推开门，白禾禾急急忙忙地从后面冲了进来，我连忙转身："怎么了，禾禾？"

白禾禾神色黯然，低下头轻声说："我前男友追过来了。"

"哦，他怎么找到你的？"

"我不知道啊，上午他就找到公司来要我辞职跟他回A市，还跟我在办公室闹了好大一阵儿，还擅自做主代我去辞了职。可是你说我怎么可能回去啊？他妈给我的那笔钱……"白禾禾说到一半转而叹了口气说，"柯安，其实我也想回去，就是怕……"

我拍着她的肩膀："我知道，你是怕他妈妈，对吗？"

"嗯。我不想再让自己痛苦地离开一次。"白禾禾点点头。

"那你怎么离开的？"我问。

"在办公室闹了好大会儿，他拉着我上街，我趁他不注意过马路穿小巷子打车回来了，他应该没有追上来，也不知道我住在这儿。"白禾禾好像还心有余悸的样子。

"哦。"我在替白禾禾担心的同时，又有些羡慕她，虽然那边的家人把她赶走，但至少男友心里还有她，不顾一切地追到了滨海要带她回去。

白禾禾因为被男友知道了工作地点，接连几天也没有去上班，白天在家里看电视，等我上完课回来，就和我睡一张床上，不愿意回她屋子。只是，习惯了上班的白禾禾，猛地闲下来就有些待不住了。

就这样颓废地过了一周后，白禾禾终于忍不住了，就像被人抓了魂儿似的，抓着我的手喊道："柯安，我快要疯了，我要工作！"

一周的时间，我在金俊中那儿的工作进行得很顺利，每天的教学也让我和他越来越熟悉，偶尔在课间休息的时候，会和他聊聊天。也正是因为聊天，知道了金俊中现在的公司急缺营销人员，他在昨天还开玩笑提到，是不是要高薪把白禾禾这个销售高手挖过去。我觉得和金俊中还不算朋友关系，关于白禾禾辞职的事自然不能随口和他说。但现在听白禾禾这样说起，我忽然就想起了这茬儿，笑着把昨天金俊中说的话复述了一遍，说："要不你去他那边上班？他公司在岛上，想来你前男友一时半会儿也追不过去吧？"

白禾禾无聊得难受，就不停地绕着圈："人家就随口一说，我能当真吗？"

我也不敢确定金俊中说话的真假，于是又继续开导白禾禾："那我每天下班回来教你茶艺？虽然我技艺不算好，但教你入门还是绰绰有余的。"

白禾禾更是没有兴趣地端起茶杯："我才没那个耐心呢！"说完冲进卧室把手机拿了出来，坐到我面前，"柯安，我要开机了，我受不了这样与世隔绝的日子。"

"呵呵，瞧吧，我就说你还没有看破红尘，赶紧开机，数数你男友来了多少个电话。"

白禾禾深呼吸一下，像是要上战场似的闭上眼睛："不管了，能找到就找到吧。"

开机铃声刚响完，耳边就不停地传来短信提示音。白禾禾拿着手机无奈地说："我就说吧，才关机一周就这样，再过几天开机，估计手机就得爆了。"

"有人惦记真好。"我羡慕地探过头去想要看看，"来，我瞧瞧，都是你男朋友发的吧？"

白禾禾的脸上满是纠结，有思念有无奈，她点开收件箱一一看完之后，把手机举到我面前正对着我："你瞧，几乎都是他的。"

"他哪来的你的号码？"我一边说一边扫过手机上的短信，可我看到手机屏幕上的名字时，刚才还带着戏弄的笑脸顿时僵住，盯着手机屏

幕半天没有回过神。

“不知道，估计是我走之后问的同事吧。”白禾禾见我愣住了，伸手在我面前摇晃了两下，“嘿，被吓到了吧？我也觉得他疯了。”

后面她说的什么我一句也没有听到，我没想到会有这样的巧合，这个在我最困难的时候伸出援手的人，她的前男友竟然是仝跃天。

“想什么呢？”白禾禾说。

我再也没办法像刚才那样和她嬉笑，想起那天石小单把我撞倒在路上，仝跃天看到我是个孕妇时激动的样子，显然，他是因为白禾禾的缘故才紧张孕妇的！看到仝跃天的名字，我就不自觉地想到石小单，不知道他看到我留下的纸条会不会骂我不知好歹呢？

白禾禾趴在桌上托着下巴：“犯什么花痴呢？”

“禾禾，你男朋友喜欢骑赛摩啊？”我努力让自己的记忆从石小单那儿拉回。

见我终于正常，白禾禾也松了口气：“是啊，他还自己组建了支赛摩队，都是一些喜欢疯狂的年轻人。不过他们都是平时自己玩玩，还没参加过比赛呢。”

“你坐过他的摩托车吗？”恍惚间石小单取下头盔的那个场景又出现在我面前。

“坐过，可刺激了。”白禾禾说着就来了兴致，“每次都开得特别快，我坐在他后面都不敢呼吸，你知道为什么吗？”

我摇摇头：“不知道。”

“吓得啊，哈哈……”白禾禾回忆起她和仝跃天的过去，似乎满满都是幸福，“他还带我去他们专门练车的地儿，你知道吗，那块地全是泥泞，你说好好的地方为什么全部弄得坑坑洼洼的啊？可他们队上的人还就喜欢去那儿，每次去那边我坐在他车上，下车的时候都惨不忍睹，像是从泥堆里挣扎出来似的。”

“哦？”

“他们队上还有个魔术师，他更恐怖。”白禾禾说起石小单的时候，笑得更开心了，“特喜欢半夜去高速路上玩，每次我男朋友都要阻止他，他还就特立独行，没人陪他去自己就去了。有次半夜，他在高速上溜了一圈没油了，你猜怎么着？”

白禾禾说的魔术师，应该就是石小单不假了，我立即来了兴趣：“怎么着？”

“哈哈……”白禾禾还没开始说就笑得直不起腰，“他直接打了高速交警的电话让送油来。你说说，骑摩托车上高速，还让交警送油。哈哈哈……”

“噗……”我也没忍住笑了出来，这石小单倒也还真够单纯，“那后来呢？”

“后来？被罚款了呗。”

听着白禾禾说着他们以前的趣事，我能感觉到那是一群充满活力和激情的年轻人。他们用所有的精力挥霍着属于自己的青春，不管不顾。也让我又了解了一些石小单的事情，他除了是那个和父母吵架的叛逆少年，也是个有性格的不成熟青年，魔术是他的职业，赛车是他的爱好。

而这一切，都离我特别遥远。

白禾禾忽然把手机收了起来，神色变得黯淡：“只是，这一切都过去了。他妈当时给我钱的时候说得那么坚决，我都收下了钱，要再回去，她一定不会对我客气。”

桌上的茶已经凉了，没有了刚才冲泡出来的味道。我抬头看到白禾禾正捧着手机仔细地翻看着，而我记得她明明说过不愿意再回去的。我看到她时而嘴角上扬，又时而紧蹙眉头，等看完所有的短信之后，她忽然趴在桌上大声地哭了起来。

我伸手拍拍她的头：“禾禾，如果你想他的话，就给他去个电话

吧。说说话不见面，他妈妈也不会拿你怎样的吧？”

白禾禾举着手机一边哭着一边摇头：“他出国了……”

我一时不知道该怎么安慰，只好不停地拍着她的头。

Chapter 4

我不能选择小我八岁的你

第二天是星期六，金俊中本来是要上全天课的，不料晚上吃过饭，忽然接到了他打来的电话，开口便很礼貌地说：“柯老师对不起，明天的课怕是不能上了。”

我虽好奇但也没有多问：“好吧……”

“那个……柯老师，你……明天有时间吗？我想……”金俊中中文不算太流利，说话还是一副吞吞吐吐的样子，“参加比赛，邀请你。”

我听得云里雾里：“我没听明白你的意思，说英语吧？”

很快，里面传来流利的英语，翻译的意思是，明天他要顶替一位朋友去参加摩托车比赛，问我愿不愿意去当他的啦啦队。

理解之后，我不得不为难地转头看看白禾禾。禾禾耸耸肩：“去啊，赛车可刺激了，我都好长时间没看过比赛了，为什么不去？”

我看白禾禾激动的样子，笑着答应了下来。于是我们在电话里约好，第二天一早金俊中开车来接我们，一同去赛车场。

第二天早上天还没亮，白禾禾就摸索着起了床。许是太长时间没出门了，她显得特别兴奋。金俊中在约好的时间来接上我们，半小时后到了比赛所在的俱乐部，有俱乐部的人亲自来接待我们，把我和白禾禾带去了看台贵宾区，而金俊中则去做赛前准备。

看台上已经坐满了人，我和白禾禾的位置，在赛场起点和终点的正前方，也是靠近场地最近且能最清楚看到车手的位置。我们下方的入口处，摆了一排崭新的摩托车，时不时有些提前上场的车手进来，按照自己的顺序去认领车，顺便在场地里适应一圈儿。

很快，在场地上就出现了一个熟悉的身影。这个身影，我曾经站在窗台边看过多少次，又怎么可能会忘记？只是我没有想到，他会到这儿来参加这种小场合的比赛。我一时有些接受不了在这儿见到他，起身想要装着去厕所趁机离开。

不料，一旁好事儿的白禾禾，毫无忌惮地站起来挥着手大喊着：“小单，石小单！”

想要再转身已经来不及了，一边是石小单往我们这边走来，一边是白禾禾拉着我的手低声说：“柯安你看，这个就是我告诉过你的那个魔术师。”

我在心里埋怨着白禾禾，只是又不好意思发作出来，而白禾禾说着还站了起来，不停地冲场下招手：“小单加油。”

石小单一步步往我们靠近，我的心跳迅速地加快，不安地用另外一只空着的手拉了下遮阳帽，又用力低了头祈祷着不要被他认出来。

“你怎么来参加这种比赛啊？”白禾禾问。

“闲得没事，来玩玩。”石小单还是那般随意的口气，“你怎么在这儿？”

我以为是在问我，吓得我都想要松开白禾禾的手离开了，抬眼看到他是在和白禾禾说话，也就放了心，再次把帽子往下拉了拉。

白禾禾毫不怀疑地回答：“我们有朋友来参加比赛啊，我就跟着来加油打气。”

“几号？”

估计白禾禾也意识到了刚才嘴快说漏了，连忙补了回来：“呃，还没出来呢。”

“哦，那我先去热身。”石小单说完往我这边瞟了一眼，我吓得几乎要把头低到前面的椅子后背下面了。

“你先去吧，对了，你别告诉队长碰到我的事儿啊。”白禾禾比着一个加油的手势，“要是你告诉了他，我就和你绝交。”

“好。”石小单简单地说完，就转身离开，再也没有看我一眼。

我心里不禁有些失落，原来以为他对我是在乎的，至少再见到我，会拉着我质问一番我为什么不辞而别。可是他没有，只是这样淡淡地就走了，甚至根本就无视我的存在。也是，他当初对我的救援不过就是可怜我，或者跟可怜路边流浪的阿猫阿狗没什么区别。失落的同时我一颗悬着的心终于放了下来，终究我还是会继续安静地生活下去。

可是为什么我的心特别乱呢？为什么会觉得场上就只有石小单了呢？

首轮淘汰赛结束，不出意外地，石小单和金俊中都进入了拉锯赛。可我完全没有了看比赛的心情，于是起身离开赛车场，找了室内一间休息厅的角落，点了杯茶翻看着杂志。

终于听到广播里在播报比赛的结果，让我意外的是冠军是金俊中，石小单并不在前三名之列。我收起杂志，拿出手机想拨白禾禾的电话，告诉她我在哪儿，可刚拨号，面前闪过一团黑影，把我的手拉住，不由分说地往外走。

我看清楚了拉着我走的人，不是石小单又是谁？

我心里的不安再次袭来，在白禾禾口中，他那么好的车技为什么没有进入前三？他为什么刚才都不看我一眼而现在要拉着我走？他要带我去哪儿？我有好多想问的，也想过挣脱他的手，可奇怪的是，他的手就像是有磁性一般，我怎么也甩不开。

一路上遇到了不少观众，他们奇怪地看着我们俩，可石小单完全不在意，直直地走到一辆宾利车面前停了下来，打开副驾驶门，几乎是用命令的口气说：“上车。”

我转身，希望白禾禾或者金俊中跟上来。

“上车！”石小单的声调提高，语气也没了刚才那种友善。

我依然站着不动。

就这样僵持了几分钟，石小单忽然把我抱起来扔进副驾驶关上门，绕过车头去了驾驶室，点火踩油门一气呵成，嘴里骂了句：“毛病。”

我眼睁睁地看着离赛车场越来越远，才醒悟过来：“小单你停车。”

石小单转头瞪了我一眼。

想到那天他爸爸的那番话，想到早上他无视我的表情，我忽然就怒了：“停车！听到没？”

石小单依然完全不理。

我解开安全带打开车门就要往下跳。

他伸手一把将我拉住，一脚急刹踩了下去：“不要命了你。”

车门已经被打开，我顺着就溜了下去，直直地瘫倒在地上，背靠着车，有气无力地说：“你走吧，不用管我，我很好，比你想象中的要好。”

他试图像刚才那样强制性地把我抱到车里去，可这次我做好了准备，用尽力气，不管他怎样我就是蹲在地上不再上车。最后他累了，点了支烟靠在车门上，问：“你到底走不走？”

我把头埋进两腿之间：“不走。”

“跟我走！”石小单叉腿站在我面前，抽着烟，一副居高临下的样子。

我坚定地说：“不走！”

石小单瞪着眼看了我几秒，语气软了下来：“要怎样你才跟我走？”

我不再说话，我不知道石小单为什么要固执地带我离开，不知道他为什么要对我这么好，更不知道跟他离开后我的生活会变成什么样子。好不容易习惯了现在，我不想再做任何改变。再说，我不想回到A市，也不想步入我以前熟悉的圈子。

可是我什么也没说，就这样默默地低着头。

石小单也不再说话了，在我旁边一支又一支地抽烟，直到我面前扔了一堆烟头，他终于再次恶狠狠地把我拉了起来紧贴在车门上，双手撑在我身体两边，脸凑得很近，鼻尖挨着鼻尖："你听好了，你是在想为什么我一定要带你回去是吧？"他的表情似乎很生气，他脖子上的青筋暴起，却硬生生地咬着唇一字一句地说，"我不愿意看你像个流浪的人一样无家可归，我也不能在任何时候丢下你不管！"

我瞪大双眼盯着他，摇摇头不理解地问："为什么？"

"你不用知道为什么，总之，我这辈子不可能会放弃你！"说完他松开撑在车上的手，和我并排着靠在车上，有气无力地说，"跟我回去吧，让我来照顾你。"

这一切来得突然，我深呼吸了一下，不知道该怎么回答。我们就在路边儿这样僵持了好几个小时，谁也说服不了谁。最终我还是没能拗得过他，一个不注意被他强行拖上了车，这次他变得聪明了，一上车就锁了车门车窗，然后任凭我说什么也不打开。

我不擅长歇斯底里，不想吼不想闹，只是靠在车窗上轻声地说："小单，你没必要这样做，我不值得……你会后悔的……"

从我上了车开始，石小单就没了刚才严肃的样子，恢复了他之前那副带着痞子样儿的叛逆模样，咧嘴歪着头盯着前方，手放在方向盘上打着节奏吹着口哨，表达的意思清晰明了，不管我说什么他都不会改变主意，而且这事儿就这么着了。

在路上，我接到了白禾禾打来的电话，她在电话那头用一种不敢相信的语气咋呼着说："柯安，石小单把你带去哪儿了？"听这语气，我猜白禾禾大概把石小单带我走的原因归咎于她了，她或许以为是全跃天出的什么幺蛾子。

果然，我还没回答她又急咧咧地说："算了，你让石小单接电话，老娘得问问他。"

我开了免提，说："这事儿和全跃天没关系，是我和石小单的事儿。"

"啊——"

隔着电话，我也能猜到白禾禾下巴几乎都要掉下来的样子。可我不想在电话里多解释什么，只是说："禾禾，要拜托你帮我和金先生说一下，明天的课可能没办法上了。"

"没事儿，你忙你的去，金先生那儿要是答应我就帮你上几天课，反正闲着也是闲着。"白禾禾顿了顿，降低了声音说，"全跃天明天走，你见到他了吗？"

"没。"

"你要是见到了他，记得千万别告诉他我们认识。"

"好。"

我有种内疚感涌了上来，觉得她什么都告诉我，什么都为我考虑着帮我，而我所有的事情都还瞒着她。有点儿人家掏心掏肺地对我，我还对人隔着肚皮的感觉。

石小单果然把我带回了A市。他或者并没有意识到张南的死对我的影响有多大，或许在他看来，不过是一个出轨的男人遭到了报复，我是那个受伤的妻子。所以他安顿我的方式就是把我带回之前租下的房子，请了负责我日常起居的保姆。在他看来这样就能让我的生活稳定下来，就不至于让我在外奔波受苦。

石小单没有对我做任何解释，把我放在家里后，匆匆地和保姆交代

了什么就出门了，一直到晚上也没有回来。面对今天的突发事件，我有点蒙，石小单就这样突兀地把我带回了A市，就算他会为我安排好以后的生活，那我就真的要这样寄生下去吗？

如果换作以前，我或许不会有这样的想法，可是和白禾禾生活了一段时间，听着她给我讲一些她以前上班时候的事儿，总觉得特别精彩。我在滨海要不是遇见了她，连找工作也是个问题，所以我就想有机会我也要好好锻炼锻炼，变成像她这样独立的女人。

每次我说要变成她的时候，她就打断我："别，你可不知道，我这样是经历过多少风吹雨打才练成的。我还羡慕你呢，从小在温室里长大，多好。"

脑子里乱七八糟的想法特别多，一直到凌晨都没有办法入睡，而石小单也没有回来，更是没有和我联系。睡不着，就索性打开电视排遣时间。A市新闻频道里，正在重播晚上的一档新闻节目，屏幕的右方有一排小标题："A市杀人案今天开庭宣判。"

我心里咯噔一下，瞪大眼睛盯着电视。

正好放着开庭的现场，镜头扫视了法庭一圈儿，停在了叶一丁那儿。屏幕上他的头发已经被完全剃掉，穿着囚服，面无表情地站在那儿。比起最后一次见到他消瘦了许多，脸色蜡黄得没有一丝光泽，眼神也是空洞地看着前方。在他的脸上再也看不到大学时候才气横溢的样子，在他的眼睛里也再也看不到一点儿希望。镜头随即转到了旁听席，只见他妈妈已经哭得快要晕倒在地，叶一丁听到哭声的时候眼神里闪过一道光，但随即又黯淡下来。

之后，不管法官询问他什么，他都回答："是……"

最后法官站起来宣判："被告叶一丁，犯故意杀人罪，且造成严重后果，经一审判处死刑，如不服本判决，可在判决书送达之日起十五日内，向本院递交上诉状。"

后面法官还在说着什么，我只觉得全身瘫软，脑子里一片空白，唯独“判处死刑”这几个字，不停地重复在我的思维里——一个鲜活的生命就要在庄严的法律面前终止。

我大声地哭了出来，用尽全身所有的力气狠狠地抽了自己一巴掌：“你个害人精！”

凌晨3点，外面有了开门的声音，我起身打开卧室门，石小单醉醺醺地倚靠在门边儿，手里晃着一盒生日蛋糕，见我出来，摇头晃脑地说：“柯安，快祝我生日快乐。”

我看着他：“今天你生日？”

“是……”石小单一手提着生日蛋糕，一手撑在门上，“快说，祝我二十二岁生日快乐。”

二十二岁，我第一次知道了他的年龄，青涩得让我羡慕。

“快点，祝我生日快乐。”石小单继续要求。

我把他搀扶进来，安顿到沙发上坐着，从冰箱里拿出一瓶饮料递给他：“生日快乐。”

石小单忽然情绪激动地哭了起来，扔开蛋糕起身紧紧地把我搂进怀里：“柯安姐，好不容易让我再遇到你，你不要离开我了好不好？”

看着石小单在我怀里哭得天昏地暗，我的恻隐之心隐隐作祟，觉得似乎应该遂他所愿留下来。但我是清醒的，知道不能再这样随意动情，我已经害掉了两条人命，不能再害石小单。

“别哭，别哭……”我拍着他的后背，不知道该怎么安慰。

“柯安姐，这么多年我从来没有忘记过你的帮助，可我却一直找不到你。”石小单的眼泪润了我的肩，“那时候我就想过，如果有一天我能找到你，一定要加倍偿还给你。”

虽然石小单说得动情动理，我却不知道他在说什么。

石小单还在说：“偶然有一天我回到家里，看到你竟然站在对面的窗台上，我想走过去和你打招呼，只是你好像在想心事。我现在好后悔啊，我应该来招呼你的，我应该让你认识我相信我。你受了什么委屈告诉我，那现在你一定不会这样难受，一定不会。”

“你知道吗？当你把食物放到我面前的时候，我已经饿了好多天了。从小到大我没有那样地窘迫过，也从没有觉得食物会那么珍贵。我就好想叫住你，可你走得太快，我还没缓过劲儿说声谢谢。但我记住了你的样子，记住了你的名字……”

石小单声音越来越模糊，倒在我肩膀上就像是要睡着了，我轻轻地推开他，坐在床边，他还在喃喃：“那种雪中送炭济困解危的感觉，没有到那样的境地不会有人理解。有同去的小伙伴，饿得快要死过去的时候才被人带走，而我因为有你的帮助……”

我好像记起来了他是谁。

六年前的暑假，我跟母亲回乡下的外婆家。听说有人到村外那片大山里搞野外生存实战训练。那片山方圆好几公里全是原始森林，里面偶尔也会有徒步爱好者去探险，不过很少有人靠自己走出来的。当时外婆和我妈说起的时候，还在庆幸我比较听话，说这次来的这些少年，都是叛逆到家里拿他们没有办法了，才送到这个活动营，让他们来挑战生存极限的。

因为这个活动好像要让那些少年在山里独自生存一个月，所以在外婆家待的那几天，每天都能听到进山的人带回来的“最新消息”。不是某个少年因为受不了里面的恶劣环境用自杀做威胁啦，就是某个少年因为想要逃离那片山，迷路被困了一个晚上之类的。

那天是我小舅带我进去采菌子，路上意外地看到已经饿得奄奄一息的少年趴在帐篷面前，小舅挎着篮子就要向前走，而我停下了脚步要小舅把我们的食物给他吃。其实我当时的想法很简单，我根本不了解什么挑战生存极限的训练，只知道面前这个男孩饿晕了，要是再不给他吃东西，万一饿死了怎么办？

而我没有想到的是，就这么一个小小的举动竟然让石小单铭记了六年。也许就像他所说的那样，我是没有到他那样的境地，无法理解我给予的那点儿食物对他来说有多珍贵。

我一夜未眠，我想我还是要回滨海，就算单纯地为了叶一丁我也必须要回去，那是他和我见最后一面时交代过的。如果我们不再见面，那就算是遗言了吧？

早上，酒醒后的石小单又恢复了昨天白天的模样，和晚上趴在我怀里哭泣的大男孩不同，他好像更希望在我面前做一个能遮天的男人。

充满阳光的午后，公寓的露台花园上，我泡着茶，开始了和石小单正式的交谈。

我说："小单，我有事说。"

因为昨晚的宿醉和没有休息好，石小单躺在椅子上有些疲倦，但还是试图阻止我："你不用说了，我知道你想告诉我你要回滨海。但我要说的是，在A市所有的一切我已经帮你搞定了，张家不会有人埋怨你，也不会有人来找你的麻烦。你如果不愿意工作，你就在这儿继续住下去，阿姨会在这边照顾你的一切。如果你嫌闷得慌想要工作，我也可以为你想办法。总之，你不能离开A市，我不想看到你在滨海过着普通女人那种油盐酱醋的日子，我不希望有一天你身上充斥着菜市场的味儿。"这番话说得很淡，没有昨天那般霸道。

我心里一暖，还是执意地说出了我的想法："不管怎样，我要回滨海。"

石小单听闻这话，立马弹起来，明显有些发怒："为什么？"

"我很感谢你帮我做的这一切，我的情况特别复杂，我不想把你拉进这趟浑水里。我会记得你对我的好，但我还得回滨海去，我要在那儿生活下来。"

"为什么非得是滨海？"

我几乎用气息说了句："那儿是他让我待的地方。"

沉默，长时间的沉默之后，他才终于开了口："晚点我送你。"

上次是不告而别，这次，终于征得了他的同意，我松了口气。

我如愿回到滨海，一连两个月，石小单再也没有来打搅我的生活。我好奇他的淡然，但也猜测一贯自信满满的他，是不是因为两次被我拒绝而再也不愿意理我？如果是这样的话，那自然是太好不过了。二十二岁的他，本来就不该和我的生活有任何交集。

两个月后的某个下午，我在准备上课前，收到了一封来自A市监狱的信。

从新闻中看到判决之后，我尽量调节自己的情绪，也好几次去监狱要求见叶一丁，可都被拒绝了，理由是他不愿意见我。我不知道他是不是在恨我，可是事实就是，他连和我见最后一面也不肯。我也寄过好几封信给他，可是都如石沉大海一般没有音讯。

而现在，看着封面上叶一丁熟悉的字迹，我早已经是泪流满面，更是不忍拆开。不知道哭了多久，我才终于打开了它，看了开头"亲爱的柯安"几个字，我就号啕大哭了起来。

"原谅我没有申请和你见面，有狱友说死之前要了却所有的心事，这样在黄泉路上才能做个坦荡鬼。所以我不能再见你，我不想知道你所有的境况，我怕见到你之后临死前不能闭上眼睛。我想象过你在滨海的日子，我很担心你，你从来没有独自生活过，但现在你却不得不面对。直至此时我才知道，自己的行为不是在帮你，而是再次将你推向了另外一个深渊。

"可我依然不后悔，我知道你会渡过这样的难关，我知道你会坚强。再大的困难都不敌你在这些年受过的屈辱，只有我用这样的方式结束，才能让你涅槃重生。

"亲爱的柯安，我走得比你早，即使我有来生你也已经老去。但我还是相信会有来生，所以我希望再看到你的时候，你能和爱你的人幸福地牵手，共度余生。

“我希望你不要再惦记我，希望你把所有的记忆，都留在我抛弃你离开滨海的那天，让你永远记得，是我叶一丁曾经对不起你，是我让你度过了这非人的日子。

“不要原谅我，一如既往地恨我吧。”

短短的一封信，我流着泪看了一遍又一遍，几乎每个字都能让自己清楚地背下来，那种撕心裂肺的抓狂让我想要站到窗台边上跳下去。在家里闷得几乎要窒息，我打电话向金俊中请了假，想要独自到街上去散散心，想再去找找叶一丁曾经生活过的那个街道。

叶一丁的家，在临近海边的一条老街上，很早以前我听他说过，可没等到去我们就分了手。来滨海这几个月，我一直没有勇气去那儿看看，我怕，怕不经意地听到他的事，不经意地碰见他父母，更或者是我在逃避。而今天这种心情，我想我是需要去那儿的。

临近黄昏，我到了街口。

让我没有想到的是，这条街几乎都闪烁着昏暗的霓虹，街口站着浓妆艳抹的女人。磨得有些发光的青石板路，两边低矮的房檐，一看就是有些年代的房屋，而路边摆着的现代化灯箱和站着的那些时尚的女人，和这些却是那么不符。我一路都在想着，叶一丁曾经会住在哪间屋呢？他小的时候，会不会光着脚丫从这街上跑过呢？

正想得出神，肩膀被人一拍：“柯安？”

我吓了魂都快没了，转身却看到一个妆化得像鬼、披一头金黄色头发的女人，穿着一身黑色的低胸超短裙，另外一只手还拿着烟。辨认了半天，我才勉强可以肯定这是好几个月不见的许安芷，整个人完全没有了当初跋扈的样子。

我惊得张大嘴：“怎么是你？”

从雷希直接承认所有的事情之后，我对许安芷就再也恨不起来了，而现在看到她出现在这儿，我整个人除了惊讶就是心疼。比起她的落魄，我的运气似乎要好那么一些？

“进去坐坐？”许安芷指了指旁边一间门面房，上面写着“小红发屋”。

我摇了摇头：“你怎么会在这儿？”

许安芷吸了口烟，用不大友善的语气反问：“我不在这儿，那你告诉我应该在哪儿？”

“我是说……你怎么会来做这个？”

“你觉得我现在除了这个，还能做什么？”

我无法理解许安芷此刻所想，但我知道她一定特别无奈，便说：“我现在要去办点事，要不晚点我们找个地方坐坐吧？”

“我还得上班，我就想问你一句，你看到我现在这样子，是不是很解恨？”

“没有，我……”

“方红红，有人找你。”

里屋一个四十岁左右的女人冲外面喊了声，许安芷立即转头答应：“这就来。”

不管我们曾经如何，看到她现在的状态，我都下意识地试图阻止她，于是伸手：“别去了吧？我们找个地方坐坐？我想和你说点事儿……”

“不去你给我拿钱？”许安芷斜了我一眼，“我24小时住在里面，你要找我随时来。”

我站在原地，看着她婀娜地移到那个糟老头面前：“进去吧。”

我木讷地站了许久，才回过神来继续往前走，可是满脑子都是许安芷那副堕落的样子。沿着老街来来回回地走了好几遍，我终于走进了“小红发屋”，订了许安芷。

一小时后，许安芷出来，我领着她离开老街到了一间茶屋。我们对视而坐，都盯着对方的眼睛不肯开口，一旁久等了的服务员轻声问：“抱歉打扰下，请问两位喝点儿什么？”

许安芷这才把目光挪开，点了支烟靠在椅背上，跷着二郎腿说：“你点吧。”

“两杯碧潭飘雪。”说完我有些心疼地摇摇头，“你这样，有想过多多的……”

许安芷猛拍了下桌子，打断我：“柯安你还有完没完？你难道还想对孩子下手？”

许安芷还是特别恨我，而我对她的恨已经消散了不少：“你觉得我对你的孩子下手我能捞到什么好处？你别忘了，从张南死之后，我就不再是张家的媳妇了。”

“我以前觉得你总是一副闷不吭声的样子好欺负，原来你竟然是条不叫的狗，咬起人来比谁都厉害。”许安芷依然是出言不逊。

我想让她知道雷希，于是解释说：“如果我说你笨你不会怪我吧？我们俩都被别的女人害了你知道吗？从你早产到多多得了厌食症，从你被赶出家门到张南被杀，你觉得如果都是我，我会狠毒到让自己流产吗？为什么在他死后我连孩子都带不走？”

许安芷的眼睛里闪着光：“你是说，还有其他女人？”

“当然，你有没有问过医生，仅仅一碗薏米粥就能导致早产？还有，你有没有想过你的吸奶器和奶瓶，怎么可能我碰过那么一次就下东西？我有那么笨吗？”

许安芷猛吸了口烟吐出烟雾，不敢相信地问：“刘妈？”

我没有急着回答，而是接着说：“试问，有谁真能狠毒到为了男人对自己的亲生孩子下手？你以为是我用孩子害你，而我还以为是你用孩子害我呢！”

“你骗我！”许安芷把烟头狠狠地掐灭，“你告诉我这些就不怕我和刘妈是一伙的？”

“你是个母亲，你没有理由不想要自己的孩子！”

因为孩子，这个晚上我和许安芷聊得很好。聊到最后的时候，许安芷忽然哈欠连天，一副昏昏欲睡的样子困倦地说：“改天聊，我得回去上班了。”

“今天不是说好不用去的吗？”

“不行，我得回去。”许安芷忽然焦躁起来，摆摆手极其不耐烦地要往外走。

我拉住她：“不要回去上班了吧？好好找个工作。”

“我不要，我要回去。”她甩开我的手，用力地挠了挠头，“你走吧，你别管我。”

她情绪的突然变化让我不适，这种症状太不正常了，感觉像是电视里看过的毒瘾发作的样子。但我不敢确定，试探性地问：“你是不是吸毒了？”

许安芷已经开始抓狂了，大喊了一声：“啊！你不要管我行不行！”然后就飞快地冲了出去。我也连忙拿起包，放了钱在桌上就跟着她往外走。她一路小跑回到老街的一个小岔路口里，那儿站着几个染着黄头发的男子，他们见到许安芷就迎了上来。许安芷把钱递给他们，从他们手里接过什么东西，快步一折身回来，和我差点儿撞个正着。

我一把将她抓住：“你买的什么东西？”

“快，后面有人追我。”许安芷的情绪已经完全不正常了，拉着我的手就飞快地往发屋跑去。跑到最里面的一间屋，她把我挡在了门外，我不停地敲门，完全没有人搭理我。几分钟之后，里面传来了许安芷舒服的声音。

我把门打开，许安芷坐在脏兮兮的床上，一副享受的样子，像是饿极了的人刚刚吃饱的状态，旁边的桌子上还放着针管。我不经意往她手臂上一瞥，已经满目疮痍。

我问："多久了？"

"两个月。"她已经缓过了神来，"我也知道这样不好。"

"第一次是谁给你的？有想过要戒吗？"

许安芷似乎不愿意回答我这个问题，低下了头："你走吧，我想休息了。"

"跟我走吧？离开这个地方，离开这群人。"我不甘心看着她继续堕落。

许安芷摇摇头："我还是先待着吧。"

"你真的不想替多多考虑？你之前和张南的事情如果多多长大后知道，也许都已经抬不起头了，你现在再这样自暴自弃，你想过他以后的感受吗？"

"我找不到工作的，我从来没工作过。"

"一定会有条路给你走的，只要你想离开。"

许安芷抬头看着我："那你告诉我，我能去哪儿？"

我自己现在也算是泥菩萨过江，在滨海除了白禾禾和金俊中，我也没有其他的路子。一时之间泄了气，说："那你先待着吧，我会想办法帮你找个工作的。"

思前想后了一整夜，我觉得许安芷目前需要的不是工作而是戒毒。第二天下午我就去店里找了她，想趁着她清醒的时候说服她去戒毒所。让人意外的是，她很乐意地就跟我去了，而且是一副要痛改前非的样子。

许安芷借着逛街的名义和我离开了巷子，去戒毒所办理好了手续。因为她的吸毒时间不算太长，经过一番检查之后，暂时办理了三个月的戒毒治疗。

因为是周末，上课的时间应该是早上10点，而从戒毒所出来已经10

点半，我连忙打了车赶去金俊中家里，到的时候他已经摆好茶具等着我了。金俊中从一开始喝过我泡的茶后，每次上课之前总是要先喝茶，而他是我的老板，我自然没有办法拒绝。

我想着心事，泡茶的时候也总是心不在焉的，最后泡出来的味道自然是差强人意。金俊中只是尝了一口就皱着眉头问道："柯老师，你没事儿吧？"

"啊？我……没事儿啊。"

"要不，我们今天不上课了吧？"金俊中一眼就看出来了我的不对劲，理解地说。

"不用的金先生，我很好，我们继续吧。"说着，我起身准备把茶盘端到一边。

不料被金俊中按住手："柯老师，今天我不想上课，你能陪我聊聊天吗？"

金俊中是我的老板，每天都给我发工资，只要要求不算过分我就没有理由不答应。况且因为许安芷的事情我心里也不安，总觉得她好好的一个人，怎么会走到了现在这一步？而更有种预感，雷希好像还没有放过许安芷的意思，那么她下一个目标会不会是我？

今天金俊中的状态也很奇怪，好像有特别多的心事。喝茶的时候就一直皱着眉头，偶尔还会叹口气，或者是仰躺在沙发上看着天。说是让我陪他聊聊，整整一个上午却是什么也没有说，倒是到中午的时候，才提议陪他去吃烤肉。

在烤肉店，金俊中点了酒，盛情难却之下我陪着他喝了杯清酒，不胜酒力的我几杯下肚就有些晕晕乎乎的了。金俊中也不多说，就撑着头含情脉脉地看着我，偶尔皱眉偶尔笑笑，我根本不知道他在想什么。直到中途他出去接了个长达半小时的电话回来，终于变得正常且一副喜笑颜开的样子，对我说："柯老师，今天我有点事儿，我带你坐摩托艇过海吧？"

过海的时候，我坐在金俊中的摩托艇后面，迎着海风不自禁地小声说了句“海风真舒服”。

“那我带你去转转？”说完不等我回话，金俊中就忽然一个急转弯，猛地提速把摩托艇往更宽阔的海面上开。惯性让我往后一仰，条件反射地搂着他的腰免得自己倒下。我感觉到他的身体往后蜷了下，连忙又把手给松开。

空旷的海面上因为摩托艇的驶过留下波浪的痕迹，浪花溅起来打在身上。吹着海风感受着摩托艇的速度带来的刺激，我忽然感觉特别地刺激和放松，想要大声喊出来。

海风呼呼地吹，金俊中再次提速：“柯老师，你太压抑啦，要不要大声地喊出来？”

我不得不紧紧抱着他的腰：“什么？”

“大声喊出来。”金俊中重复了一遍，“像我这样，啊——”

我是想喊出来，可又觉得放不开。之后在他的循序诱导下，我终于放开嗓子喊了一声。

可他不满意：“再大声点。”

“啊——”

“还可以大声点。”

“啊——啊——”

“再大声点。”

“啊——”喊着喊着，我忽然就失控了，“我是柯安，我要好好活下去！”

压抑的情绪发泄出来之后，我就彻底没了顾忌，紧靠在金俊中的背上索性放声大哭了出来。除了他，没人能听到我的哭声。金俊中并没有安慰我，而是继续加快速度，在这一望无边的海面上肆意地飞奔，而我就放声大哭。是的，我可能压抑的时间太久，也可能是循规蹈矩地过了三十年，还没有享受到青春就已经沾上了中年。而在这一刻，我感觉自己仿佛只有二十岁，全身上下充满了年轻的活力。过了许久，我渐渐恢复了平静，摩托艇的速度也慢了下来。我感受到了刚才的失态，赶忙松开了抱着他腰的手，还没等到摩托艇在岸边停稳，急匆匆地要下去。

金俊中反手拉住我，有些激动，唇不停地往我脸边靠："柯老师。"

"金先生，你别这样。"我尝试把他推开。

金俊中的眼神瞬间就暗淡了下来："对不起。"

和金俊中分别后，我的心情很乱。这两天发生的事情太多，叶一丁寄来的信，许安芷的变化，还有今天的"放纵"和金俊中的不对劲儿都让我混乱。

我不知不觉地又走到了那条老街，脑子里不自觉地出现叶一丁曾经在这条街上嬉笑的场景，虽然我没有和他一起经历童年，但他的影子却是那么深刻。他跟着一群小孩儿，从街头跑到街尾，偶尔有个小女孩摔倒了，他连忙把人扶起来。

想到这儿，我嘴角不禁地扬起了笑。

忽然，身后有人死死地拽住我的头发，我一声尖叫："啊——"

"就是她。"耳边传来那个中年女人的声音，随后一群染着黄头发的年轻男子迅速地冲了上来将我团团围住。

我的脚一下就软了，盯着这群人小声地问："你们想干什么？"

"方红红呢？你把她带到哪儿去了？"中年女人拽住我头发的手还没有松开，"方红红是我的人，你别想着从我手里把她带走，我还指望着她给我赚钱呢！你听到没有！"

我知道这群人一定不是善类。我在猜测是不是他们给许安芷下了药让她成为这儿的摇钱树？而现在我带走了许安芷还帮她把毒瘾戒掉了，他们一定认为是我挖了这棵树。

正在我这样想的时候，有人一把推开了围着我的人，紧紧地把我拉过去挡在他的身后，双手背过来搂着我，小声地说："别怕。"

看着忽然出现的石小单，不知怎的我就哭了出来，那种害怕的感觉瞬间不在。

“小子，这儿没你什么事儿啊，要是识趣的话就赶紧滚。”站在女人身后的一个满头五颜六色的男子跨步上前，手放在裤兜里挡在石小单的面前。

石小单哪儿怕过这些小混混：“我凭什么滚？你们一群人欺负个弱女子，想干什么？”

我忽然瞥见男子的裤兜里凸起来了一块像是刀柄的东西，心里暗道不好。拿开石小单抱着我的手：“你先走吧小单，别管我。”

石小单坚持按住我的手，然后提高了声音：“还不让开？”

“哦？”中年女人上下打量着石小单，“就你？怕是不能解决这个问题吧？”

石小单已经被这群人惹怒了，拉着我就要强行往外面走，而我的头发还被女人死死地拽住，往前走两步就疼得厉害：“等等，我的头发……”石小单这才停下来。

女人一副扬扬得意的样子：“甭管你是哪路货色，来了老娘的地盘就得懂规矩。你可以上周围打听一下，我手下的妹子有谁敢动的？”

总之他们今天的目的就是要我交出许安芷，反正我身正也不怕影子歪，甩掉石小单的手就站了过去：“老板娘，是你的人丢了凭什么怪到我头上？”

“凭什么？”这个老女人说着就一个巴掌扇过来，“就凭你不守规矩！”

石小单反应迅猛，伸手就拉住中年女人的手把她往前一送：“滚开。”

中年女人顺势倒地，周围的男子一见她倒下，冲上前来按住石小单：“你要动手是吧？”

现场完全一片混乱，而混乱之中我被中年女人拉到了一边："快说，方红红被你带去哪儿了？"

"我真的不知道。"

又是一巴掌："你到底知不知道？"

"不知道。"我确实不能眼睁睁地看着许安芷刚刚逃离开，而又被他们找回去。

刚才最早冲上前的男人站到我面前，从包里掏出一把匕首指着我："把她交出来就没事儿，别让哥儿几个对你下狠手啊？"

石小单也许是看到了那人拿出了刀，也不知道是哪儿来的力量，一下就推开好几个人，冲到我面前把我护住："你们敢动她！"

话音刚落，男子果真对准石小单的肚子捅了过来，血瞬间就浸湿了他的衣服。我一看这情况不妙，绕过他用身体挡住。可石小单根本不在意自己是不是流血，用力地把我拉开："滚一边儿去！"

远处传来警笛的声音，我像是看到了救星似的往码头那边的巷子口看去。远远地，看到金俊中站在那边，也许是见我转了头，他很快消失在巷子口。

警察陪同我们一块儿去了医院，好在匕首不算太长，插进去的位置也不深，石小单仅是受了皮外伤而已。可我整个过程都很恍惚，觉得遇到自己的人好像都特别不好，从张南到叶一丁到石小单，为了这么一件奇怪的事情，差点儿出了大事。从医院出来的时候，我忽然感动地扑进了石小单怀里，这个比我小八岁的男人，在最危险的时候用生命保护我。

"没事儿，医生不都说了是皮外伤嘛。"石小单搂着我，满不在乎地说，"走吧，好久不见你了，我还有事说呢。"

石小单就近去了医院旁边的一家星级酒店，一直到了房间我心里都很忐忑，想着刚才他奋不顾身冲到我面前的样子，想着最后看见金俊中那个远远的身影。但石小单却不同，他像个英雄似的一路揽着我，到了房间才把我松开："还担心哪？"

"你怎么那么傻？我是个女的，他们不会把我怎么样的，你该走就走啊。"我声音哽咽，不知道该怎么表达我此刻的心情。从在电视上见到这个大男孩开始，他的每一次出现，都给我布满阴霾的心里带来了一丝明媚。

"就这几个毛贼？"石小单不以为然地轻哼了一声，"我可是练过拳击的，今儿要不是其中一个使了阴招，我还能打不过他们？"

"阴招？"

石小单尴尬地指了指裤裆："我这儿被人踹了两脚。"还在我面前炫耀似的说，"我就说没事儿吧？我也算是叱咤江湖的人，怎么可能连这几个毛贼都搞不定？"

这样的窘迫化解掉了暂时的尴尬。

石小单倒是很快把傍晚的事情抛到了一边，坐到我旁边点了支烟："你说，你会不会因为这件事爱上我？要是这样，我真还得回去感谢那几个毛贼。"

"小单。"既然他再次说到这个问题，我也没有再选择逃避，而是转过身盯着他，一脸严肃地说，"你遇到我那年你十六岁，我二十四岁，那时候你还很青涩我也还很纯洁。但是现在我已经三十岁，你才二十二岁，我已经过了谈爱的年纪了，你懂吗？"

"这又有什么关系？哪条法律规定了三十岁不能谈恋爱？再说，我比你小又怎样？我有足够的能力来保护你，让你不受委屈，这不就够了吗？你还想怎样？"

面对石小单炙热的眼神，我说："小单，我觉得你可能是把雪中送炭的那种感情，和男女之间的爱情混为一谈了。"

"切……"石小单很鄙视地哼了声，抽着烟很酷的样子说，"你还真拿我当小朋友来打发呢？就刚才，你那个和你一般大的男人，他尿得站在巷子口都不敢进来，你没瞧见啊？”

“第一，我不爱你；第二，我也没有想过在这个时候和谁谈恋爱，我只想快点让自己重新开始新的生活；第三，即使我要谈恋爱，我也不会选择一个比我小八岁的男人，你明白吗？”

石小单的眼神黯淡了下去，努努嘴有些不高兴的样子：“我就知道你会这样说。”

我有了恻隐之心，取下他手里的烟：“你还有伤呢，少抽点儿。”

石小单不再质问我，而是靠在沙发上闭着眼睛，佯装老练地冥想着什么。

我轻轻拉了下他：“你去休息会儿吧，我出去为你买点儿水果，很快就回来。”

石小单在我离开之后显然没有睡觉，而是去冲了个澡，因为我进屋的时候，他正裹着浴巾大声地叫：“柯安，刚才贴的纱布好像掉了，你来帮我看看吧。”

我一听到纱布掉了，连忙冲过去蹲在他面前：“怎么会掉呢？有没有碰到水啊？这大夏天的可不要……”

话还没说完，石小单就把我揽进他怀里，另外一只手掀开他的浴巾：“骗你的啦。”

明知道上了当，可在接触到他肌肤的一瞬间，我的心还是颤动了好几下。但我马上意识到这样不好，连忙推开他转过身去红了脸：“石小单你流氓，快把衣服穿上！”

石小单并没有听我的话，他从身后抱着我：“我为你受了伤，你要陪我。”伴随着他颤抖的声音，他的吻如雨点般地袭来，那么炽烈和疯狂。

四年了，我想我是需要这样的怀抱和胸膛的。

可理智告诉我，不能这样！

我一个激灵把他推开："小单，不能这样。"

石小单被忽然打断，意见特别大，很是泄气地撑着头："为什么？事情过去都快要一年了，你还忘不了吗？我就不明白了，有什么大不了的？有什么过不去的坎儿？"

我理了下被他弄乱的头发："你要再这样我就回去了。"

"回去？你回哪儿？那个韩国人那儿？"石小单很是郁闷。

我好奇地盯着他："你怎么知道？"

"哼，我什么不知道？这两个月，我一直在滨海！"石小单点了支烟，有点伤感，"你的家庭、你从小的生活环境是什么样，你以为我不知道吗？你以为我真放心把你一个人丢在这儿啊？别以为我不知道，要不是白禾禾，你估计早就饿死了，还跟我在这儿逞能呢。不说其他的，就说白禾禾偶尔出差几天，你要丢多少泡面盒子吧！"

听完我就震惊了，原来石小单一直在滨海，原来这两个月他一直在我身后。可是除了感动，我依然保持高度的理智，拒绝他再靠近我一点。

之后石小单果然没有再做过分的事情，虽然他还是肆无忌惮地当着我的面儿穿上了衣服。睡觉的时候他主动抱了被子睡沙发，让我一个人睡在床上。而我们俩心照不宣地都失眠了，听着他不停地翻身和喘息，我只能保持同样的姿势一动不动。

也不知道是几点，外面特别安静，在他翻身多次之后终于开了口："睡了吗？"

我没回应，装着自己是睡着的样子。

听到石小单小声地说："你肯定不会知道，你的身上充满了多少魅力。六年前在山里看到你的时候，我怦然心动，你像是我梦中的女神。后来看到你站在窗台旁边，又特别像我的姐姐，再后来你出事之后，我偶尔会觉得你像我的妈妈。呵呵，这三种感情都寄托在了你的身上，你让我怎么可能不爱你？"

然后他真的以为我睡着了，索性起来拿出冰箱里的酒，坐在床边，一边喝一边说。从他的呓语中，我知道了他在送我回滨海之后，就回去先办理了退学手续。他说他并不是真的想这样叛逆地生活，他只是恨他爸妈，总是事事都不想如他们的心愿，而这两个月在滨海的生活，使他逐渐意识到了以后的压力。他想了很久，还是应该遵从家里的意愿去商学院学习企业管理，回国之后帮家里一些忙。虽然我现在总是拒绝，但是他坚信有一天我会解开曾经的心结，他只是希望到了那个时候，我们之间不会有其他任何的束缚，比如他的家庭。而到了那一天，他希望给我最好的生活，不管是精神还是物质上的。

我背对着他，眼泪不知不觉地流了下来，偶尔会有心跳加剧，偶尔有一丝心痛。最终我还是没有搭他的话，在他半梦半醒的呓语中，酣然入睡。

第二天我们就在酒店里分别，临别的时候他紧紧地抱着我，让我给他时间成长和证明，也给自己时间走出这样的阴霾。我从来没有过这样不舍的情愫，因为我经历过的所有的分别几乎都是对方不告而别，比如叶一丁，比如我父亲，他们都舍不得在走之前向我叮嘱几句。

唯独石小单不同，他抱着我在酒店门前耳语，说了好多话。

Chapter 5

振作起来，寻找父亲破产的真相

一转眼，半年过去了，我在滨海的日子也平静得像一潭死水。金俊中的中文已经快要达到他之前所要求的水平了，可是却一直没有开口和我提终止合同的事，而我心里清楚，我应该快要失业了。但比起初来滨海，我有底气了许多，至少我对社会不再恐慌，至少我遇到紧急情况的时候还有白禾禾这个朋友帮我出出主意。

随着仝跃天的出国，白禾禾的日子也变得平静了不少，从原来的公司离职后，原本就很优秀的她很快就找到了一份做奢侈品私人顾问的工作。

只是，在这样的关头，白禾禾那儿又生了变故。

和以往每个月金俊中发我工资的时候一样，我拿了钱的第一时间就是给白禾禾打电话，让她晚上不用买菜，我们应该出去吃顿大餐，今天也不例外。

拨通她的电话后，我听她的声音有些不对劲，“柯安，饭我可能吃不成，你先回来吧，我有话和你说。”

我担心她遇到了什么事，忙问：“你没事儿吧？”

“你先回来吧，我在家等你。”

我打了个车快速地赶回到家里，一开门，大包小包整理好的行李堆放在门边。

我愣了：“你要去哪儿？”

“我要和跃天回A市了。”白禾禾说得很轻松，但我看得出来她心里还是担心。

我问：“怎么？他什么时候回来的，家里都同意了？”

“这半年以来他坚持每天给我发短信和邮件，不断地哀求我回去和他在一起。我不想耽误他在国外的发展，就一直没有答应。没想到，他上个月回来了，来找我的时候我见到了他，瘦得不成样子。”白禾禾稍微停顿了下才说，“再加上小单以我的名义把那笔钱还给了跃天他妈，我想了想，觉得还了钱就不欠他妈妈的了。”

我有些担心：“那要是他妈妈知道了会怎么样？”

“不知道。”白禾禾也显得很没信心，“能瞒多久算多久吧，反正分开了我们两人也都过得不如意，倒不如及时享乐。”

我知道这段时间以来她过得都不好，虽然每天看似都开开心心的，可她几乎每次休息的晚上都会喝得酩酊大醉，醉了就哭，有时候半夜我在隔壁都能被她的哭声吵醒。还有她过生日的那天，她喝醉之后抱着我哭的时候说过，她几乎每天晚上睡觉都会梦到仝跃天，她还是不甘心就这样分开，如果有机会她还想和仝跃天在一起。

所以我理解她这次回A市去赌一把，她是在给自己赌一个未来。即使最后真的不能和仝跃天在一起，她也不再是因为钱而离开的，到那时就算没有了可能，也才能更放得开手脚重新开始。她给自己最后一次机会，不管成功与否，她和仝跃天两人都没了遗憾。

白禾禾就这样走了，房间里很快空荡了下来，我竟然有些不习惯。这几个月以来，我实在是太依赖她了。我忽然像是有些不大适应一个人生活的样子，站在客厅中间手足无措，不知道该干什么。好半天，我才去煮了

碗面，却又没什么胃口，独自坐在阳台上发呆。

晚上9点多，我忽然接到一个陌生的电话，对方很谦和地说："你好，请问是柯安女士吗？我是孟石凡，冒昧地给您来电，您该不记得我了吧？"

我想了半天，才想起这是谁，连声说："记得记得，你好，孟老板。"

"哈哈哈，难得柯小姐还记得我，真是荣幸呢。"孟石凡也没有多寒暄就直入主题，"柯小姐，今天孟某给你来电话，是有一事相求的。"

我说："孟老板你不用客气。"

"柯小姐有所不知，在我老家的山上一直是有一片茶园的，之前几年也就是家里人帮忙打理，到时间采摘一些茶叶，我自己炒制，在我店里销售。但是今年，柯小姐也应该知道在A市有一场盛大的茶叶博览会，是难得的一次展会和比赛，我就想去参加试试。要是有订单回来呢，我明年就整合其他老乡的茶园，规模化种植和销售。"

孟石凡说了一大堆，我也没听明白他找我是什么目的，于是我问："那您找我是……"

"不瞒您说，上次您在我门店泡的茶，正是我家茶园的明前茶，但奇怪的是，这些年不管是我还是我那些所谓茶艺高深的朋友，都没能泡出柯小姐您那天泡的那种味道。在那天之后，我又试过好几次，和您泡出来的味道真是相差甚远，所以我想……"

听到这儿，我好像是明白了什么："你的意思是，到时候需要我去泡茶？"

"正是。虽然我是第一次往外推出我的茶，但我对我的茶还是很有信心的。柯小姐是没有去过我的茶园，那儿不管是空气、土壤还是环境，都是种茶的最佳场所。如果还能再有幸用上柯小姐的手艺，我相信我的茶一定会在展销会崭露头角。"孟石凡很诚恳地邀请。

这次活动曾子诺告诉过我，而她还为我准备了一张入场券。只是面对孟石凡的邀请，我的信心稍微显得不是那么足："孟老板，我就是单纯地喜欢泡茶。"

“柯小姐，您不用谦虚。我孟某保证，只要您答应参加比赛，比赛的奖金归你，另外您的出场费，只要您开口都不是问题。如果没有获奖，那一定是还有比我更好的茶，我不会怪到您头上来的，这个您放心好了。”

对于孟石凡的邀请，我其实也是有另外的想法。这次的比赛和博览会，在全国范围内都算是大型的，而金俊中这儿毕竟不长久，如果在展销会上遇到合适的机会了，我或许可以往茶叶方面的工作发展，比现在更稳定，自己也喜欢。再加上孟石凡诚恳的请求，我也没有拒绝的理由，没有多谈价格就答应了下来。

周六的早上，我和以往一样早早地去了金俊中家里，习惯性地泡好一壶茶喝完之后，拿出我准备好的教案准备开课。金俊中却慢悠悠地拦住了我：“柯老师，您先别急。”

“怎么了？”我把教案放在一边。

“柯老师，您教我已经有8个月啦，我从能说两个单词到现在说整个句子，而且读和写也都没有任何问题，我认为这一切都是您的功劳。”说着，金俊中站起来向我深深地鞠了一躬后，又说，“可是，因为公司的发展，我不得不把公司和我们韩国一家非常有名的企业合并，而在此之后，我就需要到A市工作了。”

我一下就明白了金俊中的意思，看来，我应该是要失业了吧？

哪知，他接着说：“柯老师，和您相处这么长的时间，我有些舍不得您。虽然从明天开始，我想您不需要做我的中文老师了，但我希望您跟我去A市，做我的私人助理。”

“私人助理？”我不解地问。

“是的，之前在滨海我没有用到助理，可到A市之后，我生活上会有特别多也特别烦琐的事情。所以，我想我还是需要您的。”

我完全没有料到金俊中会提这样的要求，从他的话来看，他之前在滨海公司的助理，也会跟他一块儿去A市公司吧？可我跟他去A市做私人助理，而且是处理一些生活上的琐碎事情，怎么听我都会觉得有点怪怪的。我想了想，还是拒绝了他："不好意思金先生，对于私人助理这个工作，我想我还不能够胜任。恰好我月底的时候也有其他的安排，原本想过段时间再告诉你，可既然您要走，那我还是先说了吧。"

金俊中有些失望："柯老师，那如果有天我还需要您的帮助，您还会帮我吗？"

我耸耸肩："当然，只要我能办到的，决不推诿。"

"这周我没来得及取现金，这是您这周的工资，还有这几个月以来教授我付出的努力应得的奖金。"金俊中从包里拿出一张银行卡，又说，"柯老师，再泡壶茶吧？"

金俊中家里有很多上好的茶叶，这段时间他总是拿出不同的茶让我泡。而今天他拿出了正宗大红袍，我刚打开就闻到了一股异样的香味，这种香味不是一般大红袍所具备的。

果然是要离别了，他竟然舍得拿出珍藏得这么好的茶叶来让我泡。我这样想着，却听见他在旁边提醒我："柯老师，水老了。"

我诧异于金俊中对茶道如此精通，不好意思地把水倒掉重新烧。

待茶泡好之后，茶香逐渐散开来，我不过是闻了闻，就感觉整个人顿时陶醉在其中，这茶的品质绝对不只是上乘，而是精品中的精品。

"这茶是很多年前，有个朋友从中国带到韩国来的母树大红袍，经过她在韩国的精心炒制，最后有了这番味道。"金俊中不紧不慢地端起茶杯品了一小口，叹了口气，"唉，可惜我这朋友，已经好几年没有再泡过茶了。"

我端起茶杯再闻了闻，这浓郁的茶香还真是别致。浅品一小口，和我喝过的所有大红袍口感都不同，唇齿之间充斥着别致的淡雅香味，说是茶香又不像，说是花香又更淡，总之能让人完全陶醉地赞叹一声：世间竟然会有如此的珍品——炒制它的人一定不简单。

金俊中好像知道我在想什么，抿嘴笑笑：“柯老师，你知道这茶在市场上的价值吗？”

我摇摇头又点点头：“超六位数了吧？”

“听我朋友说，原茶让普通的茶艺师炒制出来的价格，也会在七位数以上。但是这样的口感和味道，是我朋友自己研发出来没上市的品种，目前来看市场价会远超七位数。”

我心里咯噔一下，金俊中这到底是什么朋友？

“可是，我朋友生病了，很严重，几乎完全失忆。我记得她之前告诉过我，她最大的梦想就是把自己毕生所学所研究的原茶种植和茶艺炒制在中国的土地上推广，可是那个时候她资金紧缺。我答应过她，我会帮助她实现这个愿望，所以我努力地赚钱，后来我来了中国，只为让她有一天可以不用考虑成本地潜心研究。可是没想到，她会是现在这样的情况。”金俊中又喝了口茶，紧闭着眼睛仰躺在藤椅上。

我问：“金先生，是你女朋友吗？”

“曾经是。”我分明看到，金俊中脸颊两边有两滴晶亮的泪水流下来，他擦了擦泪，说，“柯老师，我来中国是为了她，我去A市也是为了她，我只希望她还能醒来。我翻阅过很多资料，对她这样的失忆者来说，最好是有一个和她类似的人经常靠近她，这样她醒来的机会会比较大一些。可是我没有遇到过这样的人，在我就要失望的时候遇到了你，才让我知道上天没有断掉我们的路，它是希望她能醒来的。”

金俊中轻声地说着：“我喝过你泡的很多茶，每次都让我有种恍惚的感觉，我甚至怀疑你就是醒着的她，因为你们泡出来的茶口感是那么相似。而今天的茶，让我更确定了这种感觉，柯老师，我想除了你，没有人能帮到她了，所以，我希望你能帮帮我，也帮帮她。”

我往茶杯里续了杯，带着安慰的口气说：“金先生，你不用客气的，是不是需要我抽时间去见见你那朋友？然后在她面前泡泡茶，看她会不会

想起什么？”

金俊中睁开眼睛，感激地点点头：“是的，柯老师。”

“没问题，下个月A市有个茶博会，我答应了朋友要去帮忙，到时候你可以带着你朋友过来，我们在那样的环境下见上一面，或许会更好。”

说实话，今天金俊中给我的茶叶让我极为震撼，普通炒制的母树大红袍我是喝过的，绝对不及今天这茶的口感。听金俊中一番诉说，我不禁对他口中的女孩有了浓厚的兴趣，到底是哪路的神仙会把茶叶炒制出这样的味道？所以答应他，也是理所应当的事。

一切又回到了我初到滨海的样子，没有白禾禾，没有工作，我索性就在街上闲逛。逛了一会儿，忽然接到了戒毒所打来的电话，通知我去接许安芷。我这才想起，许安芷自愿戒毒正好半年，也该是出来的时候了。

打了个车直接去往戒毒所，却在门外看见了雷希。她站在一辆车的旁边，焦急地看着戒毒所里面，也像是在等人。为了不和她正面遇见，我连忙退回到旁边的花园里。大约半个小时之后，被剪去长发的许安芷从戒毒所里面出来了，东张西望地找人。

雷希连忙走上前，冲她挥了挥手。

许安芷也看到了雷希，似乎还很高兴地露出了个笑脸，紧接着就是一个拥抱，挽着雷希的手上了车。几乎没怎么停留，车就很快消失在了我的眼前。

我不敢相信地盯着车消失的地方，怎么感觉许安芷像是一直认识雷希似的，而且还像是关系不错的样子。那如果这样，她们是什么时候认识的呢？雷希为什么还是要对她下手？

更让我没有想到的是半小时后，我接到了雷希的电话，同样还是约在上次的咖啡厅。

雷希已经有半年没有找过我了，要不是今天见到她和这通电话，我都快要忘了她这个人的存在了。可是，她在许安芷出来的这天找我，我想，她是不是又要开始了？

意外的是，在咖啡厅里，我只见到了她一个人，并没有许安芷。

“柯安，上次我说过还会来找你的。不管在你眼中我是个什么样的人，但事实是张南死了，我这辈子也不可能嫁进张家了，所以我还需要你的帮助。”这是她开口说的第一句话。

既然话已经挑明，我当然没有好脸色，也是冷冷地说：“如果我拒绝呢？”

“我相信你不会拒绝的。”她说得理直气壮，“我没说错的话，你爸爸已经消失近一年了吧？不出意外甚至是用点儿什么法子的话，你爸爸那些债主应该会更着急了吧？”

“你——”我没想到她会拿这个作为筹码，这确实是我现在最大的软肋。现在那些债主暂时还没有动静，那是因为他们还抱有最后的希望，不想撕破脸到最后人财两空。我爸之所以消失，很可能就是抓住了债主这样的心理，利用这段时间去找真相。

雷希耸耸肩：“你觉得，凭你和我的接触，我会没有能力让债主疯狂起来吗？”

我彻底没有语言了，确切地说我是彻底被威胁住了。于是放低了声音：“你想怎样？”

“这就对了嘛。”雷希喝了口咖啡，露出诡异的笑容，“坦白告诉你吧，既然张南已经死了，我也没有了希望嫁进张家，所以，我只想让陈亦梅更痛苦一些。我恨她。”

然后，雷希出人意料地向我说起了她和张南之间的事情。

雷希和张南是早恋，他们从初中一直到高三，爱得很纯粹也很真。只是在毕业后张南被家人安排出了国，而留下雷希自己在北京念大学。雷希一直在等，等了四年终于等到张南学成归来。两地分开丝毫没有减弱他们的感情，在张南成为CC集团北京公司的总经理后，两人成天厮守在北京，一直到张南带雷希回去见了家长，也几乎是定下了婚期。

变故就在这种时候发生了。

陈亦梅迷信，之前我和张南结婚的时候就听她提过，是她算过命说我会旺张家才那么急着要我进门的。那么迷信的她，在这种大事儿上怎么不去为雷希算一卦？于是，算命先生的一番话，彻底就改变了雷希的命运。之后陈亦梅无论如何也不再接受雷希，因为她坚信算命的说的，如果雷希和张南在一起，张南一定会死于非命！

再然后就是张南被紧急安排婚事，是门当户对的一个女孩儿，和张南一样，也是刚从国外回来。陈亦梅看过之后非常满意，两家立即决定联姻。只是那女孩儿也不愿意，和家里抵抗未果之后，自己把自己逼疯了。

雷希只说到了这儿，我想如果真是这样，之后的张南也就开始堕落了吧？也是因为他的放纵，所以遇到了我吧？于是，我就这么意外地卷进了这场恩恩怨怨吧？

“所以你应该明白，你本来是不应该掺和这件事儿的。”雷希像是知道我在想什么。

我说：“我明白，你说这些和你要找我做的事有什么关系？”

“我想让你知道，如果不是因为你嫁给张南，很多事情并不会走到今天。所以你应该为自己当初的一意孤行做点儿什么。当然，你现在还是张家的遗孀，所以你应该去争取你应得的财产。”雷希说完，慢吞吞地补充道，“你应该明白我想要做什么了吧？”

我摇摇头：“还是不明白。”

“我想要陈亦梅后悔，后悔她曾经阻止我和张南！”雷希说得咬牙切齿，“半年的时间足以抚平一点儿她失去儿子的伤痛了，但我不！我还要撕开她的伤口，再撒一把盐！”

我终于算是明白了，她想要我去和张家打官司！不仅如此，她接走许安芷的目的更可能是要许安芷去要回孩子。她要扰乱张家的节奏，甚至让陈亦梅陷在这些琐事中，再度饱尝一次失去儿子的痛苦。

只是我无法理解雷希对陈亦梅的仇恨，更不能理解，都过去了这么多年，她为什么还要执念于此？既然当初分开了，重新找个人好好地过下去，也许会很幸福。

我是已经上过一次当的人，怎么也不可能再接受雷希的建议。因为就算我去告了张家，我又能得到什么好处？谁能保证我在帮她完成这件事儿后，她就不会去鼓动那些债主？所以这不是平等的交易，或者根本说是对我毫无帮助的交易。

在我拒绝后，雷希的眼神又变得不温和起来："意思是，你拒绝了？"

"嗯，我没有起诉张家的理由。"我说得不卑不亢，"我父亲是消失了，可也没有哪条法律规定说父债女还的。债主如果真的急了，大不了就是破产而已，这是早晚的事。"

我说得很平静，因为这几个月以来，我已经习惯了普通老百姓的生活，打工赚钱买菜做饭，为每天的开支精打细算，我并没有觉得有什么不好。

雷希很生气，但她不敢明着对我怎样，气急败坏地离开了咖啡厅。我知道，从我拒绝她的那一刻开始，我和她算是相向而行了。她对张南的死耿耿于怀，她不可能不恨我。

茶博会如期举行，孟石凡在比赛前一天就接我去了A市，安顿在五星级酒店，小心翼翼地像是伺候皇太后一般。

我在比赛现场和曾子诺相遇，大家都不意外。因为在半个月前就上报了企业名称和茶艺师的名字，曾子诺肯定是看到了我的名字。曾子诺可以算是我的启蒙老师，也是我的恩师，从四年前偶然认识她，她便不留余地地把所有都教给了我。而且在这之前，我几乎每个月都要和她见一次面，她每次都会为我带来新的东西，教我泡各式各样的茶。所以我虽然接触茶艺不过四年，可经验还算是丰富。

比赛只有一次机会，泡好茶之后选好时间送到评委那儿，他们通过

“望闻品问”来给出最后得分。上场之前孟石凡紧张得满头冒汗，而我倒很轻松，这么多年的泡茶经验告诉我，只需要静下心正常发挥就行，至于结果，那是他们那些评委的事儿。

当礼仪小姐把茶送到评委面前时，我陆续看到了那些评委脸上露出的惊喜之色。尤其是曾子诺，更是端着茶杯闻了好几下，才轻轻地品了一小口。之后就是那些评委不停地点头，然后埋头在纸上写下分数。

孟石凡激动地抓住我的手：“柯小姐，您就是我的贵人哪！”

“孟老板，结果还没有出来呢，你也别这么说。”

事实证明孟石凡的激动不是没有原因，因为最后的结果，他的茶叶作为完全没有影响力的品牌，竟然一举获得了冠军！奖金是10万元，最重要的是，他明天可以优先选参展位置。

第二天的展销会，孟石凡选了个最好的展位，除了位置好之外，不仅面积大而且装修得极其雅致。在一排茶叶背后有个落幕瀑布，瀑布前面是我坐着泡茶的位置，后面还有个人在弹着古筝。因为职责所在，我必须一早就坐在那儿开始泡茶，供前来参展的人品尝。

金俊中也如约在10点左右来到了展位面前。和他一同前来的，还有一名直发的女子，我想应该就是他之前提到过的那个女子吧。

果然，他牵着那女子的手走到我面前：“柯老师，我给你介绍下吧，这是小艺。”

我刚好泡好一壶茶，正在往杯里倒，便递给他和小艺一人一杯：“你们早啊，不过抱歉了，我今天还在工作，可能没办法照顾你们周全。”

“没事儿，我就是带小艺过来看看你，让她感受下这样的气氛。”金俊中接过两个茶杯，像是哄小孩儿一样对小艺说，“乖，要不要尝尝？这味道，和你泡的差不多呢。”

小艺木讷地摇摇头，目光呆滞地盯着我。我这才打量起眼前这个女人，清秀的五官配上一头齐腰直发，看起来是那么安静。尤其是站在茶具面前，好像天生就是为了泡茶而生，而且就算是再浮躁的时候，看到她好像就能静下心来。更奇怪的是，她身上有一种和我相似的感觉，不知道是不是因为我们都是长发，都很安静。

孟石凡小步跑到我面前来，说是有一位客户想要尝尝他今年推出的新品绿茶的味道。如果味道够好的话，就会大批量预订明年的。

我笑笑，换了茶具，取出事先放好的绿茶。记得曾子诺说过，这种来自深山的绿茶最好是用煎茶道的方式泡，无奈我还没有学会，只好用起了传统的泡茶道。可是在我准备洗茶的时候，小艺激动地把手伸了过来，嘴里兴奋地叫着："啊，啊。"

只见金俊中眼睛里闪出一道光："小艺，你是不是想起什么了？"

孟石凡也看出了石小艺的不同，倒了一杯山泉水递给石小艺："小姐，茶还有一会儿才好，你先喝点儿水吧。"

"她等会儿喝茶。"金俊中激动地推开孟石凡递过来的水，"柯安你继续。"

我担心地看了看小艺，她还是目不转睛地盯着我，于是我又继续洗茶。待我揭开茶盖的时候，茶香扑面而来，我倒掉茶水，只见石小艺捂着头，很是痛苦地蹲在地上。

"没事儿的柯安，你继续就好。"金俊中安抚着向我解释，"小艺有点回忆片段了，只是这些片段现在让她脑子里乱成了一片，压迫她的神经系统造成头痛。"

虽然是用了泡茶道，但也可能只有曾子诺这样的人才能尝出差别，像面前的客户，喝完之后就频频点头，并当场和孟石凡签了合同。而其他还有从旁边走过的人，喝完也赞不绝口。唯独只有石小艺，在被金俊中勉强喂了点儿之后，连连摇头。

"柯老师，真是太谢谢你了。"金俊中直接激动地拉着我的手，甚至都有些语无伦次起来，"小艺已经很长时间对外界都没有反应了，今天她有反应，说明有救的不是吗？所以柯老师我求求你，以后你一定要多陪我去看看她，求求你。”

我好奇的是，为什么我泡茶会勾起小艺的反应？而且金俊中也说我和她泡出来的味道有些相同。难道是因为我泡茶的手法和她类似？而我们的气质又比较接近，她或许在看到我在泡茶的时候，记忆才会被开启？

我早在金俊中告诉我他和石小艺的故事时，就被这个痴情的男人感动，所以对他提出的这个要求，我自然是答应了下来。并约好在农历过年前，再找机会去看看小艺，争取让她在过年的时候能比以往好一些，能让她的家人多少看到点希望。

展销会于我和孟石凡来说，几乎都是满载而归。他的茶叶品牌赚了个好名声，同时也收获了大批量的订单。而我获得了比赛的奖金，还有孟石凡给的一笔不小的费用。

会议结束后，主办方安排了庆功宴，同时邀请了这次比赛获得前三名的商家和茶艺师。在庆功宴上，我才算是和曾子诺有机会多说几句话。不过我和她之间从来都是说茶道茶，很少谈自己的私事，这次也不例外。

在会场来来往往寒暄之后，我和曾子诺选了个较安静的地方坐了下来。她开口便问：“柯安，这个孟石凡的茶园在哪儿？”

“我只知道在滨海，具体在哪儿没去过。”我如实说。

曾子诺又问：“你现在在滨海？”

我说：“是的。”

“那有机会你带我去看看吧。”曾子诺若有所思地说，“这个孟石凡的茶叶，还真不是想象的那么简单，就你这手泡出来，顶多也才展现了它三成的优势。如果配上好的炒制配方，再用更好的方式去演绎，出来的味道肯定还会更上一层。”

我满是惊讶地问：“哦？有这么好？”

“是啊。现在环境污染严重，已经很少见到这么纯正的有机茶了。我敢保证，他这茶从最早开荒山的时候开始，都没有用过任何机械。”曾子诺说着又伤感地摇了摇头，“只可惜，最适合这种茶的秘方现在消失了。否则用来炒制孟石凡的茶叶的话，那一定会轰动全世界，直接把中国的茶业推上一个新的台阶。”

“秘方消失？意思是曾经有过这样的秘方？”我追问道。

“当然，我一个好朋友那儿有。”曾子诺说到这儿，忍不住连声叹气，“可惜啊！可惜！”

曾子诺的这番话我自然没有去多想，她的境界比我高了不知多少倍，那些所谓的秘方啊我根本没有机会去接触，也只有陪着她在一边尴尬地摇头。

原本回到滨海后我是要和孟石凡一块儿投身他的茶艺事业的，在比赛完之后，孟石凡就给我开出了不少的年薪，让我做他的茶艺师。只是在去孟石凡茶厂的路上，我偶然瞥见了路边有一间破旧的小屋，而房屋的四周是用废旧的广告画遮挡的，广告画有些破旧，但还是能看清楚“滨海国际旅游风景区”几个字。

这几个字我怎么可能忘记？我爸之前投入大量资金进去的可不正是这个项目？

我连忙让孟石凡停车，只身下去盯着这些广告画看了又看。孟石凡见我有点奇怪，跟在我身后追了过来：“柯小姐，这不过是多年前废弃的广告画而已，您还对这个感兴趣？”

我仔细地在广告上面寻找着蛛丝马迹。比如这个项目的地址，或者是联系方式什么的。只是毕竟是废弃的画面，上面早就没有任何联系方式了，唯一就是在右下角那儿，有块快要掉的LOGO。

我指着那块LOGO问孟石凡：“孟老板，你知道这是什么公司的吗？”

“腾飞啊。”孟石凡几乎是脱口而出，“滨海最大的一家广告公司了，我前段时间刚和他们签了合同，负责我公司所有产品的设计。”

“哦？”我饶有兴致地盯着那块LOGO看了半天，说，“孟老板，还

真是抱歉，我想我可能没办法去你厂里面做茶艺师了，麻烦你先送我回家吧，我有点比较重要的事儿。”

孟石凡完全没想到我走到这儿忽然不去了，懊恼地拍拍头：“啊？我没听错吧？”

“你放心孟老板，我会在滨海，你需要我帮忙我也会不遗余力的。”我安慰着他。

长期以来一筹莫展的事情忽然有了眉目，我不可能就这样放弃，既然上面有腾飞广告的LOGO，那至少说明这家广告公司和项目有过接触。我只要进入了这家公司，顺着这个线索慢慢地摸索下去，总有一天会找到我想要的真相的。

孟石凡送我回家后，我连忙上网查了这家公司。凑巧的是，这家公司果然正在招聘，而且职位还是策划助理，于是，我毫不犹豫地投了简历。让我意想不到的是，在我简历投过去没多久，我居然就收到了面试通知。更顺利的是，面试结束后，我当场就获准了到公司上班的许可。通过入职时对公司企业文化的学习，我知道了腾飞广告是一家连锁广告公司，总部设在A市，另外在全国各地均有分公司。入职的顺利加上公司的实力，让我觉得事情好像正朝着顺利的方向在发展。

公司把我分配给了企划部，暂时的职位是企划助理，恰好，企划部金牌企划张勋的助理刚刚离职，顺理成章地，我没有进入学习过程，就直接上任给他做助理。

张勋三十出头，小麦色的皮肤配上纯白色的衬衣，显得倒是精神抖擞。虽然不是企划部的主管，但他有一间单独的办公室，罗经理依然让我称呼他张经理。

罗经理把我交给他之后，他连看也不看我一眼，就忙着手里的事情。我站在旁边不知道该做些什么，看他面前的烟灰缸该换了，就带着讨好的笑容走过去拿起烟灰缸准备倒掉。

他抬头，额头上满是抬头纹："你以为自己是保洁？"

我连忙放下："不好意思。"

"查下这些公司。"张勋随手从旁边拿过一张纸递到我面前，随后便不再说话。

我撇撇嘴，想要问问需要查什么，但看到他的样子又不敢问。因为不知道他到底要的是什么，我把每个公司在网上的信息全部查找一遍，不管是不是官方的消息。纸上总共有10家公司，我忙到中午也不过才查了3个。

张勋出门吃饭也没叫我，我就饿着肚子一直忙到下班，总算是把每家公司的所有情况全部查询打印整理了出来。赶在下班之前，抱着厚厚的一摞资料，战战兢兢地走到他办公桌前："您看看，这些行吗？"

"我有E-mail，为什么要浪费纸张？"张勋没有半句好话，更甚的是我递过去的资料他连看也不看，就起身关好电脑离开了办公室。

我忙了一天连午饭都没有来得及吃得来的成果，就这样被直接否定，瞬间就委屈得想要哭，觉得自己什么都不会，做事情也做不好。因为下午所有的资料都是我在打开网页之后直接打印，并没有保存，我要E-mail给张勋的话，不得不全部重新查询。我咬咬牙，又回到电脑面前，重新挨个查询搜索，直到半夜11点多，才总算保存全部图片传到了张勋的邮箱里。

白天到了公司，张勋的脸色一如既往地难看，即使我昨天加班很晚把邮件发给了他，见到我也没有一句话。不过比昨天好的是，今天他没有再吩咐我做事情，而是给我找来了公司的规章制度让我先好好看看，在最后转正考试的时候会考到。

这些制度对我来说都不算太大的问题，只是现在要去记忆就显得有些吃力。我坐在角落自己的位置上，一边看一边在心里默念着，有时候忘了，可能就念出了声音。

"你不会默念吗？"张勋不满地抱怨了句，吓得我连忙闭上嘴。之后他又不再说话，除了中途让我帮他倒杯咖啡以外，一直到下班也都是这样子。

整整连续一个星期，我每天都面对着绷着脸的张勋，心情自然好不起来。但我需要这份工作，所以我慢慢地也习惯了这样的氛围，察言观色地知道了他每天早上要喝一杯茶，中午要喝一杯咖啡。所以每天到了时间点，我都会为他准备好。我始终相信，即使是一块冰，我这样慢慢地融化，也能把他融化成水，教我一些真正工作上的事情。

可是，还没有来得及把张勋这块冰融化成水，我就首先成了全公司上下的热门人物。

这天早上，我和往常一样去茶水间泡茶，远远地就听到几个销售部的人在讨论："企划部来了个冰美人你知道吧？"

"知道，不是前段时间网上很火的原配吗？"

"你说她和张勋的办公室，会不会冷得要穿棉衣啊？"

"谁知道呢，说不定人家俩人早就焐热了。你没见张勋那来来回回都多少助理了吗？谁待的时间超过了3天的？"

"嘻嘻……说的也是哦。不过原配婆家那么有钱，为什么还来这儿受张勋的气呀？"

两个人叽叽咕咕地讨论了半天，我始终没有勇气走过去打断他们谈话。也总算明白这次的顺利很可能不是我运气好，而是这个叫张勋的金牌策划助理并不是那么好找。原本以为公司每天忙碌之下，没人会再八卦那些事情，未曾想他们早就背后议论纷纷了。

等他们聊完之后，我才走过去泡好茶，端着进了办公室，正巧就碰上张勋。他看了看我手里的茶，竟然第一次冲我露出了微笑，但随即又冷冷地说了句："早。"

即使就一个招呼，也让我欣喜若狂，感觉这几天的努力总算没有白费，脸上随即灿烂地笑着："张经理早。"

然后又是热脸碰到了冰上，他又不再说话。这种情况持续到中午快要到饭点的时候，办公室外面闹哄哄的一堆人围在前台，隔着玻璃能看见，好像是有一群人想要冲进来。

张勋依旧是一副事不关己的样子，继续埋头做他的事情，而他都不出去我自然也不敢，继续整理着他昨天给我的一份资料。

没过多久，前台就急匆匆地敲开了办公室的门："张经理，外面的人要找柯安。"

我条件反射地坐了起来："找我？"

"是，他们是记者。"

张勋慢悠悠地抬起头："有记者证吗？都是哪些媒体的？找柯安是公事还是私事？"

"我不清楚。"前台低下了头。

"不清楚你就急急忙忙地进来做什么？你回去告诉他们，要是私事等下班，要是公事走公司的外宣流程！"

然后前台就诺诺地退了出去。

我心跳开始加快，联想到早上同事谈话的内容，连忙打开了微博。果然，今天好多新闻媒体都在转载一张图片，就是我坐在办公室的背影和我平时路过外面时的侧影。配的文字是："被杀渣男的原配来我们公司啦。"

从角度上看，拍摄的人显然就坐在外面的大办公室。

我心里开始狂躁起来，既然记者已经找到了这儿，那早晚也是要对我进行采访的。事情过了这么长时间，我想我有必要站出来说个清楚。之前所有的不敢，不过是因为我钻进了另外一个死胡同，觉得我要是去面对了这些，就会让更多的人讨厌我，就会让A市的债主找到我。

我手按着不停狂跳的心，走到张勋面前："张经理，外面的记者找我应该是关于一些私事，所以我想请一个小时的假，可以吗？"

"你能应付？"张勋根本不抬头，手还拿着鼠标在电脑上做着工作。

"我想没有问题。"

"好，一个小时。"

有了张勋给我的一小时假，我快步走出了办公室，径直走到前台推开人群："你们都是来找我的吗？"

记者如同之前那般，又是毫无秩序地开始提问。为了不影响大家的工作，我提高了声音说："我接受采访，但是我们能不能换个地方？"见到他们之前我紧张而害怕，可真正坐在了一起反而觉得一点儿都不怕了。我想我需要的是说出事实，甚至有可能有了媒体的保护，雷希和A市的债主们明着也不能把我怎么样！所以面对记者所有的问题，我都面带微笑地如实回答，随着回答的问题越来越多，我也显得比刚才轻松了不少。

送走记者返回办公室，张勋还在忙，我不敢打扰他继续忙我自己的事。他忽然冷不丁地冒了句："1小时10分钟，你超假了。"

"对不起，张经理，我……"

"在我这儿守时是必要条件，下不为例。"

我真的怀疑自己是听错了，要知道就在昨天的客户交流会上，因为客户迟到他可是当场甩脸就走，且把这个客户的方案移交到了另外的企划人手里。而如此严苛的他，竟然告诉我下不为例！我像是得了恩赐似的频频点头："谢谢张经理。"

这一整天不太平，大部分同事上班之后，我走到哪儿都能听到别人在背后议论我。有的话说得还特别难听，什么我是因为出轨离婚不成找奸夫杀了张南，什么我是为了张家的财产反而把自己给作了进去。

总之，说什么的都有。

更为严重的是，企划部主管听到了大家的议论，竟然把我叫去了办公室，"柯安，你作为公司还没有过考核期的新人，这样的影响对公司的声誉也不大好吧？"

"主管，他们说的都不是……"

"真假暂且不论，公司是供大家工作的地方。但因为你的到来，大家聊天的时间明显多了起来，这样已经严重影响公司的工作氛围了你知道吗？"

张勋推开办公室的门：“我觉得你应该查查是谁把这件事捅出去的吧？”

“哦？”主管对张勋的到来很是意外，更是没有想到他会帮我说话，“怎么说？”

“工作时间拍下同事照片传微博，这算不算违反规定？柯安接受采访向我说明过情况我也批准的，跟她没有太大的关系。”张勋说完直接对我说，“你先出去吧。”

我悻悻地离开主管办公室，还有些莫名其妙。这个他们口中换了无数助理的金牌策划，到底今天是撞了哪门子的邪？

因为张勋，我的工作也得以保留了下来，同样因为他，拍照发微博的同事被开除。而从此之后，同事虽然不会当着我的面儿说什么，但我也会听到他们私下议论，看到我的时候也会绕道，一副得罪不起的样子。张勋在之后只说了一句：“埋下头来好好做事。”

半个月后的一天，我偶然看到新闻上说，许安芷正式向张家提起了诉讼，而陈亦梅也接受了记者的采访，表示张家无论如何也不会把孩子交给像许安芷那样的人，而且也表示已经和律师沟通过，对赢得官司有十足的把握。

我默默地关掉新闻界面，整理着张勋明天一早要用的PPT和相关资料。明天的客户是BQB公司，见面会非常重要，连一向不把客户放在眼里的张勋，今天也提醒我一定要仔细整理，切记不能出半点差错。

客户BQB公司，是刚整合好的一家韩资公司，它采用特殊的模式，短时间内并购了国内80%的韩资企业，原来的企业负责人均以入股的形式加入，统一管理，统一经营。而它首选的广告公司就是腾飞广告，如果谈成，这也将是腾飞广告今年以来最大的一笔单子。据说如果和BQB合作成功，张勋会直接调到A市担任企划部总监，所以明天的见面会可以说是张勋职场生涯最重要的节点。

当然，这些都与我没有太大的关系，我所要做的，不过是帮助张勋做好准备工作。忙碌了一晚上，我才把所有的资料做成了能在几分钟之内展现出张勋实力的PPT。早上眼睛也没来得及闭一下，又匆忙将资料带到会议室提前做准备。

客户见面会非常成功，张勋回到办公室之后，露出了难得的笑容：“柯安，这次辛苦你了。”

张勋夸奖了我？这让我难以置信：“我也没做什么。”

“昨天通宵了吧？快回去休息两天，后天下午带好行李我们去A市，参加二次审核。”

“去A市？”

“嗯，我们还需要对BQB企宣部的高层重新讲一遍。”

我虽然为会议的成功感到高兴，但还是不敢松懈，我把会议结束后的资料整理好之后又为张勋冲了杯咖啡，放到他办公桌前：“张经理，那我先回去休息吧？明天还是正常来上班好了，我现在正是学习的时候，不用那么多休假的。”

张勋欣慰地点点头：“那也行，你明天上班跟我看个项目去，反正是个小单子，等从A市回来我试着把那个项目的单子给你做。”

终于等到了张勋愿意教我的这一天，我自然很是高兴。虽然我一开始只是想找个行政工作，但真正接触到这份工作之后，我的目标也一点点地提高，偶尔也想过能从助理做到策划乃至有一天能像张勋这样，做到公司的金牌策划。

回家补了个觉，第二天早早地到了公司，为张勋泡好茶放到他桌上时，就看到他留在桌上的一份资料，首页目录写着：“滨海国际旅游风景区二期。”

来了公司这么长时间，终于让我亲眼看到了这个项目。我不自禁地拿起资料，里面的内容不多，只是关于项目前期的少量资料，连带附上了对广告策划最终达到效果的一些要求。

“怎么？这么自觉地就研究起了资料？”张勋把包挂在衣架上，“先看看吧，等会儿我带你去项目基地走一圈。”

“你让我做的是这个单子？”我没想到我这么快就有了机会接触这个可疑的项目。

“是，这单子难度也不大，权当给你先练练手吧。”张勋站在书柜面前，对着反光的玻璃整理着他的衣服和领带，“你先看会儿资料，我手上还有点事情，处理完了我们就出发。”

上午10点，张勋忙完后驱车带着我去了离滨海40公里以外的项目基地，到了之后我很意外。说是风景区，却连一点儿基础设施都没有，就是普通的农村，而且一切村民的生活还井井有条，看起来并不像是要马上拆迁开发的样子。

我拿着资料站在路边儿，问：“张经理，这样的地方做风景区，能有人来吗？”

“呵。”张勋也是一副轻视的样子，“一期最后不也是烂尾了吗，谁知道二期又是个什么情况。”

“一期也是您做的？”我从车上取出相机，紧张地对着周围频频按快门。

“好几年前的事儿了，最后做了也没用，所以二期我不抱信心，干脆就给你做。”张勋用手指了指对面，“那座山拍下，这些照片回去后要PS下，看能不能有用。”

说是查看项目基地，不过就是随便拍几张照片看下周围的环境，以便在后期做策划的时候能加入一些优势点。半个小时不到，甚至连村子都没有进，张勋就带着我返回。从他言谈的态度看来，他对这个项目依旧没有抱丝毫的信心，觉得即使做了策划也会是白做。顶多就是拿点客户前期的订金而已，根本不可能还会有后续的合作。

回去的路上我没有再说话，只是觉得非常奇怪。一期项目已经确定是由张勋做的策划，但项目最终还是夭折。可我爸明明因为这个项目，已经破产甚至到债台高筑。

快要到滨海的时候，我终于没有忍住问了句："张经理，这项目是什么公司做的呀？怎么一期都没做成，又开始做二期了呢？"

"谁知道，总部分下来的活儿，我们哪儿能知道客户的情况。"张勋好像对这个项目的意见非常大，抱怨着说，"也不知道总部的人都干什么吃的，这种活儿也揽。"

我们这边刚回到公司，主管就已经在办公室等我们了，见我们俩一到，急急忙忙地说："你们俩收拾下去A市，BQB的二审时间提前了，明天上午10点在A市公司会议室。"

"提前？"张勋显然有些不高兴，"说好的时间怎么随便变动？我这茶艺的图片还没拍呢！模特呢，模特什么时候到？"

"没办法，BQB有高层后天要回韩国，所以务必要在明天把方案确定下来。"

张勋骂了句粗话："你先收拾资料和电脑，半小时后在停车场碰面，我先去找模特拍茶艺照。"

我插话："张经理，我会茶艺。"

"你会？"张勋盯着我审视了一番，忽然笑了起来，"哈哈，我身边有这么个具有东方女性特征的助理，我怎么把你给忘了？走，出发。"

一路上我们也都在讨论关于中国元素的事，比如茶艺和瓷艺。因为在张勋的方案中，涉及中国商品出口韩国这一块儿，导入了大量的中国元素。我对茶艺的侃侃而谈，让张勋对我刮目相看，到了A市，没来得及多做休整，我们在酒店加班拍摄了一组图片。

之后张勋对效果非常满意，连连说："你可比公司找的模特要专业多了，要是明天BQB高层有懂茶之人，就凭这组照片也一定能过审核！"

而我倒是没有张勋那么有信心，毕竟这照片只是整个方案中很小的一部分。

二审的见面会是在腾飞广告A市总部举行，参与会议的除了BQB的高层之外，也有总部的相关领导。这样的会议自然没有我参加的份儿，把准备工作做好之后我就去了客户等候区。

会议正在进行，总部有位同事走到我身边：“请问你是柯安吗？”

“你好，我是。”

“BQB客户请您去趟会议室。”女同事很职业地邀请我起身。

“我？”

“是的。”

跟着同事走到会议室，里面围着会议桌坐了整整两圈人，我心里有些怯，不敢抬头。只听张勋介绍说：“这位就是刚才照片上的模特。”

BQB代表团小声地议论着什么，随后有一位代表发了话：“公司对这次的方案很满意，不过在一些细节上我们还有更高的要求。”

我听着声音，才敢稍微抬了抬头，只见金俊中坐在BQB代表团第三个位置。我这才明白，金俊中的公司原来是被BQB合并的。

显然，金俊中对我出现在腾飞广告也很意外，但很快就恢复了工作的状态，冲我轻微地点点头，继续说：“希望贵公司能添加更多的中国元素，比如旗袍、古筝之类。这样，我们的产品在销往亚洲区其他国家的时候，会让大家觉得更中国化。”

金俊中代表的是BQB，他的要求自然就是BQB的要求，因为这么一句话，整个下午的时间，我和张勋留在了总部修改方案细节。我主要是协助他找一些资料，另外针对BQB的要求，将昨天的图片重新进行处理，添加一些更中国风的元素进去。

结束之后已经5点半，张勋收拾好电脑递给我：“你把这个先放在会

议室整理好，明天一早我到公司可以直接用，你就不用再过来了。”

我觉得不是很放心：“张经理，这些资料可都很重要，放在会议室没有问题吗？”

“没问题，钥匙我今天已经拿到，除了我没有别人有。”

听到张勋这样说，我也没有继续怀疑，把所有的准备工作提前做好后，准备回宾馆休息一会儿。昨天加班拍照今天又早起，我有些犯困了。

刚离开总部大楼，就看到金俊中的车停在楼下。见到我，他打开车门，做出很绅士的邀请动作：“知道你在忙，就没有打扰你，有时间一块儿吃个晚饭吧？”

我看了下副驾驶位，坐着上次见过的小艺，于是点点头上了车。

晚餐是在A市的一家比较有情调的旋转餐厅吃的，金俊中特意找了个靠窗的位置，他说小艺喜欢发呆，需要有个风景好的地方。

我看着他们俩坐在我对面，不自禁地说：“她挺依赖你的。”

“是……”金俊中有些沉闷，“她已经失去听力和语言能力了，我想我能陪着她的时间不会太多了。所以除了上班，我走哪儿都把她带着。”

我怜惜地看了看小艺，她完全沉浸在自己的世界里，玩弄着手上的茶匙。我忽然对她有点儿好奇：“她怎么疯的？”

“听医生说是受了很大的刺激，不过她现在还有其他状况。”金俊中看了看小艺，伸手抚弄着她脸颊的秀发，“我以前一直不知道她的情况，我以为她嫁了人，以为她过得很好。没想过她会变成现在这样子，知道她的情况后，我很后悔也很自责。但是我现在能做的，就是陪着她度过最后的日子。”

“柯安？你什么时候回来的？呀，金先生。”我和金俊中正聊得起劲，白禾禾和仝跃天不知道什么时候出现在了我们面前。

我和金俊中同时看了看他们，异口同声地说：“好巧。”

白禾禾也没客气，拉着仝跃天就坐到我旁边：“是呀，你们怎么都来啦？正好我们也准备吃晚饭，要不一块儿吧？”

“好啊。”金俊中答应着。

“柯安，你什么时候来的啊？怎么也不给我来个电话？”白禾禾吧嗒吧嗒地说着，“还有你啊金先生，中文进步挺快的嘛！”

白禾禾这样开朗的性格，确实让我们原本还很严肃的氛围活跃了不少，我打趣她：“怎么着？这段时间全队长把你的嘴给封起来啦？”

“说什么呢你。”白禾禾不客气地端起我的咖啡喝了一口，“我这不是很久不见你们俩想得吗？本来还说过段时间去滨海看看呢，没想到今天就给碰上了，真好。”

我大概向白禾禾说了下自己的近况，当着金俊中的面没向她八卦张勋的严厉，只是说了明年我可能就会陪着老大调到A市来工作。

“真的？这个单子一旦签下来，你就会来A市工作？”金俊中盯着我，两眼放光。

“我也只是听说，不过应该是真的吧？”我打趣着说，“所以啊，金先生，我和我老大能不能往总部调，还要指望BQB多多照顾呢。”

“哈哈，柯老师你就放心吧，只要我在BQB，一定会尽全力帮助你的。”金俊中说。

“那太好了。”白禾禾高兴地说，“你不知道，这次回来我也没有出去找工作，成天待在家里，眼巴巴地等着跃天回来陪我。这日子，过得跟他养的鸟儿似的。”

“再怎么着，也该是金丝雀吧？”我挑了挑眉头道。

“这日子真没法过，等过完年我说什么也得出去找个工作。就是不要钱我倒贴给别人我也要上班。”白禾禾抱怨着，“柯安你快来吧，你来了好歹也能陪陪我。”

我说：“我还得坐等老大升职呢，他升了职，我才有办法跟着过来呀。”

金俊中正好往小艺嘴里送了一勺蛋羹，接过话说：“问题不大，明天不就确定方案了吗？”

仝跃天在旁边的表情一直不自然，我想也许是他和金俊中不熟，也没太在意。

没想到，偏偏在这时，石小单的电话打了过来，接起电话他的语气非常不好：“柯安，你把电话给你身边那个韩国人！”

我疑惑地看着仝跃天，他点点头，我们领会了彼此的意思，应该是刚才仝跃天和石小单说了什么。我说：“有什么事吗小单？”

“你别管，我找他。”石小单大声地咆哮，“给我他的电话，听到没有？”

这话实实在在很伤人，虽然我不知道我对石小单算不算动心，但我记得他临走时我们那个美丽的约定。而现在他要找别人，说和我没有关系，我对着电话不再吭声。

“好，那你去问问他，把我姐带出来干什么？你给他当这么长时间家教，我让你离开，你不乐意我也不强求，可是，他现在为什么偏偏还要来打我姐的主意？”石小单有些激动。

“你姐？”什么？小艺是石小单的姐姐？我看了看小艺，果然眉目之间和他有些相像，于是问道：“她叫石小艺？”

“废话，能不是吗？柯安，我姐身体不好，不能这样四处走动的。万一有个什么意外，谁能负得起责？”

在金俊中面前我当然不好多说什么，只是安慰着他说：“她挺依赖金先生的，我相信金先生也会照顾好她。”

“你知道我姐是什么病吗？精神失常加上脑瘤！”石小单说起小艺的病情，声音一下没了那么尖锐，“韩国人到底不是她亲人，怎么可能照顾她的死活？”

我脑子里轰的一声炸开，始终无法把这脑瘤两个字和石小艺联系在一起，难怪金俊中说她已经失去了语言和行动能力，难怪说她的时间已经不多。我能理解到他们俩对石小艺不同的关爱，也许他们俩之间有什么不可调和的矛盾，但出发点都是好的。我耐着性子向石小单解释：“你放心吧小单，有我和仝队长在呢。再说，小艺这样的情况偶尔出来走走也好，你说老待在房间里，好人不也得待出病来吗？”

“算了。”石小单一副懒得和我说的样子，在要挂电话之前又补了句，“我下月回来。”然后不等我再说话，电话就被挂断。

因为石小单的电话，这顿饭我吃得有点心神不宁，结束后金俊中说再去喝茶我也没有答应，找了借口早早地回了宾馆。

早上，我刚到总部楼下准备进电梯，张勋的电话就打来：“柯安，你那儿还有没有备份的资料？”

“备份资料？张经理，出什么事了？”我瞬间有了种不祥的预感。

“电脑里的资料全部被黑掉了。”张勋还算稳重，遇到这么大的事情也丝毫没有慌张。

而我心里已经乱开了，脚步也不由自主地加快：“你等会儿，我马上到。”

总部会议室，张勋正手握鼠标忙碌着，我走到他身边盯着屏幕：“全部被黑了？”

“是的，一点不剩。”虽然正值冬天，张勋的额头上还是冒出了冷汗。

我所有的汗毛也都竖起来，看了下时间：“还有半个小时会议就要开始了，怎么办？”

张勋不说话，埋头继续努力尝试要把电脑恢复到可以使用。可我分明知道这是无用功，既然有人故意要黑掉资料，怎么可能让你随便就恢复？只是，做这件事的人会是谁？

眼看着离会议的时间越来越近，张勋气得把电脑摔到地上："不管了！柯安，你去把你的电脑拿过来，我用你电脑里有的素材资料先讲着，你另外找台电脑坐在旁边整理。"

"好的，我现在去找电脑。"

这是没有办法的办法，也需要我们俩密切配合。张勋要尽量拖住客户的时间把整个方案从头再讲一遍，而我要在旁边不停地录入，在他讲完之后就能拿出来签订合同。

可是找电脑也是个难事。

我唯一熟悉的也就是昨天来叫我的同事陈姗姗，我走到她位子前："你好，请问能帮我找台多余的电脑吗？等会儿他们开会的时候，我要做记录用的。"

她正忙着手上的事，头也不抬地斜了我一眼："公司都是人手一台电脑，你自己的呢？"

"坏了……"

我说完半天她没有反应，正快速地敲着键盘回复邮件。我瞟了一眼，看到她邮件收信人那儿的名字里好像有个雷字，心里忽然咯噔一下。想要再看个清楚，她就发现了我在盯着屏幕，连忙关掉网页界面冷冷地说："哦，那没有。"

正当我愁眉不展的时候，金俊中带着BQB的领导走了进来。见面会如期开始，而我的电脑始终没有找到，交流会被迫变成演讲会，所有的图片和视频资料均无法恢复出来。虽然在张勋的争取下，客户对今天口头提出的方案都表示认可，明天我们会带完整的方案去BQB公司签字。但这件事是在总部发生的，所有的领导都在关注，总是有不好的影响。

散会后的张勋整个人还是显得很阴郁，客户悉数离开之后，他一个人还坐在会议室里不肯离开，打开已经被摔坏的电脑："会议室的钥匙在我这儿，而且也没有损毁的痕迹，但电脑莫名其妙地不能进入，文档估计也都被损坏了。”

“会不会是黑客？”我不懂黑客，但以前也听说过。

张勋阴着脸查看了一番连接电脑的网线：“走，查查去。”

安保所有的监控资料显示，昨天从锁上会议室门之后到今天早上并没有人进入过。而网络部的数据也显示昨天晚上并没有外联黑客攻击的数据，也没有显示有后台进入网络操作的痕迹。从网络部出来，陈姗姗笑着说：“张经理，说不定是电脑本身出了什么故障呢。”

随后见到公司领导，陈姗姗先开口说确实是张勋的电脑出了故障，建议下次要是遇到这样的事情，大家应该在会议之前检查电脑。我和张勋吃了个哑巴亏，暂时没办法继续查。

因为这件事，我以保管财物不当的理由被公司处罚。我心里很委屈，可是在偶然一次偷听到行政部的人讲话才知道，我还没过试用期，原本对我的处罚是开除，因为在张勋的强烈要求下，我才得以留下来。对这个两次对我出手相救的冷面领导，我是心存感激的。

从A市回来之后，张勋拿出滨海风景区一期的策划方案，让我依葫芦画瓢地做二期方案。我对张勋随意的态度有了疑惑，按理说这该是个大的项目，张勋怎么一点儿也不在乎的样子？可是我不能问，只得按照他说的做了方案，几乎和一期没什么区别。方案出来也不像其他项目一样，还有和客户的见面会，只发到了张勋的邮箱里，也就没有我什么事儿了。这让我的调查刚有点眉目又被掐断了，我有点不甘心，但又无能为力。

年关公司放了假，我没地儿去过年，索性就一个人待在滨海。不上班的日子，无聊又空虚，整天无所事事地待在家里，除了看电视就是泡茶，静下来的时候居多。

人静了，就愿意去想好多平时不想去考虑的问题，比如张勋明明说过一期是烂尾的，那为什么又要开二期了？而我爸可是全身的家当都赔在了这个项目里的，按理说项目不会太小，可那个村子还有张勋对项目的态度……想来想去，我就觉得只有一种可能性，那就是有人利用空白的项目诱骗融资！

这个想法让我起了一身的鸡皮疙瘩。如果真是项目亏损或者是资金链断裂，至少我爸欠了债主的那些钱，还有要回来的可能性，只要能还完债主的钱，就算穷点儿我们一家人也能生活在一起。可如果是融资诈骗，那可能就真的血本无归了。

想到这儿，我连忙打开电脑，凭着上次张勋带我去的记忆，搜索那个村子的情况。搜出来的情况和我看到的一样，那个村子不过是普通得不能再普通的地方，以农耕和畜牧业为主，网络上也没有要改建成风景区的任何痕迹。

合上电脑我不淡定了，盘算着明天一早就去看看，正是过年的时候，去看看村子的真实生活情况，可能的话再和当地人聊聊，看看他们对项目是否知晓一二。

第二天我起了个大早，包了个出租车直接去了那个村子。我把一切想得很简单，到了村口付了车费，我就独自往里面走去。可是一切比我想的复杂得多，甚至还充满危险。

下车走了大约50米的时候，看到有个进村的牌坊，牌坊的旁边有个小卖部，门口坐着几个休息的村民，一个个都是身强力壮的，还剃着光头，看起来都不像是什么良民。其中一个戴着蓝色布帽的村民走到我面前，“你是来考察二期项目的吧？”

没想到会这么顺利就有了项目的消息，这人一问我，我一下就沸腾了，加上他们的气势又让人有些恐惧，连忙点点头：“嗯。”

“一看你这装扮就像是，快来这边坐坐喝杯茶。”村民的热情让我有点意外。

跟着他走到小卖部门前，另外那个人连忙起身进里屋拿出水瓶。村民热情地倒好茶递到我面前：“我们这儿呀，很快就要开发成风景区啦，现在咱这儿的路还不是特别好走，不过过不了多久这边都要修水泥路。”

“哦。”

“还没请教你贵姓呢？”

我随便瞎取了个姓：“我姓王。”

“王小姐，我是这儿的支书，我姓钱。呵呵，你看看啊，这就是咱们以后的整体规划方案。”村民指着桌上铺的一张海报图，“现在这片住宅区都是要保留的，而对面那片山呢，看到没，以后就是大型的人工雪山，一年四季都可以滑雪。据说啊，以后世界级的滑雪比赛还要到这儿呢。还有这儿，要建最大的赛马场，现在已经开始在征地啦……”

钱支书不停地说着，好像很专业的样子，但是勾勒的蓝图太过于美好，再看看小卖部的房子，全是新修的板房，和周围的老民居格格不入。一堆介绍说完，他忽然说：“王小姐，齐先生不是喜欢钓鱼吗？下次你和齐先生一块过来，咱这的鱼可都是原生态的。”

“齐先生？”

“你不认识？”钱支书反问我。

我猜测他应该是认错人了：“噢，噢……认识，认识。”

“你有齐先生的手机号码吗？我给他打一个，上次过来的时候，他留给我的号码找不到了。”

我知道他已经识破了我的谎言，我孤身一人在这儿，一旦说错肯定会有危险：“我今天出门没带手机。”

我已经确定他知道自己认错了人，一堆彪汉将我团团围住。钱书记端起茶杯呷了口茶：“说吧，你来村子是干什么的？”

“我……是来考察项目的。”

“今天约好来的人只有齐先生，要不你拨通他的电话？”钱书记很自信地看着我。

我顿时泄了气，低下头，感到特别紧张，生怕周围的人会对我做点什么。我努力让自己镇定下来，脑子里飞速地想着理由。

“念你是个女人，我们给你机会好好说，为什么要伪装成考察项目的人？”钱书记凑到我面前，瞪着我，“你是不是其他公司派过来调查情况的？”

项目对外公开，为什么这些人还生怕更多的人知道？

半晌，我终于想到了一个合适的理由，但如果考证起来还需要张勋的配合，而我是背着他来这儿的，还不确定他知道后会是什么反应。不过我已经顾不上那么多了，抬起头缓缓地说：“我是腾飞广告公司的策划，你们这个项目的广告方案是由我来做的，今天下来采采风。”

说完我心里不止一遍在默念：要是打电话向张勋求证的话，可千万记得帮我说话啊……

“哦？”钱书记不大相信地看了看我，也许他并不知道什么腾飞广告，有些拿不定主意地对旁边人耳语着什么，大概是让旁边的人打电话去上头问问。

天忽然阴沉了下来，头顶乌云密集，很快稀稀疏疏的雨点就打了下来。周围的人看到下起了雨，纷纷把凳子往屋檐下搬，钱书记没有得到最后的证实，说话也还算客气：“王小姐，到里边躲会雨吧？”

我心里一惊，刚才撒谎说自己姓王，如果对方真的打电话到张勋那儿求证，就算张勋真的愿意帮我说好话，那他也不会说自己把项目交给了一个姓王的呀？我刚想改口解释，那人从里屋走出来，黑着脸说：“王小姐，你还不愿意说实话是吧？”

“我……”

“乖乖，你怎么跑这来了？”石小单穿着村民的雨衣，头顶还戴着斗笠站在我面前，带着两个村民从村子里面走出来。

“小单。”我一下有了底气，站起来就要往他那儿走，却被身后的人死死拉住。

石小单走到我面前牵起我的手："我不是告诉过你过两天就去医院看你嘛，你看你，还跑这儿来找我。走吧，跟我回医院去？"说完，牵着我的手就要往外走。

"站住。"钱书记翻了脸，"她问题还没有说清楚，怎么能走？"

石小单转身插在我们之间："她就一神经病患者，你和她计较个什么劲儿？"

什么？居然说我是神经病？可是现在这样的情况下，不管他说什么我也只能应着。

跟着小单来的村民指了指我："少爷，他就是你以前说过的女朋友吗？"

姓钱的看到有本地村民帮着说话，松开我的手，有些不满地对石小单说："把你们家的疯婆子看好，别让她瞎跑。"

石小单狠狠地瞪了一眼姓钱的，毫不客气地说："用你管！"说完拉着我，踩着泥泞小路回到村民家里。

一进屋，我惊魂未定地喝了半杯凉水，才让自己稍微平静了下来。我实在无法想象，如果今天没有石小单的出现，剩下我在一群大男人中间，该怎么办？

"谢谢啊翠莲。"石小单客气地对其中一个女村民说，"你先忙去吧，我和她聊会儿。"

"不用客气的少爷，你们先忙着，我去为你们做饭。"翠莲抱着孩子转身出去。

翠莲一离开，石小单的脸就变得比外面的天还黑："你没事儿一个人乱跑什么？"

"我……"

"你说今天要不是我找到了你，你怎么办？"石小单急了。

“我正想问，你是怎么找到这儿来的？”

“我刚到滨海来找你，就听隔壁的人说你包他老公的车来了这儿。这次算你走运，是包的隔壁的出租车，你说要是你出门随手拦一辆，我上哪儿来找你？”石小单凶狠的声音软了下来，“你现在还好意思告诉我说，你比我大八岁这个事实吗？”

石小单漂亮地用这件事堵住了我的嘴，让我不能说出比他大的事实。可是还有好多疑惑在我心里，石小单为什么忽然来找我？他是结束学业回国了吗？

中午回到滨海，石小单轻车熟路地把车开到了我住的小区，虽然他从没有来过。一个漂亮的漂移，车子稳稳地停在小区停车位上，石小单趴在方向盘上盯着我：“下车。”

我打开车门跳了下去，心里有些怵他。

他跳下车绕过来，很自然牵着我的手上楼，我试着往回缩了下，被他抓得牢牢的。

进门后，石小单径直坐到了沙发上，一眼就看到我放假前抱回来的一堆要做的资料，好奇地看了一眼：“你在腾飞广告？”

“嗯。”

“什么职位？”

“企划助理。”

“哼……”石小单轻蔑地哼了一声，“这么屃，比我还差劲。”

我被他这话逗乐，刚才一路紧张的心也稍放松了些：“我去烧水。”

石小单一把抓过我：“我不喝烧的水。”

我窘迫地愣了下：“那我出去买。”

“你又不是我的老妈子，干吗要这么好来伺候我？”

“我……”

"坐下。"石小单手轻轻用力，便把我拉到他旁边坐了下来，"你老实回答我，你陪那个韩国人，去见过我姐几次？"

原来石小单找我是为了这个，我笑笑，说："就一次。"

"以后不准去了。"他命令我。

"金先生他……"

石小单呵斥住我："他不配你这样叫。"

"那你能告诉我为什么这样讨厌他吗？"

"我刚回来，你为什么不问问我在国外过得好不好？"

"看你的照片，很潇洒啊。"石小单这段时间在国外，几乎每周都要给我发邮件，也没有其他的内容，就是自恋地拍好多照片，各个景点各种姿势。

"你真觉得我在国外过得好？"石小单抓着我的手臂，"我在中国生活了二十二年，习惯了一堆哥们儿说中文用筷子，在那鬼地方一个人睡觉上课走路，更要命的是天天汉堡牛排，吃顿中餐比国内地沟油做的还难吃，这叫过得好？"

"可是，这是学习的机会。"

"我需要学习什么？我有我喜欢做的事情，赛车、魔术，都是我的事业。可我知道如果要让你更好地生活下去，我就不得不向老头子低头。可我是低头了，你呢？你在干什么？"

听着石小单这样莫须有的指责，我忽然心里有些不服气："我干什么了？"

"你陪着韩国人去看我姐，就算你要去看我姐，也是跟我一起去明白吗？"

我才明白，原来他生气是因为我去看了石小艺。

"我姐是我生命中最重要的女人之一，你也是。她是生病了，但我相信她有意识，我不愿意她潜意识里觉得弟弟未来的女朋友，和她曾经爱过的人有什么关系！”石小单提到金俊中，又是那般恨得咬牙切齿的样子，“要不是他当年不和我姐一块回国，我姐会被姓石的当成工具去联姻吗？如果我姐不是长期被当成精神病来医治，她的脑瘤也不会到最后无法手术的时候才被查出来。”

“联姻？”

石小单连忙换了话题：“总之我就是不愿意你和那个韩国人走得太近。”

半个下午的时间，我和石小单平静地待在家里，躺在沙发上，说着石小艺过去的点滴。他说，石小艺曾经是他引以为傲的姐姐，在他爸爸要石小艺联姻之前，虽然家庭残缺但他从来不恨他爸爸，但因为联姻，让石小艺嫁给别人的时候，他开始恨了。

“柯安，我姐对我的影响很大。”石小单转过头来，轻轻在我额头上吻了下，“在你身上，有着我很多很复杂的感情，我希望你能懂。”

石小单难得这么正经地煽情，我只是浅眯着眼睛，向他肩膀上靠了靠。这种复杂的感情，其实我懂，只是不敢懂。我没有问他怎么会忽然回国来滨海，我怕他的回答让我难堪，也没问他在哪儿过年的事，我是怕了他那股狂热了。

让我意外的是，石小单陪我待到晚上，就把我送到了白禾禾的老家。一路上我都忍住好奇没问他要带我去哪儿，直到与白禾禾碰面之后，我才问：“你把我送这儿来是几个意思？”

“过年啊。”石小单双手插在裤兜里，“你以为就我忍心看你一个人在滨海过年啊。”

“喂喂，我说小单，你怎么越来越像跃天了啊？把女朋友扔在一边儿，自己陪着家人去海外过年。”白禾禾发着牢骚。

“禾禾！”我叫停了白禾禾，不想她把我和石小单的女朋友联系到一起。

石小单赔着笑脸，把手搭在白禾禾的肩膀上："哎呀，拜托拜托，也不会太久啊。过完年我就来接你们，到时候你要什么报酬随便开口。"

从下午到现在，石小单已经接了不下十个电话了，听得出来应该是他家里打来的，而且好像有什么事的样子。把我送到之后，他没有跟我们去白禾禾家里，而是叮嘱了我几句就原路开车返回。石小单今天这样的感觉让我很自在，完全替我安排，也没有过分地为难。

白禾禾的家在滨海下面的一个县城，县城很小，但很惬意。过年是在白禾禾乡下奶奶家过的，他们一大家子好不热闹，让我想起了以前我们一家人热闹地在外婆家过年的场景。

年后，石小单如约来接我，和他一起来的还有仝跃天，也一同把白禾禾接走了。石小单好像很忙，忙得把我自己扔在滨海，都没来得及一起吃个午饭，就马不停蹄地往A市赶。我下车的时候，他递给了我一个文件袋，提醒我："喏，看看，今年可别再那么屌了。"

"什么啊？"我好奇地问。

"你用得着的东西。"他笑了笑，点了支烟，忽然说，"对了，你家的事情有什么需要我帮助的你尽管开口，我想我的力量总还是要比你大那么一点点的。"

我想去年因为村子里那件事，他一定是去查了什么。不过我还是确定地点了点头："我想我可以的，至少现在还不需要。"

石小单朝我脸上吐了一圈烟雾："有困难，就找我啊……"

"噗……"这话逗得我一乐，"行，找你，万能单。"

很奇怪，石小单这次从国外回来之后，给我的感觉完全变了。这种变化不仅是在外形上，从原本高调的"贝式头"变成了很时尚也普通的凤梨头，衣服也变成了一套休闲的粉色衬衣配黑西装；还有他和家人的相处，好像比以前和谐了不少，至少在接听电话的时候，没有像以前那样总是和

家里的人吵闹；以及和我在一起的时候，总会安排周到的同时也给我留足空间。这种变化让我不再畏惧和他的相处，像认识多年的老朋友一样自在。

石小单给我留下的资料是一大堆国外企划师的文案，我明白他的用心，想让我努力从助理变成策划师。我笑笑，随意地翻了翻，这确实是很有用的资料，在张勋那儿都不一定能借到，也不知道石小单在哪儿找到的。

接下来的几天，我每天都窝在家里翻看石小单带回来的案例。我对文字的接受能力一向很快，加上给张勋担任助理的经历，这些文案我看起来并不难。

这天，我配着电脑上已经成型的全套广告，正在翻看北纽约一个著名策划师的文案，张勋打来电话，语气很着急："柯安，你收拾下东西做好准备，后天开始在总部入职。"

简单的一句话让我愣了半天："什么？去总部？"

"是，公司今天下来的调令。"张勋简洁地说，"你收拾下，明天下午到A市，我来接你。"

我有想过今年会去A市总部工作，但这天真的到来却是让我无比紧张。一是我竟然真的要回A市了，而且有一份看起来还不错的工作；二是我即将要去到总部，张勋说项目是总部接下来的活儿，那我是不是又离真相更近了一些？

更神奇的事是，在我挂掉张勋电话后几分钟，我家响起敲门声。

"谁？"我机警地问了句。

"我啊，小单。"石小单的声音传来。

我打开门，他"嗖"的一下就钻了进来，嬉笑着站在我面前："哟哟哟，看你这气色不错啊？是不是有什么好事儿？"说着走到茶几旁边，翻开我刚才还在看的文案，"不错嘛，蛮听话的，看来你的霉运今年就要过去了。”

“昨天禾禾打电话来，不还说你去外地了吗？怎么今天就回来了？”我从冰箱拿了瓶饮料，递到他面前。

石小单盯着电脑说：“这不掐指一算你有喜事儿嘛，就急着回来了。”

“臭贫。”我笑着说。

“哟，你看，被我说中了吧？那你还不快收拾收拾，今天跟我回A市，明天找个房子安顿下来，后天好去报到上班啊？”石小单晃动着鼠标。

我惊奇地盯着他：“你怎么知道？”

他指了指电脑：“喏，调令都下来了。”

然后我们相视了半秒，同时笑了出来。

石小单帮着我收拾行李，倒也没有花去太多的时间，退房也很快，多交了房东两个月的房租，他也没再说什么。在滨海我没有朋友，也不需要向任何人告别，就像来的时候一样简单。只是我知道，这次回去的生活，和一年前我离开的时候完全不一样。

虽然石小单表面上没有表现出什么特别的情绪，但在路上的时候，我就知道他已经按捺不住了。因为他先是打了电话给白禾禾，让她把家里收拾收拾我要入住，接着又给全跃天打电话，让他约一帮人晚上出来为我接风，最后他不放心又自己打电话订了饭店。

我一副淡然的表情坐在旁边，欣慰地笑着，胡乱地憧憬着，莫名地恐慌着……

石小单先是带我去了白禾禾那儿，叮嘱她待会儿带我去老地方吃饭。他们所谓的老地方我自然是不知道，只能把随身带的行李放下，稍微收拾了下，换了件素洁的低领绿毛衣配牛仔裤，就跟着白禾禾出了门。

到了酒店，白禾禾挽着我的手，像是女主人般地往里面走去。全跃天和石小单他们一群人已经到了，坐在包间里好像就等着我们俩人。白禾禾熟络地和他们打过招呼，见到全跃天就扑了上去，撇下我站在旁边，不知道该往哪儿坐。

坐在石小单旁边的人主动挪了个位置："嫂子你坐这儿。"

听有人叫我嫂子，我有些尴尬地坐在石小单旁边，可他却半点反应都没有。

这些人大多在石小单差点儿把我撞到那次见过，只是叫不出名字而已。吃饭的时候他们喝了很多酒，一杯杯的白酒红酒啤酒，看得我这个滴酒不沾的人胃直难受。也不知道喝了多少，石小单才发话说等会儿去全跃天酒吧接着喝。于是，大家砰砰砰地碰着杯，闹着要把桌上的酒一扫而光，好不热闹。

全跃天的酒吧，我不止一次听白禾禾说起。到达之后他早已经为我们留好了卡座，茶几上也摆满了各式各样的酒，还有一个冰桶里燃着烟花，看得我目眩。

落座之后，石小单端起桌上一杯半透明中带着乳白色的酒递到我面前："这是我交代调酒师为你调的'白茉莉'，你尝尝。"

白禾禾在旁边起哄："小单，用我的姓做酒名，我可要收征名费的啊。"

"收，跃天给钱。"石小单说罢把杯子递到我手上，像是知道我第一次来酒吧有点紧张似的，小声地说："在这儿放轻松，随意点。"接着，趁昏暗的灯光，和他们大声嬉闹的同时，手却悄悄地伸到了我后面，将我整个腰轻轻揽在他怀里。

"白茉莉"有一股浓浓的茉莉花香，口味淡淡的，我喝起来一点儿也不像是酒。从初次遇见张南那次喝了酒到现在，我从没有沾过酒，哪怕是带酒精的饮料。但今天晚上和石小单在一起，不知道为什么端起酒杯就有点儿兴奋，就像是曾经特别羡慕他的叛逆，然后终于有机会和他一起做一件疯狂的事儿似的，所以不知不觉中就有些贪杯。

中途去了趟卫生间，出来的时候就觉得看东西有点儿模糊了，尤其是看到舞台上翩翩起舞的人像是许安芷时，我一度怀疑是自己喝醉了发晕。揉了揉眼睛，再次确定了就是她，只见她快速地沿着钢管攀上顶端，又随着劲爆的音乐婀娜地滑动下来，尽显妩媚。落地之后绕着圈，亢奋地摆动着身子，连同她一头金黄的卷发。

音乐停止，台上的许安芷很快地下了台，短时间内蹿到我面前，牢牢抓住我："柯安？"

我缓缓地转过身："你怎么在这儿跳舞？"

"这是我的工作。"许安芷也并没有觉得意外，"你坐哪儿？请我喝一杯？"

我指指我的座位："喏，不过，不是很方便。"

许安芷还是随着音乐一边摇摆一边慵懒地说："那就在这儿吧，我想和你聊聊。"

服务生端着一盘点着的烟火走过，我吓得往旁边闪了下，憋了半天才憋出一句："不是说打电话让我来接你吗？为什么我去戒毒所你已经走了？"

"噢，雷希接我我就走了。"许安芷倒也没撒谎，但随即就变了脸，"柯安，好人做够了吗？扇人巴掌再给个糖吃的事儿，做起来很过瘾是吗？你这救世主当得很爽是不是？"

"许安芷，说话可要凭良心。"她莫名其妙的一番话让我生气，甩开她的手准备离开。

"站住。"许安芷竟然呵斥着我无耻地说，"你有钱吗？"

"干什么？"

"给我1000块，我放你走。"说罢她打了个哈欠。

她这样的状态我很熟悉，我敏感而又小声地问："你又开始了？"

"呵。你不就是想要看到我人不人鬼不鬼的样子吗？我现在的样子你

可满意？”许安芷哆嗦着手把烟点燃，“快给我钱。”

直至此时，我的酒已经彻底醒了，转身对服务员说：“麻烦你去叫下白禾禾，就说有人……”

话还没说完，石小单走到我们面前，伸手抓住许安芷的手往旁边一丢，她一个不稳摔在了地上。石小单也不管，拉着我的手转身就往卡座走。我刚跨出一步，许安芷像是中了魔怔从地上爬过来，抱住我的脚：“不许走，快给我钱。”

我知道，她的毒瘾已经发作了。我问石小单：“我回去拿钱给她吧？”

石小单狠狠地瞪了我一眼，转身一脚就踹在许安芷手上：“拿开你的脏手。”

我们这儿的动静，已经让周围正在喝酒的人注意到了，纷纷围到我们旁边准备看热闹。许安芷真是彻底地疯狂了，她不仅不松开我的腿，反而大声地喊着：“打人啦！”

“滚。”石小单捏紧了拳头，冷着脸对旁边的服务生说：“愣着干什么，还不快把这个疯子抬出去！”

许安芷一听，立即松开了抱住我腿的手，从旁边的桌上拿过一个啤酒瓶往自己头上猛地一敲，血顺着头顶就流了下来。然后她极其疯狂地奔向小舞台，从DJ手里抢过话筒：“救命啊，大家救救我，有人要打我要追杀我。”

“靠。”石小单见到许安芷这番举动，刚才已经堆积的愤怒再也控制不住，指着服务生大声地说，“去，把她给我带到后台来！”

我从未见过石小单发这么大的火，不禁有些担心起来，拉着他的衣角：“小单，算了吧，把她赶出去就好。”

“屄！”石小单朝我骂了句，转身对闻讯而来的仝跃天及其他人说：“走，去后台。”然后我再想拉住他们已经来不及了，石小单带着浩浩荡荡的一群人往后台走去。

我跟着走了进去，到了后台，石小单就站在许安芷旁边指着她鼻子：“告诉你，想收拾你不是一天两天了。今天是你主动撞上来的，可别怪我！”

说着，旁边的仝跃天招呼着穿紧身衣的女人：“在我场子里闹事儿，给我往死里打！”

女人冲上前去就给了许安芷狠狠的一脚，而毒瘾发作的她早已经在地上蜷缩成了一团，嘴里就不停地念叨：“给我钱，说好的。”

这场景看得我心里难受，我快步上前拉住女人，那种被雷希隐形的陷害折磨到筋疲力尽的累，让我忽然就放声地哭了起来：“石小单，这是我的事，你不用管！”

见我哭了，石小单这才挥挥手让其他人出去。

后台就剩下我们三个人，许安芷全身已经开始抽搐，我让石小单点了支烟给她，她哆嗦着接过来，拼命地吸着，不带停歇地将一支烟很快吸到了尽头。

看到她的样子，我没办法停止哭泣，拉着她的手说：“你告诉我，雷希都和你说了些什么？你为什么要去打官司，为什么又会在这儿上班，只要你告诉我，我就给你拿钱。”

石小单刚要点烟，一下将打火机熄灭：“雷希是谁？”

许安芷抬头机警地盯着我们，忽然就起身快速地冲了出去，完全不等我们反应过来。石小单跟着追出去都没有追到，返回来的时候我正坐在地上发呆，想着雷希到底是和许安芷说了什么。她为什么到现在还要把吸毒这事儿安在我身上？

石小单尝试着安慰我：“柯安，我派人去查吧？”

“别，我的事儿不用你管。”我推开他。是的，我不想要人再来掺和我的事儿了，叶一丁的事儿给的教训已然足够。

然后后台就剩下了我自己，我知道石小单是生气了。

过了一会儿白禾禾来找到我，把我带回了卡座，而石小单就板着脸坐在那儿，不和人说话也不看我，就一杯杯地端起面前的酒喝。场面尴尬得让我很想甩头就走，可又觉得我那样做太不妥，只好不吭一声地坐在旁边，看着他一杯一杯地喝。

终于，石小单先沉不住气了，他放下酒杯嘀咕着说："什么叫你的事儿不用我管？我想帮帮你难道错了吗？"

我不知道该怎么回答他，端起桌上的酒就干了下去。他也不再说话，一杯杯地喝酒，也不管是红酒、洋酒还是啤酒。不知道喝了多少杯，我们忽然看了一眼对方，在昏暗的灯光下，我看清楚了他酒后脸上的那一团红晕，还有眼神里炙热的渴望。然后我们俩就这样相视而望，大约过了好几分钟，他忽然起身拉着我的手，带着我离开酒吧往停车场走去。

他开车带我回了白禾禾的公寓，抱着我进了卧室，我躺在床上看着发怒的他扑向了我，用最后的一丝理智推开他，恍若从梦中醒来。石小单忽然就停了，起身坐在我面前，像是泄了气的皮球，带着些许愤怒和埋怨："柯安，你到底要怎么样才能走出你的心结？你说需要时间调整，好，我等你调整。你说我们不应该走得太近，好，我没事不打扰你。可是，这不代表我在看着你被欺负的时候不能站出来，看着你的心事堆积在心里变成你无法解开的结啊！有的事情你做起来很难，可是对我来说很简单的，而你凭什么说不用我管？"

他终究还是因为那句不要你管而生了气。我笑着拍拍他："多一事不如少一事，不是吗？"

"你不知道吗？你的事对我很重要！"石小单摇晃着头说。

我把他扶着躺在床上："睡吧，你喝多了。"

"我没喝多，我只是生气……"石小单忽然哭了，眼泪毫无征兆地就流了下来，"你知道吗，我在很努力地去改变。我也不愿意在国外学习一年，因为我见不到你我会担心，可这样会让我爸安心，而不会像跃天他家对他那样对我，所以我去了。回国后，我放下一切从基层做起，我想就算我们不能每天在一起，但我想要在你有危险和困难的时候第一时间赶到你的身边。我从没有想过在短时间内让你接受我，因为我已经等了好多年，但我只想在你需要帮助的时候我能出手，不管什么样的困难我陪你一起扛。你父亲的事儿你完全可以告诉我，不用那么冒着危险一个人跑去村子里，你知道那一刻我是什么感觉吗？我觉得自己特失败，失败到要自己心爱的女人冒着那样的危险去找真相，而我自己什么都不能做。”

再后来石小单的声音就越来越小，几乎是半梦半醒之间说着：“你不会知道，你身上有我妈妈和姐姐的影子，还有我梦中喜欢的女孩的样子，在见到你的第一次，这三种形象在你身上体现，我就知道，这辈子不管能不能再遇上你，再也不会有第二个女孩像你这样走进我心里。”说到最后，他完全没了声音，安静地睡了过去。我起身为他擦洗了脸和手，又盖好被子，自己抱着被子去了楼下的沙发上。

早上被敲门声吵醒了，我迷糊着打开门，白禾禾也是睡眼惺忪地站在门外，嘀咕地埋怨着说：“这个石小单，硬逼着我把钥匙给他，把我赶到楼下去开房。”

我不好意思地耸耸肩，转身到沙发上收拾好昨天晚上睡的被子。

白禾禾惊呼着：“什么！你昨天晚上睡的沙发？那石小单呢？他睡床？”

“嗯，他喝多了。”我笑着说完，抱着被子去了卧室。

白禾禾跟着进来，靠在门边神秘地问：“我才不信呢，瞧石小单昨天晚上那样子，能放过你？”

“真没有。”我放好被子，沉默了一会儿，转过头很是严肃地问，“禾禾，你把钥匙都借给小单了，是真觉得我和他有戏？”

“这么严肃干什么？”白禾禾吐了吐舌头，“当然有，我认识他的时间也不短，以前他在学校的时候，喜欢他的女生可是一大把，还时不时地追到跃天的酒吧来，喝多了闹事儿的什么都有，可还就没见过他对谁像对你这么上心。”

“跃天是你的初恋吗？”

“是啊。”白禾禾口无遮拦地又说了起来，“不过这初恋不初恋的又有什么关系？感觉对了，不就能在一起了吗？”

“如果我像你这样，也会什么都不管。”我摇摇头有些羡慕地看着她，“可我不是你。”

“你怎么了你，不是女人啊？再说，你也比我大不了几岁，为什么装得一副老气横秋的样子？”白禾禾为了逗乐我，捧着我的脸说，“啧啧，你瞧这脸蛋，嫩得都能掐出水来，还有这气质，这身段，还装什么老啊你。”

“真没你想得那么简单。”我摇摇头，叹了口气。

白禾禾打开冰箱，丢给我一盒牛奶：“我知道，可你老公也不是你杀死的不是？”

这是我和白禾禾接触这么长时间以来，第一次说张南的事，而诉说的欲望一旦开启就好像停不下来。我打开牛奶倒进杯子里，夹着面包喝了一小口，把石小单如何与我认识，我在张家的种种过往以及雷希怎么在背地害我，还有我爸的事情都毫无保留地告诉了她。这么长时间以来，我是真的需要有个人倾听我的心事了，即使她帮不上任何忙，听着就好。

在我还没有说完的时候，白禾禾就停止了吃东西，眼泪吧嗒吧嗒地流个不停。等我说完之后，她抽泣着说：“柯安，你怎么会遭遇这么多事情？我以前以为，仝跃天他妈把我们分开，我就是世界上最可怜的女人了。”

看白禾禾哭成这样，反倒变成了我安慰她：“没事儿，都过去了。我只是觉得，因为经历了这些，我和小单是注定不能走到一起的。我想你有机会和跃天说说，看他能不能劝劝小单，别在我身上耽误太多的时间，我不值得。”

“屁。”白禾禾擦干眼泪，说，“你又没干什么坏事儿凭什么不值得了？我相信，叔叔肯定会有回来的一天，这件事也肯定会有水落石出的一天！”

上午收拾完我带来的行李和住的房间，下午闲着没事儿，白禾禾忽然兴起，要拉着我去帮她看看门店，她打算开一家奢侈品置换店，说是如果看好就要去签合同了。

门店的地段还算挺好，就在市中心的步行街上，左右两边都是高档女装店，楼上的摩卡百货正是奢侈品的聚集地，而店的旁边就是摩卡百货的大堂入口。

白禾禾站在店门口，“这儿怎么样？我观察了好久，在这儿开个置换店是最合适的了。”

“地段确实好，而且门脸不大也刚刚好。”我附和说。

“那是，我可找了不少时间。”白禾禾抬起头傲慢地说，“这个皮具店是跃天朋友开的，刚好要扩店搬到对面去，我得到内部消息就赶紧下手了。”

旁边，摩卡的入口传来一声女声：“张太太……”

我习惯性地转头看了看，和迎面走过来的陈亦梅四目相对。她身后紧追着一个穿着制服的高挑美女，双手把卡送到她的面前：“张太太，您的卡忘拿了。”

陈亦梅的目光从我身上收回，接过美女手上的卡说了声谢谢，然后很自然地走到我的面前，看了看身边皮具店门前贴着的几个大大的“清仓甩卖”：“柯安，你来买这儿的包？”

我咬着唇喊了声：“妈。”

陈亦梅微微点着头："买包去楼上选吧？妈陪着你。"

"不用了，我就是随便逛逛。"我想说自己是陪着白禾禾来看店，但转头看着白禾禾一副乖巧的样子站在旁边，就不敢向陈亦梅介绍她。每个人都有弱点，白禾禾的弱点就是见到别人的妈就怯，这样的阴影来自于仝跃天他妈。

陈亦梅挽起我的手："对了，你家里还放着好些衣服呢吧？妈都给你收着呢，要是你不回来住了，今天正巧没事儿回去取一趟吧？我看了看都挺好的，扔了怪可惜的。"

我有些意外："今天？我……"

"走吧，叫上你朋友一块儿，衣服挺多还能帮下忙。"陈亦梅极力地挽着我往地下停车场走去，"妈把原来的两套房子都卖了，等最近这段时间忙完，就去北京那边儿住。你也没去过北京的家里，到时候再拿也不方便。"

陈亦梅邀我坐了她的车，又告知了白禾禾具体的地址，叮嘱她跟在后面就好。我们到的时候白禾禾还没到，陈亦梅也没有等她的意思，就带着我进了家门。路过院子的时候，她唉声叹气地说："张南和刘妈都走了，你爸也不常回来，家里就我一个人住，挺冷清的吧？"

我吃惊地问："什么？刘妈走了？"

"嗯，有些日子了。"陈亦梅轻描淡写地说。

我满脑子都是好奇，好奇刘妈怎么会走得这么突然，要知道她不过才六十出头。据我所知她在十几岁的时候就来了张家，从照顾陈亦梅到照顾张南，从来没听说有什么病痛的，怎么会说走就走？

可是陈亦梅完全不和我说这件事，她走到墙角一堆包面前，说："这是张南出事儿之后刘妈为你收拾的衣服，就想着有天你能回来取呢。可是这么长时间你也没回来过，也没给妈来个电话，我都担心你，可是又不好给你电话。"我发现前些年陈亦梅都是一副女强人的样子，而现在才更像一个普通的老太太，絮絮叨叨地和我说着话。

我沉默着没有回话，跟着走过去翻看着这堆包，我想这应该囊括了我在张家所有的东西。

陈亦梅站在我旁边，哀怨地说："柯安，妈听人说前几天在酒吧你碰到过小许？"

我正弯腰准备搬袋子，转身诧异地问："你怎么知道？"

"妈知道你恨我当时执意要你和张南结婚，也恨妈没有保护好你肚子里的孩子。可是柯安，你想许安芷现在的样子能好好照顾多多吗？咱不说之前的事儿了，就说现在，如果她带走了多多，你有没有想过妈还剩下什么？你是不是恨妈都恨到这样的地步了？"

面对陈亦梅的一番乱猜测，我确实不知道该怎么回答，不管怎样我在她们眼中都是一个诡计多端的女人。甚至连帮着许安芷要回孩子这么可笑的事情，都要安在我身上。

"多多是张家的根。"陈亦梅小声地说，"柯安，你们都还年轻，以后还能再生，妈希望你原谅南南，因为他不管怎么样已经死了，你以后找个好人家过日子。还有小许，你也劝劝她，让孩子好好在张家生活，好不好？"

我完全愣了，我凭什么能劝得动她？是谁告诉了陈亦梅这些不切实际的"事实"？难道还是雷希？她到底还是没放过我，那她还想要做什么？

"妈，不管你信不信，许安芷起诉要回孩子的事儿跟我没有关系。"说完，我一手拉起地上的箱子，一手拎起两个包，"要是没事儿我就先走了，您自己保重。"

"柯安，你真的要张家不得安宁吗？"

在我离开大门的时候，传来婆婆有些绝望的声音。

我冷笑着摇摇头，自始至终我什么都没有做过，为什么是我要张家不得安宁？我没有再回话，独自朝前走去，白禾禾的车停在外面，我把东西扔进后备箱，轻声说：“走吧。”

车上放着一首蔡琴的老歌《恰似你的温柔》。某年某月的某一天，就像一张破碎的脸，难以开口道再见，就让一切走远……

明天是我在A市公司第一天上班，我得选套得体的衣服。现在的衣服大多都是后来添置的，刚好从张家拿回来了不少品牌，回到家我就马不停蹄地把它们翻出来，里面才是我这些年所有的衣服，各种风格和款式应有尽有。

刘妈还算细致地把我所有的衣物几乎都收纳了进去，我打开其中的一个包，找了一套前年在摩卡买的香奈儿，试穿了下觉得似乎不妥，自己只是策划部新晋的小职员而已，又从箱子最下面翻出那条Valentino大红色长裙，准备外面套一件普通的薄款的黑色长羽绒服，我刚把裙子拿出来，连带着拖出来一张明信片。这张熟悉的明信片，不管它放在哪儿我都能清楚地记得，那天张南从刘妈手里接过快递拆开看到它时，那奇怪得让我捉磨不透的表情。正是它的出现，让张南放弃了和我去民政局。明信片的背面用签字笔写着几个字：“南，我在伦敦生下了我们的孩子，一个月之后我举行婚礼。柯安是个好女孩，我会把孩子送到你们身边。”而落款是：雷希。

我一口气差点儿没有喘上来，拿着明信片愣了半天，终于明白为什么张南躲在房间里好几天之后，奇怪地就躺上了我的床。没想到雷希所谓的时机不到，是因为我肚子里还留着孩子，她用这样的方式让张南莫名其妙地回到我身边，让许安芷因为失去张南而发怒。等到最后我的孩子掉了，她的目的也就达成，而我又变成了那个在微博上爆料张南的幕后原配，而她所谓的时机，才正式地成熟。

可是张南竟然真的为了她的一句话就那样照做了！

Chapter 6

各种陷害防不胜防

早上8点40分，我出现在总部大楼，我需要赶在9点以前在人事部报到。在去往人事部的路上，我碰见了早到的陈姗姗，她阴冷地笑了笑，挑衅地说：“柯安，别高兴得太早！”

她莫名其妙的一番话让我奇怪，我也没理会她，直接去报完到回到策划部和张勋会合。张勋没有说太多，就让我赶紧收拾下参加9点半公司的大会。

9点半，会议准时进行，是A市公司全体同事参加。和以前的滨海一样，应该是每个月月初的例会，各部门分别汇报上月的工作和下月的计划。意外的是，到最后，行政主管宣布了关于去年我和张勋资料遗失的处理意见。

“我这边宣读一份总部下发的人事处理意见，总部办公室行政职员陈姗姗，因电脑操作不当导致公司网络后台出现故障，导致BQB资料的遗失。经总部行政部研究决定，对陈姗姗在全公司范围内通报批评。我希望各位同事引以为戒，用互联网的时候一定要小心。”

我抬头看了一眼坐在前排的陈姗姗，低着头咬着嘴唇，一副很是委屈的样子。猛然间她抬头和我对视，狠狠地瞪了我两眼。想起她早上对我说的那番话，我想，莫不是她以为总部这番处理是因为我作祟，又或者是她不敢对张勋动怒，把火发到了我身上？我不经意想起那天晃一眼看到的那个“雷”字，难道她和雷希也是熟识？

会议结束后，张勋跟着行政主管去了她办公室。行政部的办公室紧靠着茶水间，我去清洗茶杯的时候，就听到张勋在里面大声地说：“陈姗姗的调查结果明明就不是这样的，怎么在会上就全变了？”

“这是今天早上总部才发的，我也不清楚。”

“调查结果是她蓄意攻击网络导致资料缺失，这个你是知道的，对不对？”

“我知道，可是总部已经这样决定了，谁也没办法改变的，不是吗？”行政主管轻声地安慰着张勋，“你也没必要和她较这个真了吧？真开除了她，对你我也没好处。下次你们保管资料小心些，别再有类似的问题出现就好。”

我从茶水间回到策划部，组上也正在说这事儿，据说之前好像是要开除陈姗姗，而今天突然结果就变了。旁边一位同事特小声地说：“这陈姗姗常在总部混着，应该和某位高层有关系吧？要不处理结果也不能说变就变不是？”

总之处理结果就是变了，这是张勋以及任何人也改变不了的事实。

我所在的策划部，和陈姗姗所在的行政部平时很少有交集，所以在接下来的很长一段时间里，我再也没有碰见过她。不过，公司里偶尔会有她的闲言碎语，诸如看到她和总部的领导半夜进了酒店啊，或者是早上看到她又从谁谁的车上下来之类的。这些谣言，我都不乐意去关注太多，但我知道了一件事实，陈姗姗不是一个单纯的人，也不是一盏省油的灯。

半个月后一个快要下班的下午，我刚完成张勋交给我的文案，坐在天台上喝杯咖啡休息下，陈姗姗也端着咖啡挪着身子走了过来，毫不客气地在我对面坐下："下班你跟我走。"

我抬头愕然地看着她："下班我有事儿。"

陈姗姗轻视地笑着，拿出一纸文件放在桌上："喏，你和我都得去。"

这份文件上写着，晚上是BQB公司年会，需要各部门甄选出优秀的女职员去参加。BQB去年和公司签下了出口货品的订单，而今年，BQB还在继续扩大规模，还有大量进口产品的广告正准备铺开，作为腾飞最重要的客户之一，他们公司的年会我们自然是高规格地面对，所以要女员工去参加也是在商业应酬的范围之内。

就这样，我不得不服从公司的安排，下班后回家换了套领口稍带深V的浅紫色拖地燕尾裙，公司的车来接我去到了一个叫"紫云山庄"的地方。

到达之后已经陆陆续续地来了不少公司的同事，不过我刚来总部，除了陈姗姗之外都不大熟悉，就只是微笑地点点头，算是和他们打过招呼。

没过太久，BQB的上层领导开始步入酒会现场，销售部的同事一见到他们就迎了上去，挑选了一个领导敬了杯酒，她就顺理成章地成了那人的女伴。

在人群中我也看到了金俊中，他抢在其他人之前走到了我面前，弯着手臂朝我笑笑："柯老师，今天晚上你愿意做我的女伴吗？"

和金俊中已经很熟悉了，我很自然地挽在他手上，说："我可是第一次参加这种年会，要是等会儿闹了笑话你可帮我担着点儿。"

金俊中点点头，和我碰了杯，站在原地闲聊了一会儿。也就是关心我在腾飞的近况，又说了说石小艺最近的状况。他说石小艺最近状态不是很好，但对茶匙倒是爱不释手了，每天都要拿在手上把玩一会儿。

说到这儿，金俊中两眼放光地说："柯老师，要不周末您陪我去看看她吧？”

听闻石小艺状况有所好转，我自然是很高兴了，完全把石小单对我的警告放在了一边，我觉得，可能是小单对金俊中有什么误会吧，于是答应下来：“行啊，周末我陪你去看看。”

“走吧，晚会快要开始了。”

金俊中说完，带我跟着人群往大厅前面走去，出了大厅便是一片森林，穿过这片森林才发现是别有洞天。一块宽阔的草地上，已经摆好了木椅，有不少人到场落座，金俊中沿路频频和人点头。他是BQB的股东兼高管，位置被安排在舞台正前方的第二排。落座后，就要服务员送来红酒，我伸手取了一杯，竟然意外地看到陈姗姗挽着石小单的手从右手边缓缓走过来，看样子是往第一排的位置走去。

陈姗姗露出胜利者的笑，而石小单看到我旁边的金俊中脸色是变了又变，我从他们身上移开目光，却因为紧张完全不知道舞台上在讲些什么。

“柯老师，你们董事长上台了。”金俊中提醒我的时候，我已经不知道分神多久了。

抬头只见舞台上一个熟悉的人，拿着一张大额的支票模型站在台上。这个人我不会忘记，尤其记得我站在张家的窗前，每次看到石小单和他吵架的情形，尤其记得我去到滨海之前，他和石小单争吵的样子。

“感谢腾飞董事长石腾雄先生送来贺礼，有请石先生发表贺词。”主持人把话筒递给了石腾雄，可后面他说的什么，我一句话也没能听进去。

恍惚到晚会结束，大家三三两两地端着红酒散落各地，轻声交谈。金俊中带着我走到一群人之间：“祁总，这是上次广告策划的模特柯安，还记得吗？”

这位叫祁总的男人半眯着眼睛，用半生不熟的中文说：“记得记得，中国美女。”

“您好。”我微微点头，“我叫柯安。”

“柯安？”

从我身后传来一声浑厚男音，我轻轻一扭头，石腾雄端着酒杯出现在我面前。我不自在地往后退了一步：“董事长……”

“石董，贵公司真是人才辈出呢。你可是不知道，这位柯安美女的广告图片在韩国媒体投放之后，可是掀起了一股不小的中国风呢。”祁总举着酒杯。

石腾雄有些敷衍地和祁总碰了下杯，目光却始终停留在我身上：“你在公司？”

我提醒着自己不要紧张，尽量放慢了说话的语气：“嗯。”

“在什么部门？”石腾雄点了点头，可我分明看到他斜眼在找石小单。

“策划部。”我低头小声地说。

石腾雄有些诧异：“还以为你在公关部呢。”

这话说得我脸上一阵阵泛红，旁边的金俊中连忙出来解了围：“石董，去年要不是柯安的话，BQB和贵公司的合作也不会那么顺利呢。您大概是平时太忙，还不知道公司有这样一位才艺兼得的优秀员工吧？”

“还真是太忙呢。”石腾雄尴尬地附和着说完，就拉着女伴往旁边走了。

这样的年会其实很无聊，就是这些高层带着女伴四处转转，和本公司也好合作公司也罢说一些拉近距离的话，总之就是和我们这些女伴没太大的关系。当然，唯一的关系就是他们见面的时候，会以身边的女伴作为切入点，比如说“你身边这位女士真漂亮”，所以通场下来我除了石腾雄，谁都没有记住。记住了他是腾飞广告的董事长，记住了石小单是腾飞广告的“太子”。那么，我倔强地要脱离石小单的帮助，结果兜兜转转还是转到了他们家来，想到这儿，不免有些哀怨。

奇怪的是，全场下来我再也没有看到石小单的身影。我甚至胡乱地想，他不会和陈姗姗提前去酒店了吧？想到这儿，就觉得心莫名其妙地痛，像是被谁抽了一鞭子。再联想到在公司听到的八卦，明天陈姗姗会从石小单的车上下来吗？他们会成为公司的谈资吗？

和我情绪相反的是金俊中，他逢人便是喜笑颜开的模样，偶尔干杯也不只是浅尝，而是一饮而尽，到宴会结束的时候，他脸上开始呈现红晕。

他有些醉了，带着我离开人群："柯老师，我们到休息区坐坐吧？"

休息区在森林外部的大厅一个安静的角落，去往各个活动区域都会从这儿经过。休息区的桌椅都是原始木雕制作的，每张上面都摆好了精致的茶具和高档的骨瓷茶杯。

我正准备泡壶茶静静心，却在不经意中，看到雷希和公公张厚年迎面走来。我惊得差点丢掉了手中的茶具。

雷希见我出现在这儿也停住了脚步，但相比起她，张厚年更是满脸的尴尬和窘态。不过，短暂的尴尬之后，他随即松开雷希的手："雷小姐，你先进去和我秘书谈着，我打个招呼。"

雷希也会演："好的张总，您先忙。"

张厚年走到了我们旁边，不客气地坐了下来："柯安，这是你朋友？"

"爸。"我咬咬牙用了很大的劲儿，才叫出了这声爸。

一旁的金俊中刚才还呈现慵懒的状态，听我叫爸连忙起身站起来毕恭毕敬的样子："叔叔你好，我是柯安的朋友，我叫金俊中。"

我想，金俊中一定是把张厚年当成了我爸，可我没办法解释，总不至于我指着张厚年告诉金俊中，这是我前夫的爸爸吧？

"你好，金先生。"张厚年伸手和金俊中握了握，"爸今天晚上约人谈点事儿，就不陪你们久坐了啊？柯安，有空回家里来吃饭啊。"

"那你忙。"我无语得不知道该说什么。

而他离开后，我也没了心思再继续待下去，石腾雄，石小单，陈姗姗，张厚年，雷希，像一张张乱七八糟疯长的藤条，绕在我脑子里，让我头疼。

周末，金俊中早早地给我来了电话，希望我能陪他一块儿去看看石小艺。原本心里还有些顾忌石小单的，但想着在晚会那天之后，他再也没有给我来过电话，就完全忽略了他之前对我的叮嘱，答应了金俊中陪他一块儿去。

今天金俊中想让我再泡一次茶，希望石小艺能有一点儿意识上的知觉。我没有拒绝，如果石小艺能醒来，让我做什么也是愿意的。金俊中又说石腾雄这些年已经快要绝望了，这段时间看到石小艺又拿起了茶匙，就好像看到了希望。特别是听金俊中说过上次的事后，今天更是要亲自来看看。

我和金俊中赶到的时候，石小艺刚刚午睡起来，在护士的陪伴下，在院子里晒太阳。看到金俊中，她缓缓地从轮椅上起身迎面走过来，像孩子似的扑到他怀里。

所有的泡茶工具金俊中已经提前拜托人准备好，就在石小艺晒太阳的旁边，我为了能唤醒她一些记忆，尽可能慢地按流程开始。一开始石小艺并没有什么反应，到后面我拿起茶匙准备盛茶叶的时候，她忽然激动起来，指着我的手说："啊……啊……"

恰好这时石腾雄走了过来，金俊中不停地手舞足蹈："伯父，小艺有反应了。"

"真有用？"石腾雄的目光停留在石小艺身上，兴奋地说，"柯安，你快继续，继续啊。"

"伯父，我说得对吧？小艺的精神障碍和脑瘤完全无关，只要用她感兴趣的事情去辅助的话，也会有清醒的时候。"说到动情处，金俊中还伸手抚摸着石小艺的头发，"伯父，我和您的想法一样，希望小艺醒来，哪怕一天也好，即使是用我的生命去换我也愿意。”

石腾雄感动地点点头，没有再说什么。

按照他们的意见，我总是在每个步骤就会错一次，刚开始每次错的时候，石小艺都会那样尖叫着提醒我，这让大家都兴奋不已。可惜的是，在我第二次要泡茶的时候，石小艺忽然像上次那样捂住头尖叫起来，而且看情况似乎更严重。

这时，石小单不知道从哪儿冲了出来，一把抱住快要蹲到地上的石小艺，指着金俊中朝石腾雄近乎咆哮地吼道：“我告诉过你他是骗子，你为什么还要听他的？”说完，朝我吼道：“还有你！我们家的事儿不要你管！”

很快护士把石小艺推回了病房，我们一群人跟着追了上去，石小单转身对跟上来的金俊中和石腾雄怒吼道：“你们给我滚！”

石腾雄懊恼地说：“你以为爸愿意看到你姐变成这样子吗？爸也不愿意啊，爸更不愿意眼睁睁地看着你姐变得越来越傻，到最后生命耗尽啊！现在有办法让她可能清醒，你又怎么确定她清醒之后对她的肿瘤不会有好处呢？”

“上次不是医生都建议放弃了吗？”石小单相对保守一些。

“不，爸去年咨询过你姐之前在美国的医生，他说过没有临床能证明，这两者一定是没有关系的。也就是说，也许你姐的脑肿瘤是因为她的记忆消失才恶化的，你懂吗小单？”石腾雄说着有些激动了，“也就是说，也可能找回了记忆，你姐的肿瘤也会变得好一点。到时候我们把她送去美国手术，万一她就好了呢？我们要有希望不是？不能让她等死是不是？”

石小单终于没再说话了，站在病房外面，隔着窗户看着护士为石小艺打完针，直到她安静地睡了过去之后，才对我说：“你陪我走走吧？”

陪着石小单走在疗养院的花园里，长达半小时的时间我们都没有开口

说话。那天晚上陈姗姗挽着他手的情景记忆犹新，我不知道该怎么开口。

过了好长时间，石小单才坐在旁边的石凳上，“坐会儿吧。”我顺从地坐在他旁边，他又问我，“你觉得，我姐该赌吗？”

这个问题，是他和石腾雄还有金俊中之间最大的矛盾争论点，我自然不敢妄言。

“你也许已经知道了我姐对茶的喜欢，但你一定不知道，她对茶不只喜欢，简直是到了痴迷的地步。在我姐十八岁的时候，就已经在世界级茶艺比赛上获得过大奖，后来她潜心于失传茶艺的寻找和茶叶的研究。之前她去韩国留学，也是为了寻找一种在中国已经失传的茶艺方式，她听说韩国民间可能会有以前的汉人迁移过去遗留了下来，才下定决心去韩国留学的。”石小单低着头，踢着脚下的小石子，这样子就像是邻家的大男孩儿。

我接着他的话问：“那是不是只要有人在她面前泡茶，她就会这个样子？”

“也不是，她好像只有看到你泡茶的时候会比较激动。”石小单猜测着自言自语地说，“我不想要我姐醒来，你知道吗？她身上有太多别人惦记的东西，我怕有的人不安好心。”

“你是说金先生？”

“我一直奇怪我姐为什么会莫名其妙地从韩国回来，我不相信那个韩国人是真的爱我姐。如果他爱她，前几年他去了哪儿？为什么最近才出现？”石小单喃喃地说。

“或许是金先生前些年不知道小艺姐的下落呢？”

“但愿是这样吧。”石小单伸手揽住我的肩膀，“但我更愿意相信，我姐脑子里一定有很多良茶种植乃至后期煎炒的方法，他们要她醒来是为了这个！”

在我看来，金俊中和石腾雄都是石小艺深爱的人，也是事业有成的人，他们没有理由把这个作为要石小艺醒来的主要目的才对啊？尤其是石腾雄，他可是石小艺的亲爸啊。

从知道腾飞是石腾雄的企业之后，我就在尽量地控制自己，不要因为这个影响自己在工作上的情绪，也要注意和石小单的距离，怕引来什么风言风语。

我在腾飞的试用期，很快就只剩下了一个月。按照公司的惯例，不管你做出过多大的成绩，试用期都必须经过严格的考核，笔试和项目测试，是至关重要的两个部分。笔试相对简单，就是一些基础知识的考试，而项目测试就会难一些，是独立完成一个项目，而且还要获得客户以及公司上下的满意。

所以，我变得紧张起来。虽然我有时候会因为这是石家的企业觉得不自在，但想到滨海二期，还有这些日子以来我对策划这份工作的喜爱，让我坚定自己一定要通过考核。

又是一个早上，张勋精神抖擞地召集部门开了个小会，简单地安排了一些工作后，就让其他人离开，把我留下。

“你的试用期只有一个月了，到时候公司会对你进行考核，如果不能独立完成工作就必须离开。”张勋很是严厉地说。

我坚定地点头：“好。”

“今天我有空，对你简单地培训下，但我只说一遍且只有半天时间，听完你自己消化领悟。没问题吧？”张勋说完又补充了句，“现在销售部有几个重要的单子在谈，策划部正缺人，我不希望你实习了这么长时间最后因为考核不过关离开公司。”

“没问题。”说完我立马完全进入工作状态，铺开笔记本摆在面前。

张勋虽然严厉，但培训起来毫不含糊，且毫不保留地把很多东西都传授于我。结束后我确实受益匪浅，至少最基本的切入点我都已经掌握。

然后接下来的一个月，我几乎断绝了和所有人的往来。上班的时候每天加班到深夜回家，周末就躲在家里一遍遍翻看石小单留给我的资料，或是上网寻找各行业的公司，把它们当成是准客户练习文案，有空了再让主管佘南阳帮我点评。

实习期到的这天，下午快下班的时候，张勋把我叫进了办公室："这是一份模拟客户的文案资料，你需要在两天之内独立完成。"

"好的。"我接过文案资料，习惯性地低头看了下封面，上面写着"CC集团"，我一愣，"张总，是CC集团？"

"是……"

CC集团，正是张家的公司，我没想到我结束实习期的考核项目竟然会与他有关！

从张勋办公室出来，佘南阳嘻嘻笑着凑了过来："怎么？要考核啦？是哪个项目啊？"

我丧气地把资料丢在桌上："CC集团。"

"哇？柯安，了不得啊！"佘南阳侧身坐在我桌上，"CC集团的单子可是大项目，以往都是交给我来做的，今年竟然交给你这个实习生作为考核项目，看来公司够重视你啊！"

佘南阳是策划部一组经理，也算是我的顶头上司。我虽然是以张勋助理的身份调到总部来的，但实际上这段时间我一直跟着佘南阳的组在做项目，我实习期考核通过后，就会成为策划部的正式一员，也就是策划师。

听佘南阳说他以前做过这个项目，我灵机一动，盯着他："阳哥，那你那儿有CC的不少资料咯？"

"当然。"佘南阳往后轻抚了下头发，"想要？"

我点点头："别逗我，说吧，要怎样才给我。"

"给我介绍个女朋友。"佘南阳阴笑着说，"再请我吃顿饭。"

"吃饭可以，介绍女朋友这个……"

“别扯，有时间把和你一块儿住的女孩儿约出来吃顿饭，我就给你资料，怎么样？”佘南阳从桌上跳了下来，从耳朵上取出烟放嘴里，往吸烟区走去，“给你一根烟的考虑时间。”

来总部的这段时间，我对佘南阳早已经习惯了，他就是那种爱开玩笑但做事儿很认真的人。他说让我约白禾禾一块儿出来吃饭，不过就是上次在楼下白禾禾接我的时候，他被她呛了几句，不服气而已。于是我等他抽完烟回来，就答应了他的要求，让他把资料发给我。

我的考核时间只剩下两天，而我必须在这两天的时间里，把这套方案完整地做出来，而且还要让公司高层和张勋满意。

在此之前，即使我在张家生活了四年，依旧对它到底是经营什么的、市场定位在哪儿等情况一无所知，而佘南阳给我的资料里囊括了我需要的所有信息。一番查看之后，我知道了它并没有表明上那么风光，不过是采用了集团式的管理，把涉及的每个行业都打上CC这个标签，它所经营的范围也在这两年内大幅缩水，先后有几个大型的加工厂在最近几年倒闭。网上资料显示，现在的CC集团除了北京公司还保留了加工厂之外，A市公司主要是以珠宝进出口为主。也就是说，CC集团现在已经度过了它最风光的年头。

而CC集团的前身是陈氏集团，陈氏集团在30多年前，几乎垄断了国内进出口和商场珠宝的所有业务。有消息称，陈亦梅18岁时曾下乡当过知青，21岁那年回到A市开始进入商界，同年和张厚年结婚。22岁时陈亦梅的父亲因病逝世，集团财产被子女平均分配，留给陈亦梅的A市公司，在她和张厚年的经营下，逐渐演变成今天的CC集团。

面对这一堆资料，我首先想到的就是陈亦梅平时在家里的雷厉风行。一个靠着老婆起家的男人，在外人面前无限风光，可在家里我却很少见到陈亦梅给他好脸色。于是对他那天晚上和雷希在一起，也多少有了点儿理解。一个被强悍女人压制的男人，如果外面再有人百般引诱，他是不会顾

忌什么年龄差距，或者这人差点儿做他儿媳的。

两天后，到了我约定考核的日子。一早9点，我进入了总部考场，和几个差不多同一时间要转正的同事一块儿参加笔试。两个小时的笔试之后，经过短暂的休息和准备，下午两点，CC集团的项目负责人准时在会议室等我了。

我相信很少有公司会拿真实的订单来考核员工，可是腾飞就这样做了。而且对我的考核，用佘南阳的话来说，还是个大客户。

完全紧张的氛围，让我根本来不及去猜测CC集团来的负责人会是谁，会不会是陈亦梅。我满脑子想的是它只是客户，只是我考核的一部分，我在面对CC集团的同时，还要面对公司高层，我需要让他们给我的平均分达到合格线上。否则我就失业了！

万幸的是，CC集团来的负责人中，并没有陈亦梅或是张厚年的影子，这让我放松了不少。我站在台前调整了一下，就开始落落大方地讲解我的方案。

可是，我觉得头越来越晕，心跳和呼吸都快得不行，我想，可能是这段时间的连续熬夜导致心脏有些负荷不了。原本以为自己可以靠意念撑完全场，可是在讲到一半的时候，我被CC集团的负责人叫停，然后看着陈亦梅从我的左手边缓缓走进来，我的视线开始模糊，全身冒汗而且软得无法站立，努力伸手抓了个什么东西，就不能控制地倒了下去……

迷糊中，我听到了佘南阳的声音“抱歉，这个方案由我来继续讲解”。然后我好像被谁抱了起来，再后来，我的耳边就彻底安静了下来……

醒来的时候，我躺在病床上，而张勋和陈亦梅坐在我床头。我又紧张起来，回想起刚才在台上晕倒的情形，不禁吓出了一身冷汗。

“你的方案我们都看过了，没问题，我也签了字，你不用想得太多，我这个人一向是公私分明的。”陈亦梅像是知道我在想什么，缓缓地说，“张总你先出去吧，我和她谈谈。”

张勋一定是知道我和陈亦梅关系的，见我醒来眼里全是无奈的抱歉，也只好起身往外面走去。刚打开病房的门，就有人冲了进来，嘴里大喊着：“柯安。”

我和陈亦梅同时抬头，都张大了嘴巴：“许安芷！”

许安芷同时也看到了我，立即向我扑了过来：“柯安快给我钱。”

张勋见她的目标是我，连忙转身要把她弄出去，陈亦梅见状叫停了张勋：“张总，我们有点儿家事要处理，还是拜托你先出去吧！”

这样的说法，张勋自然是没有强留下来的理由，转身悻悻地出了门。

他刚离开，许安芷就又扑到陈亦梅那边儿，说：“妈，柯安说过我起诉你们就会给我钱的，她现在又不给了。”许安芷痛苦地捂着头，用最后的一丝力气拉着我的手。

陈亦梅耸耸肩苦笑了下：“柯安，你说你……这是何苦呢？”

百口难辩的滋味我早已尝够了，现在这样的情况更是让我无从解释，我忽然特别愤怒，用力甩开许安芷的手提高了声音说道：“我什么时候说过给你钱？许安芷，你要点儿脸行不行？你在滨海干那种事情，我把你救出来，你被雷希带走利用到现在，你也不瞧瞧自己可怜成了什么样子。就你现在这样还去打官司？还想要回多多？”

“雷希？”陈亦梅冷不丁地问了句，“她回来了？”

“哼。”我轻哼着说，“原来你认识她。”

“我给了她那么大一笔钱让她去纽约，她怎么可能会回来？”陈亦梅依旧不相信我说的话。

这让我愤怒到了极点：“那你的意思还是不愿意相信我？从一开始你就认为我是为了钱蓄意嫁过来的是吧？我真恨不得把心掏出来给你们看看，我哪有你们说的那么狠？”

“柯安你别激动。”陈亦梅拉过我的手试图让我平静下来。

我依旧甩开她：“你今天看到了我的工作状态，我要真有那么狠，你觉得我现在用得着这么拼命地工作，想让生活步入正轨吗？”

陈亦梅思量了半天，探过头将信将疑地看着我：“柯安，你说雷希回来了，是真的吗？要不，你帮妈拨通她的电话我听听？”

“好，我就让你听听。”说着我拿出手机，从上面找出雷希的电话拨了过去，指着手机上的去电归属地对陈亦梅说，“你看清楚，这是A市的号码！”

电话响了一阵，雷希慵懒地接了起来：“Hello……”

标准的英式英语发音让我愣了下，“雷希，你在哪儿呢？”

“你哪位？”

“我是柯安，你在哪儿？”我真的怒了，恨不得穿过电话去把她抓过来放在陈亦梅面前。

“谁？我不认识你……”

陈亦梅显得有些焦急，一把抓过电话质问道：“雷希，我是陈亦梅。”

“呀，阿姨……你还好吗？”

“托你的福，还行。”

“我现在在纽约，过得还不错，也结了婚有了孩子，张南还好吗？”

雷希还在装腔作势地和陈亦梅搭讪，真的是彻底让我失去了理智，愤怒和失望，连带着长久以来的困惑，让我几近崩溃地上前抓住陈亦梅，扑通一声跪倒在她面前：“妈，算我柯安求你了，以后你别再来找我，让我好好地重新开始行不行？”

房间的动静实在太大，张勋又不敢盲目地进来，只好叫来了医生把陈亦梅和许安芷请了出来，剩下他自己在房间里照顾我。

“柯安，你不会怪我吧？”等我冷静下来，张勋开了口。

我没有马上回话，因为我知道这绝对不是张勋的本意，包括安排CC集团作为我的考核项目。那么，又会是谁呢？他能准确地预测到我可能会在讲解现场晕倒，也知道陈亦梅会跟我一块儿来医院，恰好在这个时候把许安芷送到我们身边。这人，除了雷希还会是谁？

张勋下午还有工作，就嘱咐我好好养病。因为是在工作时间晕倒的，下午会换佘南阳过来照顾我，另外再给我几天假。而关于我考核的事，他会去和公司协调，这属于意外情况。

张勋刚离开，白禾禾就来了，紧跟着佘南阳也拎着水果捧着花到了医院。白禾禾一见到佘南阳，就开口呛他："你这花是门外垃圾堆捡的吧？我说，你送人花能不能有点儿诚意？"

佘南阳把花放在床头，理也不理白禾禾，就问我："怎么样，拼命十三郎，好点儿没？"

"我跟你说话呢你听到没？买不起好花那干脆别买啊。"白禾禾不依不饶地说。

"行，那我给你钱，你去帮我重新买行吗？"佘南阳笑着转头说。

这下把白禾禾说哑了声，佘南阳又接着说："我说十三郎，你不至于吧？资料我都给了你，做个方案至于两天不眠不休的吗？今天要不是张勋替你挡着，你肯定挂了。"

"对了，你是不是得罪了总部什么人啊？明知道你和CC集团有这种关系，怎么还要把这个项目分给你？"佘南阳帮我猜测着，"这种事一般是销售部安排的，柯安你想想，销售部可有你的什么仇家？"

"你有病吧，哪壶不开提哪壶，人都成这样了，你就不能闭上你的臭嘴？"白禾禾看我脸色越来越不好，打断了佘南阳。

我一共在医院住了两天，出院已经是第三天下午了。石小单依然没有来，是仝跃天来帮忙接我出院的。

在路上的时候，我接到了一个奇怪的电话，对方一开口就问我："柯小姐，你最近没什么事情发生吧？"

"哪位？"我顿时紧张起来。

"我是翠莲啊，就是上次您来村子里，是我和少爷一块儿过来接您的。您的电话是刚才少爷给我的，他让我直接打电话通知您。"翠莲在那头解释说。

我这才恍然大悟："噢，翠莲啊，找我有什么事儿吗？"

"是这样的柯小姐，昨天半夜我家孩子生病，我带着他去镇上的医院，路过村头的时候听到屋子里，就是上次我和少爷来接你的那屋子里面，有人提到了你的名字。"

"我的名字？他们说什么了？"

"当时我家宝宝发烧我也着急，就路过的时候听到有个女人问上次来的那人是不是叫柯安，还大声地吼里面的人，让他们以后要注意核实客户的身份，别再出什么意外。"

"女人？是你们村子里的吗？"

"那些人除了姓钱的是我们村儿里的，其他都不是。姓钱的那个人是发了财回来的，去年的时候说要把村子打造成风景区。不过柯小姐，我看不像，他们就成天带着人来嘚瑟，连挖掘机都没有往村里运一台。"

我一直没有问翠莲关于项目的情况，不仅是有石小单的关系，而是我觉得即使问了也没有太大的用处。那些人不管是真的开发还是假的开发，总是不可能把全村人都结成同盟的。翠莲这话也证实了我的想法，不过我依旧好奇："那他们有向你们承诺什么吗？"

"承诺啥啊，也就一户人家发了1万块钱，就说要有人来参观项目让我们别乱说话。"

"那你现在回家了没？"

"刚回，不过回来的时候其他人都走了，就姓钱的在。"

“哦，最近来的客户还多吗？”

“很少，从去年到现在，顶多也就来过两三拨吧。”

“谢谢你啊翠莲。”

“客气啥，少爷吩咐的事情我是一定要做好的。你要有什么需要我做的就尽管开口，甭跟我客气。”翠莲笑着说。

“嗯，好。”

翠莲的这番话再次引发了我的好奇，在她村子里的那些人到底是什么人？他们的头目竟然是个女人？会是谁？那天我明明说自己姓王，她为什么会往我身上猜测？

然而，仝跃天把我和白禾禾送到家之后，他给了我一份资料，交代说是小单给的。我心情莫名地好了起来，尤其是接到翠莲的电话，说是石小单的吩咐。只知道他开始了解我了，他知道我需要的是这样在背后默默支持，而不是当着我的面儿告诉我他又做了什么。

仝跃天走后，我和白禾禾窝在家里开始翻看这些资料，资料里是一堆关于滨海风景区的文件，资料上显示，滨海风景区这个项目是由华南投资开发的，二期年初在东部滨海区开始破土动工，也是今年华南投资的重点项目。一期因为最后涉及拆迁赔偿的时候没有谈好，最终那个项目就作为新农村建设示范基地了。

除了项目的情况，还有华南公司关于滨海项目的手续复印件，从拍下土地到后期开发，乃至一期变成楼盘的手续都一应俱全。最能引起我注意的还是那份资金证明，证明华南公司项目开发所有的资金欠缺部分，均来自于银行贷款和公司内部债权的发行。

也就是说，华南公司自始至终都没有向民间借贷过一分钱。

我彻底糊涂了，关于滨海项目的事情，我一直觉得是个谜，而现在谜底都呈现在了我面前，却让我不知所措了。

白禾禾在旁边打开电脑，提醒我说：“柯安，我好像知道华南投资是

国内比较正规的大型投资公司，可是你之前说过的那些情况对比起来好像不对劲儿啊！”

“是，肯定不对劲。华南说二期都开始开发了，而且地点不在滨海市，而是滨海区。”

“那么有没有一种可能，有人联合了华南内部的人一起，模拟包装出一个这样的项目出来？但如果是模拟的项目，为什么要交给腾飞来做策划？”白禾禾疑惑地说。

我想，这也是我疑惑的地方。

我接过白禾禾的笔记本，开始查询一些类似的空头项目诈骗的事。这一查让我吃惊不小，网上类似这样的情况太多，大多都是一个项目套一个投资公司，用投资公司的名义招揽投资方，带你查看项目然后虚拟一堆的证明材料。当大量资金涌入投资公司之后，投资公司立即注销资质甚至直接卷款潜逃，而再去查看项目的时候，却被告知该项目根本没有进行过任何融资。网上查询的结果，除了极少部分能追回来诈骗款项之外，大多都因为公司已被注销或是没有执行能力，而法人代表为盗取身份信息注册的原因，让真正行骗的人逍遥法外。

只是，现在所有的线索都断在了这儿。如果真的是有人联合华南公司的人模拟项目，那会是谁？这件事，恐怕查起来依然没有那么容易。

考核出了这么一个小插曲，虽然客户签了字，但公司还是希望我重新完整地讲解一次方案，主要是为了看我讲解方案的能力。两天后我正常上班，在一群人的注视下讲完方案离开会议室，陈姗姗踩着高跟鞋拦住了我：“柯安，这么快就休息好了？”

“嗯。”我对陈姗姗心存芥蒂，和她说话也自然完全小心。

“下午总部有个表彰大会，一般都是同事兼职担任礼仪小姐，总部有人建议你去。”陈姗姗说罢对着从会议室出来的张勋说，“张总，下午总部向你们借下柯安，没问题吧？”

张勋黑着脸，说：“谁让她去的？”

陈姗姗双手抱胸，说：“石总。”

张勋打量了下陈姗姗：“你调去了销售部？”

“是的。”陈姗姗骄傲地昂着头，像是在宣布她的胜利似的。

我想起了佘南阳在医院说过上次CC集团的事，明白了过来，到底还是陈姗姗在使坏。

“哦，那好。”张勋说完就埋着头往办公室方向走去了，也没有向我叮嘱什么。

而我的心里已经开始泛起了涟漪，是石小单吗？一开始我觉得可能是石小单建议我去的，应该是好差事。可是看着陈姗姗带着阴险的笑容转身的时候，忽然有了种不祥的预感。

表彰会是对去年公司的优秀项目和优秀员工进行表彰，定在下午两点。1点半的时候我上楼找到了陈姗姗，她带我去后勤部，让人为我挑了一身红色的劣质旗袍换上，搬出一堆奖杯和一个托盘递给我，要我先练习下。

后勤部的人说每次颁奖是八个人同时上台，所以我每次要举着装有八个奖杯的托盘，站在台上保持仪态。我想这也不是太有难度，虽然奖杯有些分量，但我咬咬牙还能撑得住。

表彰会从开始到结束，我除了换托盘的时候能稍微走两步弯下腰，大多数时间都要举着八个奖杯面带微笑地站在主席台前端。不知道熬了多少次，我的双手已经开始颤抖了，我咬紧牙关，不得不坚持下去。

我开始不知道台上在讲什么了，我的动力就是要坚持到会议结束，不要因为自己的体力不支成为会场的笑柄。而在我的手越来越软的时候，我也越来越不能理解，为什么石小单会让我来做这份苦差事？

终于挨到表彰会结束，几乎所有的人都满载而归，唯独我，在保持最好的状态走下台后， 终于忍不住丢掉了手中的盘子，不顾形象地伸手挠起了后背的痒痒。因为在刚才，我已经发现身上不同程度地开始痒起来了，而且好像长了什么东西。我去更衣室换下旗袍后，对着镜子照了一番，刚才痒的地方果然起了一些小的红疹。

我心里清楚这是陈姗姗要给我个小小的教训，原本我今天在会上被从策划部借调到总部行政就有些委屈，加之全身发痒更是生气，换了衣服拿着旗袍走出更衣室，打算去找后勤。

刚打开门，石小单手揣在裤兜里倚靠在门边：“好玩儿吗？”

“石总。”我礼貌地打了声招呼就想绕开他往前走。

石小单伸手把我拦住，指指我手上的衣服：“这是公司的财物，不能私自拿出去的。”

我对石小单原本也有怨气，除开今天的事之外，他明明从我在滨海的时候就知道我是在腾飞公司上班，可他除了给我一堆资料外，丝毫没有说过有一天我们会成为同事。见他一副公事公办的摸样，我没好气儿地说：“这衣服没有清洗和消毒就拿出来，导致我身上过敏了。”

“哈哈哈。”石小单莫名其妙地笑了笑，“你不是想出风头吗？这不正合你意？”

“不是你让我去的吗？”我瞪了一眼石小单，小声地说完，腰身的位置又痒了起来，我毫不顾忌地伸手挠了挠。

石小单指了指自己：“我？我又没病，怎么会让你去穿那种恶心巴拉的衣服？”说完又忍不住笑了起来。

刚说完，陈姗姗从更衣室对面的办公室出来，瞧着石小单和我站在一起，便扭着身子走了过来：“石总，今天销售部还在商量，晚上是不是要为你开个欢迎会啊？”

“晚上我有事，你去告诉大家改天我请。”石小单说着在我耳边小声地说了句，“你刚才的样子真囧！下班后我在停车场等你。”然后就跟着陈姗姗往外面走去。

半路的时候陈姗姗还转头冲我挤了挤眼睛，好像是炫耀着什么。

我忽然明白了，这事儿完全就是陈姗姗要整我，石小单压根就没建议我去，是陈姗姗的意思！她可能想着石小单是新来的老总，用他的口吻来告知，张勋不同意也没办法。

我摇摇头，这陈姗姗算是和我扛上了！那我也不用找后勤了，于是转身把衣服放了回去。

回到行政部，大多数人已经下班了，我收拾好东西离开公司，纵然心里抗拒晚上去见石小单，但还是鬼使神差地按下了负三楼。

电梯门打开，石小单铁青着脸站在电梯旁边，负三楼平时的车不多，而现在更是过了下班的点，冷不丁地冒出个人站在电梯旁边说句话，把我吓得往后一退："啊——"

石小单连忙伸手拦住要关闭的电梯门，把我拉出来紧紧地抱在怀里。我惊魂未定地把他往外推，反而被他抱得更紧。

许久，他拉着我快速地走到车边，打开副驾驶把我推了上去，紧跟着跳上车来将我双手压在我身子下面，继而把唇盖了上来。疯狂至极……

从一开始见到石小单他就触动过我内心的某根弦，而之后太过热情的"道德绑架"让我有些退却。但一个多月不见他，我会在不经意间想起他，甚至偶尔夜深人静的时候也会想念他。恰逢他欲擒故纵不找我，更是让这样的思念加剧。

于是，在他疯狂的进攻下，我节节败退，紧紧地抱着他，因为我孤独了太久；他不停地呼唤我，像是期盼已久。忽然，停车场的声控灯亮了，我从疯狂中醒来："不能！"

也许他知道我会破坏此刻美好的时光，吻住我的唇不让我继续说下去。

我又想起了他对我的欺瞒，还有今天在陈姗姗面前对我的嘲笑，奋力地推开他，提高了声音：“就算你现在是腾飞董事长的儿子，你也不可以这样玩弄你的女员工！”

我说完这话，车里忽然就没了声音。

半晌，石小单“扑哧”一声笑了，“你要不要这么严肃地和我说话？我只是觉得，今天我正式到公司上班了，以后我就有更多的机会来保护你，心里高兴想和你一块儿庆祝一下，怎么到了你这儿就变得这么龌龊了呢？”他抚摸着我的脸，轻声说，“你给我记住，以后我不允许你再像今天这样作践自己，也别再让我看到你去做那么下贱的工作！”

窗外的灯光把石小单映衬得棱角分明，而我也第一次觉得他不再是那个青涩男孩，更像是个安全的港湾，供我短暂歇息。我忍住这种温暖的感觉，推开了他还压在我身上的身体，轻声问：“我怎么作践自己了？”

“你像个雕塑一样端着盘子站在主席台的感觉很好吗？”石小单起身坐到旁边，打开窗户点了支烟，“再说，公司又不是没有人了，怎么也轮不到你去啊？”

我的后背又开始痒了起来，我有些娇羞着不敢去挠，而他径直伸手过来：“痒是吧？看你站在台上，不是挺享受的吗？”

“你以为我想要去啊？公司安排的好不好？”我还是没好意思说陈姗姗向我怎么说的，我不想他来公司的第一天，就因为我被卷进是非之中。但心里不舒服，还是忍不住念叨着说，“还说我出风头，谁愿意出风头谁去啊？累死了都……”

“别以为我不知道你来公司这一个月拼成什么了。”石小单蜷着腿坐在驾驶座上，忽然提高了声调，“我说柯安，你是不是对自己特别不自信啊？你是怕过不了试用期还是怎么的？结果怎么样？还不是在最要紧的关头掉了链子啊，你说你能不能不尿一次给我看看？”

“公司是你家的，你当然不用拼了。”我嘲讽着说。

“是老爷子的，不是我的！”石小单快速发动引擎，“坐好，回家。”

今天一早，白禾禾去了法国扫货，石小单应该是知道的，要不然他不会把我带去超市买了一堆菜，然后回到家里随意地放进厨房，说：“禾禾走了，你得自己做饭了吧？不如把我的一块儿做好，留我吃饭可好？”

我被他这样子逗乐了，明明就是他安排好的，非得说得那么顺其自然。然后我在他的注视下做好了晚饭，我们各自揣着心事对视而坐，没有陌生感，也没有觉得独处有什么别扭，反而像是同居已久的恋人，一切显得那么自然。

晚饭之后他牵着我出门去小区里散步，一对对恋人从我们身边经过，偶尔跑出来一两个调皮的小孩儿冲我们笑笑。这种感觉，完全不再是以前那样的虚无缥缈，变得真实起来。那些不可能的一切，好像都变得离我们很遥远，好像再去考虑太多我们之间的不切实际，就会亵渎了此刻的安宁和自在。

当再回到家里，他抱紧我准备亲吻的时候，我终于把这几天憋在心里的话问了出来：“你的秘书为什么是陈姗姗？”

他的唇离我只有一毫米不到，在我问出这话后停了下来：“你终于肯问我问题了，我还以为你不在乎呢。”

什么叫以为我不在乎？难道他所有的表现都是为了让我在乎？于是我挣脱开他的怀抱提高了嗓音：“石总，您觉得逗我很好玩是吗？你为什么不告诉我你会来公司上班？你为什么总要当着那么多人给我冷眼？为什么忽然就变成了现在这样子……”

“哈哈……”石小单忽然笑了起来，“柯安，你是十万个为什么吗？”

“石小单！”这更是让我压抑已久的委屈变成了愤怒，“你是觉得挑战我这样有过特殊经历的女人很有成就，很好玩是吗？”

见我真的生气了，他双手抓住我的胳膊：“柯安，我很严肃地告诉你，我没有逗你。我说过你是我这辈子最爱的女人之一，还有就是我妈和我姐。”

“别爱我，真的。”我甩开他的手。

石小单一把将我揽进怀里，不给我一点说话和反抗的机会，像是要用这样的方式来发泄他对我的不满，像是要让我知道他是真的爱我。我被他紧紧抱在怀里，连一点挣扎的空间都没有，在那般甘甜真实存在于唇齿之间时，我才感受到自己渴望已久。

所有的误会和不满都消失在此刻的缠绵之中，我终于没有变得清醒，与石小单一块儿疯狂了许久，即使这样的缠绵不会永远属于我。

过了很久，石小单探过头轻轻吻了吻我的眼睛：“你是不是在担心我们的以后？”

我点点头。

“我正在努力。”石小单从沙发上坐起来，拿过一支烟点燃，“我会努力变成他们心中想要的样子，也只有这样，他们才肯相信我是真的长大了。”

我靠在他的身边：“小单，我们还是再给彼此一段时间吧，我还有好多事情没有做完。”

“好多事情？”石小单伸手揽着我，“除了你家里的事和你的心结，你还有什么事情需要去做？而你家里的事情，我不是在帮着你查吗？我知道你不想要我掺和，可是我只帮你找线索，让你自己去查最后的真相，不可以吗？我相信，肯定会有水落石出的那一天。”

“那就……等真相水落石出的那天，好吧？”我现在不仅需要找到我的父亲，还想要查到事情的真相，还清那些债主的钱。最重要的是，我不想再像以前那样生活，我要独立地面对以后所有的事情，还有这个社会。

晚上我们静下心来聊了很多，他说石腾雄的目的就是让他经商，所以只要他在商场取得一定的成绩，石腾雄便会认可他所有的决定。我不敢问这决定有没有包括我，这是奢望。至于他和陈姗姗之间的事却始终没有提，只是简单地说以后等有机会了我会知道。

意外的是，我第二天中午在食堂碰见了陈姗姗，她竟然主动开口找我道歉，她说："呀，柯安，今天一早我就听人说你过敏的事儿了，还真是抱歉啊，这后勤的人也不知道干什么吃的。"

"呵呵，没事。"我抿嘴微笑了下，绕过了她。

"你身上没事儿了吧？要不我带你去医院查查？"陈姗姗关切地抚摸着我的后背，小声地说，"是你向石总告了状，对吧？"

我一愣，石小单这么快就去找了她的麻烦？我不想和她纠缠，干脆离开了食堂回了办公室。

上次金俊中说，大概是这个月，BQB的进口和电商这块广告要开始运作，早上开会的时候张勋也说过，按照计划下周一要开始和销售部洽谈了。张勋安排我下午和摄影师一块儿去影棚里拍摄样图送到销售部，以供他们下周洽谈的时候使用。

摄影师是金俊中私下帮忙找的，他说这个摄影师拍出来的风格很受BQB总经理祁总的喜爱，所以介绍给我拍样图，希望能让预案谈判顺利点。

拍摄很顺利，只用了两个小时就拍出了满意的样图，其中有张照片需要我露出半个肩膀和胸，摄影师说这样能让客户看到东方女性性感的一面。张勋加班把样图重新加工了一下，再配上简要的文案，第二天一早就递交到总部销售部。

没想到，就是这幅样图，又出了意外。

周一部门例行会议还没结束，销售部的人就火急火燎地跑到会议室找我去销售部。陈姗姗从销售部出来，和我迎面碰上，阴笑着一直盯着我："哎呀，柯安姐，石总在办公室正发火呢，谁都没想到啊，你还能拍出那种妖娆的照片。"

我温婉地笑了笑："石总办公室在哪儿？"

"我带你去。"陈姗姗领着我走到销售部，陈姗姗带我穿过大厅，时不时有同事和我们面对面经过，都会礼貌地招呼她："姗姗姐好。"其中有个像是新来的，见到陈姗姗更是拘谨地退到一边说："陈秘书好。"

陈姗姗斜了他一眼："叫我姗姗姐。"

"姗姗姐好。"

她这才满意地扭着腰身，继续把我往里面带。

石小单的办公室是里外两间，中间用一扇没有门的玻璃隔开。陈姗姗把我带到后，石小单收起手上的资料夹，抬头轻声说："姗姗，你先出去看看会议室的准备情况。"

"好的，石总。"陈姗姗说完便离开了。

从进门到现在，石小单一句话都没有和我说，而和陈姗姗说话的语气却亲切得让我心里发酸。我盯着他那张面无表情的脸，真是不敢相信前几天还那般缠绵的那个柔情男人，转眼间变得如此冷漠和不近人情。我紧闭着嘴唇，说："石总，您找我是有事儿吗？"

石小单终于抬起头，盯着我看了好几秒钟，又往外面看了看，很是生气地把资料夹中的彩打照片丢给我："谁让你拍这种照片的？"

照片正是上周五摄影师为我拍摄的那张，说是准备后期把古筝或是茶具P到面前的照片。照片上的自己鬓发齐肩，微微低头含羞地拉住披肩，而有半边的肩膀和小部分胸，确实暴露在外面。可我依旧认为这照片没有任何问题，闭了下眼睛，把哽咽在喉咙里煽情的话咽了下去。我抬起头底气十足地说："石总，如果您觉得这照片不好，您大可不用。"

"不用？"刚才石小单装着冷静了一下，终于还是没有稳住，站起来拍着桌子说，"你们策划部不是已经做成了方案小样传给BQB了吗？你能去收回来？"

我原本就窝着一肚子气，面对石小单的指责也毫不退让："可是，石总，我觉得您不应该因为个人的癖好，而否定这些样图在客户那儿带来的好感。”

“好感？公司是以精准的客户定位和量身定做方案引得客户好感的，不是靠这种露肉搏出位的方式来争取。”石小单气愤地盯着我，“柯安，你是不是觉得作践自己很爽？”

我冷笑了一声：“我并不认为这是在作践，我只是为了把方案的效果做到最好。更何况，我又没有把自己脱光，为什么说是作践？”

“来公司你别的没有学会，嘴倒是越来越会说了！”石小单转动着椅子侧对着我。

我抿嘴笑笑：“我只是嘴皮子变得利索了，相比石总您，我这变化不值一提。”

石小单被我这话噎住：“以后你在拍样图之前，必须要经过我的允许。”

“为什么？”我不假思索地反问过去。

石小单愣住：“随后公司会下发文件规定。”

我在心里狠狠地鄙视了下自己，这明明就是石家的公司，哪儿来那么多为什么？所有的为什么，人家不过一个简单的规定都能解决。

现在的我们面对面地看着对方，觉得遥远。比起空间的距离，心的距离更让人害怕。我说：“石总，不知者无罪，我还不算违反规定吧？您要没有其他事情，我先走了。”

陈姗姗适时推门而入：“石总，BQB客户马上到公司，会议室已经准备妥当。”

石小单收拾起手上的资料，走到我身边吼了我一句：“跟我走。”

这一声怒吼，和之前那个阳光帅气的大男孩，还有那天在车上把我搂在怀里的石小单，形成了鲜明的对比。而我分明看到，陈姗姗的脸上露出了一丝得逞的笑。我憋屈地跟在石小单后面，经过陈姗姗旁边时，她轻声说了句："柯安姐，我说过来日方长的。"

之前和BQB接触的时候，是总部销售部签订好合同直接让张勋做文案。这次不同，合同是否能签订，今天的预案谈判和报价很是关键。

BQB客户团由祁总带队，后面几个高管我也还比较面熟，金俊中大约是走在祁总之后第三个位置。祁总和他们握完手，大家落座之后，金俊中冲我微微点头笑了笑。而金俊中和石小单四目相对的一瞬间，俩人眼中迸出的火光像是要吞了对方。

我和陈姗姗坐在石小单他们后面那排，BQB和腾飞的人对视而坐，谈判的过程可谓是唇枪舌剑，石小单经过这两个月的蜕变和历练，确实变成了商场精英。中途BQB看到策划小样的时候，祁总举着我露肩的照片："这次的小样我们很满意，尤其是这张。"

金俊中冲我赞赏地点点头，插话道："这次BQB再次选择和腾飞谈判合同，主要也有上次柯安拍摄那组照片的原因。"

祁总接着说："是的，所以我们也商量过，如果这次合作成功，我们需要柯安尝试更大胆的风格。具体的嘛，到时候我们会提出一些要求。"

"不行。"石小单捏紧了拳头当场反驳，"之前合作效果想必贵公司都很清楚，我想你们在乎的应该是效果对吧？你们知道方案的策划是一个公司的灵魂，在后期广告铺开的同时，不仅是对贵公司的包装宣传，同样也是对我们公司的一种有效传播。所以策划方案这块大可全程交由我们独立完成，你们只需要提出要达到的效果预期，我不敢保证效果会达到预期的100%，但能保证达到99%。"

他这话一出，所有人都屏住了呼吸。要知道，现在订单还没有签订下来，BQB提出的任何要求我们都应该无条件答应的。但石小单似乎并不想因此罢休，他一反常态地收拾资料站了起来："祁总，要不先休会，你们商量商量？"

祁总露出尴尬的神情："那先休会吧。"

石小单转身小声地对我说了句：“你跟我出来。”

总部茶水间里，石小单把门反锁，没有了刚才的凶态：“柯安，你是不是觉得这样玩很过瘾？这样露肩的照片他们当然觉得好，但是你有没有想过，既然开了这个先河，他们还会不会提出更过分要求？到时候让你脱了拍，你说你接不接？”

“怎么可能？这次的订单广告主要是用于国内，就算他让我脱了拍，审核能过？”我试图站在专业的角度说服他，“小单，你不要这么感情用事好不好？全公司为了BQB这样的客户忙得焦头烂额，你不能因为自己的个人意愿，就破坏了所有人的努力。”

“这些我都清楚，我比任何人都想要拿下BQB的订单，但我绝对不会以你暴露地出现在大众视线里作为代价！”石小单愤愤地说，“你看韩国人那得逞的样儿，他是什么人你心里不清楚吗？一个自私的小人，为了自己的利益可以用任何人做代价！”

“合同你必须要签，至于到方案的时候，之后再说。”为了避免被人发现什么，我不愿意在公司和他单独这样说话，试图把门打开，“我先出去，别让人看到我们俩在这儿。”

“你为什么要答应去拍照片？如果是部门安排，你为什么不告诉我？这些事情我都可以阻止的。”石小单按住我的手把我拽进怀里。

我用仅有的一丝理智把他推开：“这是公司，你别这样。”

“答应我，即使签了合同，你也不能拍比这尺度更大的照片。”石小单像个小孩子似的伸出手要和我拉钩，“你答应我我就松开，否则这合同我签不签也无所谓。”

这样的尺度在我看来真不算大，其实在拍摄的当时我结合意境想过，要是后期处理得当，其实是完全可以只遮住胸部一半多点的，这样出来的效果铁定会最佳。当然这是我从方案的角度出发，忽略了模特是谁这个问题。

下半场的谈判，石小单说话不像刚才那么生硬，但依旧坚持自己的想法：腾飞广告重点是以方案作为主导，不管哪个部门，如果没有自己对市场的独特见解，公司也不会得到客户的认可，所以我们不是一味地去迎合客户，而是帮助客户把宣传效果达到最好。

最后BQB也认同了石小单这样的观念，但表示还要回去商榷下。

送完BQB的人，我笑着的脸也都快要僵硬了。石小单还要召集销售部的人开会，和杨总一起先离开了会议室，而陈姗姗叫住正往电梯那边走的我："柯安，你等等。"

我转头："还有事？"

"现在我是石总的秘书，以后如果你有什么事情可以先和我联络。"陈姗姗傲慢地站在我身后，"还有，你的情况全公司的人都知道，埋头工作才是你的路子，别想着走什么捷径。"

"我？"我后退两步走到陈姗姗面前，毫不示弱，"那你倒是说说我有什么情况？我又想要走什么捷径？"

"你心里清楚。"

"有些事你比我清楚。"我把手搭在她的肩膀上，意味深长地说，"该是你的，跑不掉！"

对于陈姗姗，从一开始我都没有怕过她，虽然我不确定她和雷希认识，但我相信她不会无缘无故地加害于我，就凭第一次BQB的资料遗失，还有上次我和陈亦梅的巧合碰面而后住院。而她这番话更是让我确定，她不过就是个想攀龙的女人，被人扼制住一点点就玩命地往上爬。

Chapter 7

陷入阴谋

也许是因为石小单新到销售部的原因，接下来很长一段时间，公司接了比以前多许多倍的订单，我们策划部也变得忙起来，手上总堆着做不完的方案，经常加班到凌晨。

又是一天加班到凌晨，我刚回到家里，门外就响起了嘈杂的声音。

我轻手轻脚地走到门边，透过猫眼往外看了下。只见一个五十岁左右的中年女人和一个年轻女人，还带着两个年轻男人猛敲着门。

“妈，好像没人啊？”

“不可能，人家说亲眼看见跃天跟着那妖精回这儿的。”中年女人说罢，继续敲着门。

我这才大概猜出，门外的人应该是仝跃天家人，他们不知道从哪儿知道了白禾禾住在这儿，应该是半夜过来找人的。我怕白禾禾和仝跃天在外面玩到现在回来被撞上，于是给白禾禾打了电话，可却提示我关机。而我没有仝跃天号码，只得拨通石小单的电话，想让他告诉仝跃天一声，他家人已经找到我们这儿来了。

电话响了很久也没人接听，我以为他也睡着了，正准备挂掉的时候，电话被人接了起来，对面传来陈姗姗的声音：“柯安，你是找小单吗？”

我不敢再说话，忽然心口一阵绞痛，连忙把电话挂掉。门外的敲门声越来越大，好像还引来了邻居的问话，然后也不知道他们怎么说的，邻居居然也没意见。我开始害怕他们破门而入，因为我听白禾禾说过，仝跃天的妈妈和妹妹绝对是个厉害角色！

慌乱之下，我想起刚和佘南阳分开不久，赶紧拨通他的电话。果然他刚吃完夜宵准备开车回家，听了我的诉说，连忙问了地址往这边赶过来。

刚挂掉电话，我就听到门外一声惨叫，我从猫眼里看到白禾禾正蜷缩在外面，脸上已经青一块紫一块，而她的身边，刚才的那两个男人还站在旁边继续拳打脚踢。

“不知好歹的女人，你以为把钱退回来就没事儿了吗？像你这样爱慕虚荣的女人，打死你都不过分。缠着跃天还不放手了，给我使劲地打！”中年女人叉着腰站在白禾禾面前，指挥着打她的两个男人。

眼见白禾禾就快要被两个男人打得晕过去，我只觉得脑子里一股热血往上涌，猛把门打开，要把白禾禾往屋里面拉。可是对方的力气实在太大，我不仅没有拉动白禾禾，连同我自己也被他们困在了地上，乱拳之下，我觉得我肩膀上也挨了一下。

白禾禾披头散发地把我往外面推，大喊着：“柯安你快进去，你不用管我。”

其中一个男人把我从地上抓了起来，往身后一推，另外那个年轻的女人说：“这儿没你的事儿，我劝你最好不要来管闲事。”

看到白禾禾被打得完全没有还手之力，我心里只能默默地祈祷佘南阳能够快些赶到。同时心里隐隐地感到难受，白禾禾不过就是家里穷了点儿，也没结过婚也没有过孩子，仝跃天的家人就反对得这么热烈，那么如果是石小单的家人呢？想想都有些后怕。

好不容易撑到了电梯门打开，佘南阳带着保安从里面走出来，很快

将眼前这几个人制伏。佘南阳连忙把我和白禾禾往家里推："走吧，快进去。"

终于恢复了平静，可是白禾禾的脸上已经挂了彩，身上也脏得不成样子。我和佘南阳扶着她上了楼，一见到床她就疲倦不堪地躺了上去："总算安全了。"

我手里还拿着喷雾，不停地往她伤口上喷着："这人下手还真重，疼不疼啊？"

"没事儿，这点小伤很快就好的。"白禾禾咧着嘴，"嘶……你慢点儿喷。"

佘南阳在一旁焦急地看着我们俩，问："怎么回事儿啊？你们俩，是惹了什么仇人吧？"

"现在不是说这事儿的时候。"我冲佘南阳撇撇嘴，放缓了喷的速度，"禾禾，要不要给跃天去个电话啊？要不待会儿他们再回来怎么办？"

佘南阳赶忙抢过话："回来有我啊！还怕什么！"

"还是算了吧，他现在肯定喝多了睡觉呢。"白禾禾从床头拿过我的水杯喝了口水，说。

晚上为了我们俩的安全，佘南阳说什么都不回去睡，坚持要在沙发上过夜。最后我也害怕再出什么意外，就把自己的床让给了他，我陪着白禾禾在她房间睡。

躺在床上，白禾禾久久不能入睡，自言自语地说："我点儿怎么就这么背呢？到底是谁会没事儿去告诉她我回来了啊？真是奇了怪了。"

我翻身撑着头："今天晚上你和他也出去玩儿了吧？就没半点征兆什么的？"

"狗屁征兆，今儿楚彭有个同学从国外回来开公司，正好是做宣传的阶段，就约了小单过来在跃天酒吧谈事儿。下午我们从拉萨赶回来，就被小单给拉了过去，这一玩儿就玩到这个点才回来，我手机也没电了。”

“小单也在？”我想起之前拨通的那个陈姗姗接的电话，心里就一阵不舒服。

“回来了啊，还有那个恶心的女人。”白禾禾一脸不屑的表情，“也不知道那女人哪儿来的好命，怎么会和楚彭还有国外回来那哥们儿是同学。”

我的心颤了下。

白禾禾看我脸色有些变化，马上又宽慰着我：“你可别多想，小单整个晚上都和楚彭同学谈着生意，压根都没正眼瞧过那女的一眼。”

我说：“我没事儿，你想过没有，明天怎么办？这儿还能住下去吗？”

“搬呗，正好我店也装修好了，晚上我就住在店里。正好我那门口有24小时的巡逻值班警察，才不担心他们过来骚扰我呢。”

“那我跟你一起搬过去吧，要是再有下次，我们俩也能有个照应。”

“柯安，我刚才又想了下，我这段时间很少在公开的场合和跃天在一起，除了晚上一块儿玩，但是我们都是很大一群人在包间的啊？而且他妈居然找到了这儿，要知道连跃天都很少来我们这儿的啊？”白禾禾冷不丁地说。

我也跟着睁开眼睛：“那你再想想，最近这段时间有没有其他人看到过你们在一起？”

“除了跃天那帮哥们儿还真没有。”白禾禾说着就停了下来，大骂一声，“靠。”

我也想到了和白禾禾同样的问题，我们俩异口同声地说：“陈姗姗？”

说完白禾禾又说：“可是……她为什么要这样做？”

很多事情是没有那么快想出来为什么的，我们俩纠结地想到了天亮也

依然没有想出来。

中午白禾禾打来电话，说仝跃天已经知道了昨天晚上的事，然后我和她所有的东西也都打包整理好搬到了她店里，她让我下班后就直接去店里。她的置换店实际上离我们公司更近，只需要穿过对面的小巷子就到，这让经常加班的我更方便了。

店里面的空间虽然没有公寓大，但足够我们俩住了。里屋原本就是阁楼休息室，楼下是客厅厨房和卫生间，楼上就是我和白禾禾的卧室。就这样，短短的时间内我就莫名其妙地被搬了家，不过和白禾禾说说笑笑，虽然是没了以前舒适，地方也要小不少，但我们俩待在一起却都觉得异常温馨和踏实。

也许，有时候温馨与否，并不是因为房子大小。

加班熬夜忙碌了半个月，总算把手上比较急的方案做了出来，剩下的几个都是下半年才投入市场的广告，也就不需要那么赶时间了。结束加班生涯的这天，正好发工资，下午佘南阳就发来邮件，又说起要我请他吃饭的事。

我立马就回了邮件："没问题，晚上皇朝酒店。"

白禾禾听闻我要请佘南阳，一直对佘南阳心存感谢的她，早早的生意也不做就先跑到酒店帮我们订了包间。等我和佘南阳他们赶到的时候，白禾禾已经点了一桌菜了。

"哇……柯安，你要不要这么好？还买一送一地附加个大美女？"佘南阳在公司以外的地方就更显得无拘无束了，说话也毫不顾忌。

其他两位同事和白禾禾相互认识之后，包间里很快欢声一片。白禾禾豪爽地端起一大杯白酒站起来："哥哥们，我这姐们儿性子柔，平时在公司也都多亏了你们照顾。她不能喝酒，今儿既然叫了我来，那我一定是要陪大家好好喝的。"

“爽快！”佘南阳拍了下桌子，立即就站了起来把自己的酒杯添满，“和柯安同事一场，能认识你这样爽快的妹子，别说照顾柯安，就是把她的工作全部代劳了也没关系啊。”

“阳哥，你这说得好像对我的照顾，就是为了今儿晚上见到禾禾似的。”我一杯红酒下去，脸也红了起来，说话也不假思索了。

白禾禾倒不在乎：“所以啊，这好不容易遇上了，怎么也得喝个高兴。”

之后他们谈的好些话我都插不上嘴，话题从我们广告业到销售甚至到政治军事历史，白禾禾都能和他们聊得不亦乐乎。虽然我不怎么插得上话，但听着他们聊，我心情也好，尤其是好些我从未听闻过的事，听得我是一愣一愣的。

酒足饭饱之后，白禾禾索性完全放开，桌子一拍，道：“阳哥，那天的事儿我还没有感谢你呢！为了表示我的谢意，走，唱歌去。”

“好，唱歌！”佘南阳他们也迎合着。

从出门到楼上KTV包间，白禾禾和佘南阳他们都是轻车熟路，只有我跟在后面，像是只无头的苍蝇，时不时还拐错弯。进了包间坐下后不久，就有个穿着公主裙的服务员推开包间门：“大家好，我是今天晚上为你们服务的22号包间服务员，很高兴为你们服务。”

我正忙着和佘南阳说这几天的一个案子，不经意地转头，就看到了许安芷站在门口恭敬地弯着腰。我瞪大眼睛停止了说话，佘南阳摇了摇我：“怎么了？”

显然，白禾禾也是看到了许安芷的，因为她已经站了起来走到门口，伸手托着许安芷的下巴：“呵呵，是你啊，进来吧！”

许安芷那天晚上应该是没有看清楚白禾禾的，但她看到了我，脸色稍稍变化了下。或者是出于在这儿上班的约束，她很快恢复淡定，进了包间为我们倒好酒，像是走流程一样，一一敬酒。

白禾禾不知道趴在佘南阳的耳边说了什么，后来佘南阳就不要许安芷点歌了，直接让她坐到了他的身边。他和白禾禾俩人联合起来，让许安芷一杯杯地喝酒，几番下来许安芷就醉了。我坐了过去，伸手在她面前晃了晃：“你没事儿吧？”

许安芷本来醉得靠在了沙发上，听到我说话猛地抬起头，自己端着酒杯又灌了几杯：“柯安，你今儿来这的目的，是不是又想让我被开除？”

“我没这个意思。”我如实回答。

“我遇到你就没有过好事儿。”许安芷愤愤地说完，眼睛里的恨意不再，取而代之的是几滴闪烁着的要流下来的眼泪，“上次在酒吧遇见你算我倒霉，可你也不至于那么狠地让老板把我给开了吧？而且你知道吗，我那半个月的工资都没有结到！”

我想她这个时候应该是没有受到毒品控制，于是提高了声音：“许安芷，你就不怕遭报应？抢我的老公为他生孩子这些事都过去了，可是你凭什么这么趾高气扬地和我说话？”

“我小三？你也不去问问张南到底谁是小三？”许安芷忽然暴怒，“要不是你缠着张南要和他结婚，他怎么可能娶你这样一只不会叫的鸡？”

这话从许安芷嘴里说出来，我说什么也不能接受。心底最敏感脆弱的神经被触碰，我端起面前的酒杯一下朝她泼了过去：“你闭嘴！”

“我凭什么闭嘴？”许安芷摇摇晃晃地站起来，“柯安，你霸占了他四年，凭什么最后达不到你想要的目的就杀了他？你找人给我服毒上瘾又让小红收留我，你把我逼到走投无路的时候又出来装好人救我。你的目的不就是想让我和你站在一边，继续牟取张家的钱财吗？可你不知道，雷希是我这些年最好的朋友，你背着我那样诋毁她真的好吗？”

“你的好朋友？”我不敢相信地瞪大了双眼。

“没想到吧？哈哈……”许安芷流着泪大声地笑着，“多少年前我们就是好朋友了，只是这些年她嫁去了国外失了联系。上次要不是雷希，我真不知道会被你害成什么样子。”

我没想到许安芷竟然反把一切都扣在了我头上？可看她的神情并不像是在撒谎，换位思考一下，站在她的角度真的悲哀，守着一个男人从单身到已婚，从她拥有最青春的年华到容颜渐衰。最终换来的，不过是噩梦一场，甚至比之前的生活还要惨烈。

公司的事情总是一件接着一件，手上急的案子刚忙完，调整了一个周末，星期一早上9点半，所有策划部的人又开始在会议室紧张地研究BQB这次的广告方案了。

会议室的氛围不算轻松，大家盯着笔记本，听张勋开始介绍情况：“BQB国内的广告已经由总部销售部签了下来，客户定在下周二来公司初步查看方案。这次的订单金额比去年订单多了五倍，公司上下都尤为重视，所以我们策划部也不能怠慢。我考虑再三还是决定由大家共同完成，把荣誉给我们整个部门。”

大家一听，一片哗然。比去年订单多了五倍是什么概念？

“我刚收到客户发来的方案要求，其中第一条就是要柯安做模特。”张勋看了看手上的要求，面露难色地说，“不过，BQB这次推广的商品中，有部分进口情趣用品。”

我听到更是大吃一惊，我一度认为的尺度加大是因为艺术处理要求的需要，而不是这种。

不过比起BQB提出的方案要求，更让我难以接受的是石小单竟然对此没有反应。他上次在会议上的犀利语言，总让我觉得他不会让这种事发生，可现在就是发生了。

张勋抬头说：“柯安，你没意见吧？”

“有具体的要求吗？”

“暂时没有，不过这个在整个方案中占的比例不多，现在我们是初步讨论方案构架，这次牵涉的商品种类较多。”

在大家激烈讨论的氛围下，我也暂时把这个商品丢到了一边，表明了对这次方案的想法。只是会议结束之后，心里总觉得像是吃了苍蝇一般。要是石小单不管不顾，张勋也只会一切以方案为重，那么有一天，我是不是真的可能穿着暴露地和一堆情趣用品摆放在一起？

这样的事自然是不好去找石小单问的，而且就算他反对也可能起不到任何作用。唯一可能在BQB那边说上话的，也就只有金俊中了。

中午我没有和大家一块去员工食堂，而是留在办公室拨通了金俊中的电话。

对方语气很轻松：“嗨，柯安。”

“金先生，我想问你个事儿。”我直接说道。

“是这次策划方案的事吗？”金俊中在我之前说了出来，“我刚想给你来电话呢。”

“哦？您也看到了吗？”

“想和你说的就是这个。”金俊中有些为难，“情趣用品是BQB前些天才并购的一家公司经营的，祁总临时加上去才通知的大家，我就担心你肯定接受不了。”

“是，我真有点儿不能接受。而且你也知道，上次的方案主要是针对出口，所以用我做了模特。而这次的进口，我就在想你们为什么不用韩国本土的？”

“这个在之前我们也讨论过，中韩女人的长相差别其实不大，觉得用你的话更能让中国的消费者接受。”金俊中忽然放缓了语气，“而我更多的是想让你在国内多条路，不好吗？”

简单的几句话，我心里有些动容：“谢谢啊金先生，只是我记得祁总之前说会适当加大尺度，而现在又是情趣用品，我想知道祁总预想的效果到底是怎样的？”

“哈哈。”金俊中在电话里笑出了声音，“柯安，你有用过吗？”

我一阵脸红：“金先生，我不大想做这个商品的模特。”

金俊中说话忽然变得官方：“这样吧，我也是刚接到这个通知，所以还不大清楚具体的情况，下来有机会我问问祁总，看他到底是怎么打算的，如何？”

“好，那就麻烦您了。”

“和我之间，用得着这么客气？”金俊中又变得亲昵起来，“晚上我请你吃饭吧？我们好久没有见面了，有点儿想你。”

对金俊中这种偶尔的直白，我理解成是地域不同，也许韩国人表达的方式就是这么直接呢？我想了想晚上也没什么事，就答应了下来。

心里隐隐有些期待石小单能把我叫到总部去，然后很严肃地告诉我，坚决不同意BQB的方案意见。可直到下班金俊中打来电话说他到楼下了，我依然没有接到石小单的电话。

金俊中带我简单地吃了晚餐，就直接把车开到了石小艺所在的医院，我们到的时候，石腾雄正在医院陪石小艺散步，石小艺还是那样，安静地走在石腾雄的身边，目光呆滞。

金俊中笑了笑，对石腾雄说：“石叔，我来看看小艺。”

“好啊，你们常来看看她也好。”石腾雄摇了摇头，把目光转到我身上，“柯安，你和金先生现在是好朋友，难得你们还能一同惦记小艺。”

石腾雄这话的意思很明显，他以为我和金俊中是有什么关系。倒是金俊中也不反驳，抚摸着石小艺的头发，说：“这是应该的，小艺现在这样，我们都很牵挂。”

“行啦，我也准备回家，小艺交给你们呢我也是很放心的。”石腾雄离开后，金俊中从石小艺房间搬出茶具，放在病房门外的院子里。

他的意思我自然明白，就是想看看小艺在我泡茶的时候，流露出那种

不同于平时的表情。和之前的情况一样，石小艺见到我泡茶就很激动，只是这次有了金俊中的安抚，她没了头痛欲裂的感觉。甚至在我最后倒茶的时候，她主动拿过我手里的茶杯，帮我们添茶。我看着她很是自然地接过茶杯而不是勾起很痛苦的回忆，也觉得或许她的情况真没有医生所说的那么糟糕。既然石小单也说她的生命有限，与其等待死亡的来临，还不如在有限的生命里，让她重新获得对世界的认知。

这让金俊中很兴奋："柯安，你看到了吗？"说完又叹了口气，"哎……要是在小艺有限的时间里能清醒一下，哪怕就是十分钟半个小时，让她知道我为她来了中国该多好。"

"可是，这样的机会还有吗？"

"有，肯定有。"金俊中两眼放光，"只要有你在。"

这种眼神，有种让我说不出来的不自在，甚至有点儿害怕。

今天石小艺的状态让我和金俊中都感到很满意，陪着她喝完茶之后，才慢悠悠地离开疗养院。金俊中把我送到步行街外面，我们在那儿暂时告别，他也答应我要帮我问问祁总关于情趣用品模特的事儿。

下车后我直接回了白禾禾店里，却不料白禾禾把大门关了，就剩下一扇旁边的小门还开着，店里的灯也是关着的。我走近就听到她在里面哭的声音："你妈让你相亲你就去，你妈让你不要我就不要，你妈说什么就是什么，那你为什么不让你妈嫁给你？"

"禾禾，你这是无理取闹了吧？我都和你说清楚了，我就是敷衍我妈一下。再说，我这样做的目的不也是为了掩人耳目吗？这样，我妈就不会再来找你麻烦了对不对？"

"全跃天，你还没有下定决心要改变什么来和我在一起是吗？我委曲求全这么长时间，换来的还是你对两边的欺瞒吗？你是不是要你妈再来找到我，在这儿把我打一顿你才舒服？"

"我们在一起的日子不短了吧？难道你就这么不信我？"

“信？我拿什么信你？跃天，我总是想有一天会自立门户，哪怕比现在穷点儿也没关系，可是你现在呢？从来没有想过说服你妈，就想着敷衍、敷衍，敷衍到最后的结局是什么你知道吗？就是我把最好的青春都给了你，然后有一天你可能会告诉我，你没办法不听你妈的，要和别人结婚，我是不是要这样一辈子？”白禾禾哭声猛地提高，“仝跃天你个没良心的，我在滨海生活得好好的，你为什么还来打扰我啊？”

“我没有抛弃你，禾禾。”仝跃天估计也是没了辙，连解释也很苍白无力，就不停地重复，“不会的，我不会和别人结婚的。”

我不愿意去打扰他们的二人世界，悄悄地退了出来。拿出手机想看看时间，才发现手机不知道什么时候被关了静音，石小单刚打来的电话我没接到，他又发了消息约我见面。我连忙回拨了过去，石小单已经很生气地在一个人喝闷酒了。

当然，我对他最近也没什么好印象。从情趣内衣，到全公司传出来他和陈姗姗的风言风语，我怎么可能还天真地傻到以为他是爱我的？

但我还是忍不住打了车，去到石小单所在的会所包间。进去就看到桌上已经堆了好多酒瓶，他歪靠在沙发上，斜了我一眼：“来啦？”

我赌气地说：“石总，您找我？”

“你在生气？”石小单伸手就要过来揽我的腰，被我一个闪躲扑了空。

我受不了他这个样子，温柔得就快要融化掉我的心。

“这儿没有白茉莉，你喝红酒吧。”说完，他打开一瓶红酒为我倒了一小杯，放到我面前，又顺势坐在我旁边理所应当地揽住我，“我说过BQB会得寸进尺的，对吧？”

“昨天和祁总见面的时候我就在想，如果他们执意要用你做这套产品的模特，那即使不要BQB这样的客户，也不能败坏腾飞的名声。”石小单跷着二郎腿，端起酒杯和我碰了下，“难道你没有看出来，这是有人故

意要你出丑吗？”

我浅尝了一口红酒，相比起来我依然更喜欢茶的味道。我当然明白石小单所说的有人是指的谁，他对我和金俊中走得近一直是心存芥蒂的。

这时候，他的手机响了起来，继而就听到他大声地说：“什么？我说了不算？公司是我爸的，凭什么我说了不算？行，那好，我找董事长说。”

石小单挂掉电话整个人就抓狂了，紧接着拨通了一个号码，还没等他开口，我就清楚地听到那边是石腾雄的声音：“石小单，你又在抽哪门子的风？”

“爸。”

石腾雄严厉地说：“刚才杨总来电话，说你要付赔偿金？订单是你签下来的，如果要赔钱也需要你赔，如果你有那么多钱来赔的话，那随便。”

“BQB这次的商品中含有情趣用品，而且都是合同签订以后再临时添加的，这类商品在国内是否允许广泛宣传？这个法务那边有去考究过吗？”石小单尝试说服石腾雄。

“允不允许这个自有有关部门说了算，如果因为官方的原因没法宣传，这也和我们腾飞公司没有半点关系。”石腾雄依然坚持。

“那BQB的订单，我已经和杨总说好由我全程跟进，这个您允许吗？”

“可以，但是你得好好把握，别给我出什么岔子。你知道的，唯独拿下BQB这个订单和电子平台，你才能兑现给我的承诺。”

石小单为难地转头看了我一眼：“没事儿了，那就这样吧。”

我读不懂小单此刻的眼神，只知道失望中夹带了特别多的无可奈何，还有一些很复杂的感觉在里面。他盯着酒杯，一口口地品着酒，而我竟然闻到了房间里好像有一股甜甜的味道，这种味道让人很安神，也很舒服。

这是一间很别致的房间，烟灰色的墙壁中闪耀着点点彩光，在这样的空间里连呼吸也变得暧昧起来。

不知道过了多久，石小单靠着我的头，将我整个人拥进怀里。

是的，在这样的暧昧氛围下，容不得我再有丝毫的赌气和倔强。

“这件事交给我来处理，我来公司上班就是为了你。”他的耳语将我融化。

然后我控制不住地拍打在他身上：“那你为什么不告诉我你知道了BQB方案的事？为什么半夜会是陈姗姗接你的电话？为什么你要让公司的人疯传你和陈姗姗的绯闻？”

石小单笑了：“以后不会了。你再给我点儿时间，我会给你惊喜……”

过了没几天，就听到公司开始传风言风语，说见到陈姗姗这两天总是从BQB祁总的车里下来，而且好像内衣模特也换成了她。后来我就接到了金俊中的电话，说在他的极力协调之下，情趣内衣的模特BQB已经找到更合适的人选。这对我来说肯定是好消息，我在电话里不停地对他表示着感谢。

情趣内衣的事情刚刚过去，这边张勋就紧急地把所有人召集到会议室开会，说是BQB发来函说，明天下午4点要到公司来看方案的初稿。

所有人都觉得不可思议，一向是工作效率挺高的佘南阳也反驳了起来：“怎么可能？就算我们今天晚上都通宵加班也不可能完成啊？要知道包括的产品可是好几百种呢！”

“是啊张总，就算我们每人顶两个脑袋，这也是没办法完成的任务嘛。”我也附和。

有同事在一旁出主意：“柯安，我记得你和BQB的金总熟悉，要不，你去说说？”

“不行！”张勋打断同事，“这是工作上的事情，不能和私事混为一谈。”

我自从到了公司之后，张勋以及策划部的所有同事对我都还不错，既然在这种紧要的关头有可能找金俊中帮忙，我是说什么也要厚着脸皮打这个电话的。要不然，我们策划部就算累死也不可能完成任务，而一旦完不成任务，那就要面临公司的处罚。

于是我从会议室出来，到茶水间拨通了金俊中的电话。令我意外的是，金俊中似乎已经料到了我会给他打这个电话，接起来开口便说：“柯安，是说更改方案时间的事吗？”

“是的金总，一天的时间，我们确实拿不出来，就连初稿也不行。”

金俊中官方地回答我：“这周几个股东要回韩国一趟，所以时间也都很紧。”

“我也知道这样挺难为您的，可是我还想要您帮帮忙。如果股东真的着急回韩国，多给我们一天的时间，我们到时候带着方案到韩国也行。”

金俊中不紧不慢地说：“这个嘛倒也是个办法，我还得要去问问。不过柯老师，我这样和你说吧，其实这次也是因为我们公司在BQB的产品出了点儿问题，高层不得不回去协调处理。今天中午我请客户吃饭，如果一切顺利的话，高层明天就可以不用回韩国了。”

金俊中无疑是给了我希望，但所有的关键还是中午他和BQB客户的那顿饭，于是我问：“金先生，那今天解决问题的把握大吗？”

“这个嘛。”金俊中有些吞吞吐吐地说，“要不柯老师，你中午过来和我们一块儿吃饭吧？正好出问题的产品是上次出口的茶叶，也许有你在，会更好处理一些。”

我一听我有可能帮得上忙，二话不说就答应了下来，打个车朝BQB公司赶去。吃饭的地方在BQB公司楼下的一家韩国餐厅，和金俊中一起的果然还有几个韩国人，只是让我意外的是，石小艺也坐在金俊中的旁边，看起来状态比之前好了许多。

金俊中见到我连忙起身，挥手和我打着招呼，我走到他们所在的卡包，掀开珠帘后有些无所适从。金俊中主动介绍说：“柯安，这些都是我们BQB的客户。”

我伸出手和他们一一握手，他们也只是点头微笑，估计是不会说中文。

我坐在金俊中身边预留的位置上，金俊中全程都用韩语和他们交谈着什么，我一句也听不懂。吃过午饭，金俊中让服务员准备了标准的韩式茶具：“柯安，为我们泡壶茶好吗？”

眼前的几个人是关系到BQB股东去不去韩国的重要因素，我自然是不敢懈怠，平静下来开始按步骤清洗泡茶的杯具。

石小艺目不转睛地盯着我，在去取茶的时候和最后倒茶的时候，她开口说了句：“好。”

这在我看来早已不算什么了，因为这段时间即使再忙，我也坚持每个周末都陪着金俊中去看她，她在我的唤醒下，状态也越来越好。

倒是石小艺这次开口让金俊中显得激动，不停地对其他几个人哇哇地说着什么，那些人也端着茶杯频频点头，不时地冲我竖起大拇指。

喝茶的间隙，金俊中拿出了一份全是韩文的资料递给他们，他们看看资料又时不时地看看我，然后交头接耳地商量着什么，最后对金俊中说了几句话。

金俊中向我解释：“柯安，这次BQB和他们的纠纷，主要是由于上次从中国出口去的茶到最后变了味儿。今天为了证明不是我们的问题，我特意把你叫过来泡了壶茶，他们刚刚喝过之后都觉得和韩国的味道不同，这才是真正的中国味道。这份资料正是确认今天这茶叶没问题的资料，但他们现在要你在上面签个字，表示你作为见证人，以免以后再为这件事情引发什么纠纷。而我还需要拿着这份确认书回BQB，股东需要见到这份确认书。”

虽然我相信金俊中，但上面全是韩文让我心存了疑惑：“金总，上面的字我看不懂。”

“我就知道你看不懂，怕我坑你是吧？”金俊中笑着拿出手机，“我手机上有韩文版的文档，我现在在网上帮你翻译下来，你对着中文看看好吧？”

我点点头，目不转睛地盯着他的手机。这是最后的一条路，搞定对面的几个人我们才能延长方案确定的时间，如果确认书翻译成中文没有任何问题，我就是作为见证人签个字而已，没什么大不了的。

我看着金俊中同步翻译出来的中文，大致浏览了下，也就是和他所说的差不多的意思，我只需要在见证人那儿签字。等我签完字，对方其中一个人和金俊中，也都同时在上面签了字。

金俊中收回确认书后立即就拨通了电话，对着那边说了什么，很快我也收到了张勋发来的短信：“柯安，BQB已同意方案延期，策划部所有同事都谢谢你。”

这条短信表示BQB已经给张勋去过电话了，方案不用着急确认，我们今天也不用玩命地加班。我忽然长舒了一口气，对金俊中不停地说：“谢谢啊金总。”

“不用谢我，要谢就谢你今天超水平的发挥，让他们尝到了和小艺曾经泡出来的味道相同的茶。”金俊中笑着起身，“你下午还有工作就先回去吧，我再陪他们一会儿。”

周末是石小艺的生日，金俊中早早地就约了我晚上一块儿去。

其实我一直在犹豫去不去，但是金俊中说他可能要调回韩国工作一段时间，所以希望我能陪她去参加小艺的生日会，希望小艺有个好的表现，甚至在这天能彻底醒来，那他回韩国也能安心了。

早上去的时候，我犹豫了半天还是准备把这件事提前告诉石小单，电话拨通又意外地听到了陈姗姗的声音：“小单，这气球是挂在这儿吗？哎哎，这气球颜色好像少了。”然后石小单问我有什么事儿的时候，我撒了个谎就挂了电话。

在公司里，长期充斥着陈姗姗和石小单的绯闻，还有屡次在电话那头听到陈姗姗的声音。我不知道该怎么去相信石小单的解释，也不想去等他所谓的之后给我惊喜，总之我就觉得难受，心里犹如千万条虫子钻入，疼得呼吸都变得缓慢。

生日宴会是晚上在疗养院举行的，石小艺的家人和以前在韩国的一些同学都会参加。而金俊中中午就来接上了我，说是和小艺以前在韩国的几个同学一块儿聚聚。

不知道为什么，在跟着金俊中去酒店的路上，我总觉得今天的金俊中和以前不一样，但又说不出来。到他约好的包间，坐了大概十分钟后就来了两个韩国人，他们又是说着我听不懂的韩语，而两个人时不时地冲我笑笑。金俊中说他们俩今天原本是在北京出差，听说小艺过生日就都来了A市，准备给小艺过个特别的生日。

我附和着笑笑，反正他们说话我也听不懂，干脆拿出手机，研究着昨天白禾禾为我介绍的一款翻译软件。白禾禾说这款软件特别好，说一句话就能翻译成你想要的语言。今天这种情况刚好合适验证这款软件，于是我把它调到了韩中互译的模式。然后把手机拿在手上听他们聊天，聊天的内容就通过软件同步翻译出来，即时地显示在屏幕上了。

然而，看到文字的时候我有些奇怪了，因为金俊中刚说的一段话，翻译成中文是：“上次签合同的就是这个女孩，如果今天钱到账，我明天就可以交货。”

那个叫贤的人说：“她们的签证都办好了吗？”

金俊中说：“石小艺是办好的，她的我不知道，不过只要确定下来签证都是小问题。”

“我们商量了下，都觉得没有太大的问题，唯独就是你的要价是不是太高了点？”

“两亿人民币还高？有个美国人开过1亿美元我都没答应，那是因为我觉得这样的东西应该由我们韩国人来发扬光大。所以，这个价钱没有办法再商量。”

“但是我们只能先付1000万元的定金，等她们俩都到韩国之后才能再付。”

“这个可不行，所有的东西你们都是去考证过的，我必须要在她们俩出国之前收到至少50%的钱。等手术成功后，务必支付我另外的50%。”

看着这些文字，傻子也明白，他们不是单纯地在叙旧，而是在谈什么生意。并且在座的两个韩国人和我上次见到的几个人都是一路的。那么上次我签字的那份确认书到底是什么？

如果白禾禾这个手机软件靠谱，那么上次我为了争取BQB交方案的时间，而在中午签下的所谓确认书，一定就是金俊中口中所谓的合同。那会不会是连BQB所谓的确认方案的时间以及要我拍情趣用品所有的要求，都是金俊中在其中使坏？

知道真相后我瞬间慌了，再想若无其事地坐下去完全不可能，我借口要去洗手间，匆忙地离开了包间，到洗手间我两只腿都在发软。再回到包间，我尽量稳住自己，附在金俊中耳边小声地说：“金总，公司有点儿急事要回去处理一趟，要不我先离开下？”

即使金俊中他们在谈那么多钱的生意，他的表情丝毫没有变化：“哦？大周末的加什么班？今天我们有更重要的事，要不我和你们领导说说，看能不能你不去？”

意思很明显，金俊中不愿意我走。但我也不敢撕破脸，只好硬着头皮坐了下去，因为我知道晚上他肯定还会带我去参加石小艺生日聚会的，不会这么快下手。

他们谈了整整一下午，终于就付款问题达成了统一，大家都做了让步。

下午5点，我们在酒店分开，金俊中带着我去了医院。到医院的时候生日会场已经布置好了，外面大片的草地上被布置成了聚会的模样，石小艺穿着纯白色的长裙坐在中间。

金俊中下车牵着我的手："走吧。"

我想松开他的手，却被他牢牢地拉住。

石腾雄迎面朝我们走来，亲切地和金俊中说："小金，来啦？"

"石董。"金俊中紧拉着我的手。

"好，好。"石腾雄频频点头，"今天小艺的情况特别好，如果可能的话，真的可能如你所说，能醒来一次。"

金俊中装模作样地擦了下眼睛，感觉像是要哭出来似的："其实石董，小艺已经成了现在这样，我们也只能接受，不过就像我说的，要是她在离开之前，能再清晰地看清楚这个世界，看清楚我们这些爱她的人，或许，这对她来说就是最好的。"

"你说的是啊，所以这段时间我在试着接受这样的现实，要是她走之前再叫我声爸，我也就知足啦。"石腾雄惆怅地看了看我，"柯安，今天晚上的事儿，可就拜托你啦。"

我莫名其妙地看着石腾雄，金俊中连忙把话抢了过去："这都是我和柯安应该做的。"

然后我很自觉地闭嘴，想要看看金俊中到底是在使什么坏，因为到了现在，即使他有要污蔑我的地方，我也已经说不清楚了。只是在他们谈话的过程中，我悄悄地把手机打开了录音，从中午开始，我已经发觉不录音带来的弊端了。

金俊中和石腾雄简单地说了几句，牵着我的手走到石小艺的面前："小艺，柯安来啦。"

石小艺的眼睛盯着正对面的四方桌，上面摆着精美的茶具。金俊中一连说了两声，她才把目光收回，愣愣地看着我，像是老友见面似的："来啦？"

她这一开口，所有的人都高兴坏了，石腾雄更是冲远方喊了声："小单，你姐开口说话了。"

我连忙转头往那边看去，石小单快步地跑了过来，正好和我四目相对。身后跑来的陈姗姗抢着说："呀，柯安也来啦？"

我回过头不理她，牵起石小艺的手："嗯，生日快乐。"

"谢谢。"石小艺面无表情地回答着我。

金俊中连忙蹲下身看着石小艺："小艺，生日快乐，你记得我是谁吗？"

石小艺连看也不看他一眼，主动伸出手在我面前："我们做朋友好吗？"

我愣住，随即把手扣了上去挤出微笑说："我们本来就是朋友。"

"那……去泡茶？"石小艺拉着我往四方桌上带。

所有人的目光全部聚焦到我们这儿，连石腾雄也不敢插话，生怕一说话就会让石小艺的情况变得不好。石小艺牵着我的手迟迟不肯松开，同样还是面无表情地坐在我旁边，但是另外一只手，却是指了指桌上："你泡茶。"

"快，柯安，你快泡茶。"金俊中激动得主动帮我插上了水壶的电，摩拳擦掌地站在旁边。

我转头扫视了一圈，除开石小单之外，所有的人都紧张地盯着我，唯独他目光闪烁地四处看着，像是在回避和隐瞒着什么。我透过他的肩膀，看到身后有人正在朝我们这儿摄着像，不免疑惑地多看了两眼。

石腾雄跟着我的目光找去："今天可能是小艺最后一个生日，小金找人专程把这些都记录下来，想要留个念想。"

“哦。”我回应着，心里不免紧张了起来，石小艺的脑肿瘤在一天天长大，她的生命也开始进入了倒计时。可是我还年轻，我还有太多的事情要做，难道我就真的要为了她手中的所谓配方，搭上我自己吗？

但我已经没有了退路，只能按部就班地开始洗茶杯。只是这个时候，石小艺的神情忽然开始发生变化，她像是受到了极大刺激似的站了起来，伸手死死地掐住我的脖子：“你是谁？为什么用我的茶具泡茶？”

这突如其来的状况让所有人都惊呆了，连同我自己也吓得不轻：“小艺，我是柯安啊。”

身边的护士连忙上前，三下两下将石小艺制伏，并迅速地喂她服下了安定。但她还是止不住地大吵大闹：“你是张厚年派来的对不对？”

石腾雄紧张地张罗着护士：“护士，快让小艺安静下来，她不能激动的。”

石小艺的脑肿瘤确实不能情绪太过于激动，因为长时间的保守治疗，肿瘤已经在脑部逐渐扩散，一旦激动起来，很可能导致脑溢血，生命就会这样终止。

在旁边沉默了许久的石小单，忽然也跟着激动起来，冲上前一下将金俊中按在地上：“姓金的，你到底安的是什么心？”

陈姗姗抢在我之前去拉起石小单：“小单，你别激动啊，先安抚好姐再说吧。”

姐……这个字眼从陈姗姗的口中说出来，显得是那么自然。我的心隐隐痛了下，也试图劝住石小单：“小单，先把小艺安抚好吧。”

石小单慢慢地松开了金俊中，后者从地上翻身站起来，走到石小艺面前，当着大家的面儿扑通就跪了下去，牵着刚躺上病床的石小艺的手：“小艺，我对不起你，怪我不好。”

“你别在这儿假慈悲了，我早就说过我姐醒不过来，你偏要让她醒。”石小单生气地拽住金俊中，“我姐的情况你也不是不知道，现在好了吧？你高兴了吧？”

不管石小单怎么说，金俊中都跪在石小艺的面前哭：“小艺，我求求你醒过来再看我们一眼吧？我好想再牵着你的手回趟韩国，如果可能的话，我希望娶你一次。”

我在一旁听着他说的这些话，心里很不是滋味。眼前这个男人，我真的已经分不清他的目的是什么。倒是石腾雄，在旁边极力拉着金俊中：“小金你别这样，小艺走到今天我们也是有责任的。起来吧，还有这么多人看着呢，别哭了。”

金俊中被石腾雄牵起，而石小艺渐渐开始平息，只是我看到她的眼角滑落了两行泪。

草地上很快平静了下来，石小艺被护士推进了病房，金俊中和石腾雄同时也紧张地跟了过去。我只是觉得全身很软，干脆就席地而坐，盯着他们离开的方向发呆。石小单靠在旁边的树下抽烟，陈姗姗挽着他的手安静地贴在他身边。

大概是金俊中和石腾雄已经安顿好了石小艺，他们从病房里出来，金俊中伸手挽起我的手：“柯安，回家吧？”

我这才紧张地站了起来，向石小单投去求救的目光，哪知他根本都没有看我，这不禁让我心凉。我不知道跟金俊中离开之后会面临什么，现在的金俊中对于我来说，就像是噩梦。

果然，上车后，金俊中的脸色忽然就变得非常难看，离开医院后他一路把车开得飞快，我害怕得抓紧了安全带。忽然，从身后出来一双手捂住我的嘴，我感觉到一阵冰冷穿过我的胳膊，我意识到金俊中开始动手了，但没办法想太多，因为很快我就没了知觉。

醒来的时候，我躺在一张手术台上，天花板的聚光灯几乎晃得我睁不开眼睛，我连忙紧闭眼睛缓和了一会儿后，才又重新睁开，而我看到的是穿着白大褂的金俊中和其他两个陌生的外国人，扭头再看旁边，同样有张手术台，石小艺正躺在上面，像是已经安静地睡着了。

我顿时觉得呼吸短促，我记得上次金俊中和另外两个韩国人交谈的时候有提到过，他们可以对石小艺采用手术的方式，让她的记忆暂时恢复。而这样的方式即使成功也就只有片刻，对人体的伤害肯定很大。那现在的石小艺，究竟有没有进行过手术？

不知道为什么，我忽然想要哭，身边的石小艺会不会就这样永远睡着了？从知道和她有关联以来，我偶尔会认为她是自己的影子，难道她就真的这样香消玉殒了吗？

金俊中见我醒来，趴在我的手术台旁边，轻轻地拍打了下我的脸，又在我额头吻了下："两个尤物，我真是舍不得呢……"

我愤怒地盯着他，说不出来的滋味，如果我的嘴没有被封住的话，我恨不得抬头死死地咬住他的脸，哪怕不能咬死他，至少也要咬块肉下来。然而，我越想心里就越愤怒，索性挣扎着猛地抬头，用力地撞向他的额头，我痛得两眼冒金星，而金俊中也好不到哪儿去。

他捂着额头，咧嘴坏坏地冷笑了声："放心，我不会让你受多大的苦，你也不会死。"

如果眼神可以杀死人的话，我相信金俊中已经死过千百遍了。可是不能，不管我怎么盯着他，他依旧是一副嬉笑的样子，甚至恶心地把手摸到我的胸上。

此时我真的好后悔，后悔自己当初怎么就信了这个混蛋？后悔当初还把他当成我的贵人，没想到他竟然是这样的畜生！

"柯安，我说我是爱你的你相信吗？没办法，谁让你长得和小艺那么像呢？"金俊中索性让身边的人递来一条凳子，坐在了我手术台旁，一边揉捏着我一边说，"其实，能传承小艺手里的秘方，有什么不好的？你想想，等把秘方拿到了手，实验出来了产品，我们就可以得到一大笔钱。这一大笔钱，能让我不用工作，天天躺在床上玩儿你，也能有钱花，不好吗？”

我愤怒地再次抬头，狠狠地又撞向他的额头。我想过，即使石小艺的“手术”能够成功，我依然不可能让他得逞，与其成为他的“奴隶”，那还不如一死了之。

这是我长到现在为止，第一次想到了死。

金俊中还在显摆，而旁边的人显然是有些等不下去了，上前用英语和他说：“金先生，我们的时间不多了。”他这才收回手，在我脸上狠狠地捏了一把：“加油吧宝贝。”

我其实根本不明白他们要为石小艺做的是什么手术，也不知道会在我这儿动什么手脚，但此刻我的心里却是莫名的不害怕。我这才发现，人一旦做好了迎接最坏打算的准备，其实根本不会再有恐惧。

要是我早有这样的心境，我想事情一定不会糟糕到现在的地步，从一开始就答应和张南离婚，自己接受欠债的事实，我爸也根本不用逃跑，即使进了监狱，大不了我换个地方重新开始。至少这样不会被卷进石小艺这件事儿中，金俊中也不大可能会找到能代替石小艺的人。只是，已经没有了机会再让我重新做选择。

其中的一名外国医生拿过来一台什么仪器，放在石小艺的手术台边，另外一名医生在旁边准备着手术刀之类的器械。他们应该是要在石小艺的头上开刀，然后再把仪器插进脑袋里。

此刻的金俊中完全放松了下来，躺在门边儿的躺椅上，双手枕着头悠闲地看着这一切，时不时地用英语和医生对话两句。

金俊中按下旁边的摄像机开关：“开始吧。”

只是，医生的手术刀刚要落在石小艺的头上，金俊中背后的门被破开。他迅速地从躺椅上坐起来，快速地走到我旁边，夺过医生的手术刀架在我脖子上：“不准进，都不准进来。”

我睁开眼睛，看着好几个壮汉站在门口，他们并没有被金俊中的威胁吓到。而刚才抢先进来的两个人，已经把准备手术的医生制伏。

金俊中用刀背抵在我的脖子上：“你们是谁？哪儿……”

话未说完，他就顺着手术台倒了下去，我侧头看了看，刚才还躺着的石小艺此刻已经坐了起来，手里还拿着一截针管。随后她从手术台上翻身下来，将捆在我身上的绳索全部解开：“没事吧你？”

我腾出手来的第一时间，是惊讶石小艺的表现，她已经醒了？她早就知道会有今天？

我和石小艺被解救了，在门外等着我们的，是石腾雄和石小单。石小单一见到我们就上前紧紧地抱住：“姐，柯安。”

石腾雄在旁边擦干了眼泪，说：“丫头，你什么时候醒来的？怎么连我也不告诉？”

“柯安，你没事儿了吧？”

身旁忽然传来曾子诺的声音，我连忙挣脱开石小单，招呼她：“子诺。”

“姐啊，你说让我说你什么好呢，这种情况你居然自己就悄悄地安排了？”石小单埋怨地看着石小艺，说，“你说要是真有什么意外，你让我怎么办啊？”

石小艺努努嘴，说：“你这是不相信曾子诺？”

在车上，我才知道了事情的真相。原来在上次我签字的时候，石小艺就已经醒了，她也是那天之后才知道了金俊中的目的。只是这件事太复杂，她怕石腾雄和石小单太过于担心她而不允许她这样冒险，所以把情况告诉了曾子诺。

石小艺提前在自己身上装了GPS，这样不管金俊中把我和她带到哪儿，曾子诺都会带人找到我们的。而金俊中显然完全没有料到石小艺已经醒了，所以当然对我们是完全没有防备的。

金俊中的计划是先把石小艺带去韩国，剩下的日子里再抓紧时间把我找到带去韩国。就算我去的时候石小艺已经不在了，他也会让我按照从石小艺那儿套出的配方继续研究。

我对他们所说的手术很是感兴趣："你知道他们做的是什么手术吗？"

"电击疗法。"石小艺肯定地说，"这是美国最先进的技术，把头颅打开之后用一种类似电击的专业仪器，接通到中枢神经上，强制让人恢复意识。这样的手术无论成功与否，接受手术的人就是死路一条。不过，金俊中的上家找的这两个医生，是有过成功案例的医生。"

"你怎么会知道？"

"他电话里说的啊。"石小艺耸耸肩，"我都是快要死的人了，不管他是怎么让我死都没问题。可你不同，你本来就和这件事没有任何关系，我不能眼睁睁地看你卷进来让他控制一辈子。"

"可手术是对你做，为什么他们非得要我在场？"

"因为电击治疗的过程中，我可能会不自觉地说出配方的事，有的注意事项他们也许不懂，必须要你听着。毕竟在我死后，他们是想要控制你继续做这个产业链。"

听完石小艺所说的，我才是真的如梦初醒。原来滨海巧合地遇到金俊中，他发现我和石小艺的相似之处后，就开始有了这方面的打算。而不管在BQB他如何帮助我，都是想要我一步步相信他并且陷入他的圈套。那么如此说来，这一切还是因为我和金俊中的相遇造成的了？

随后我和石小艺被送到了医院，经过一番检查之后，金俊中对我们下的药并没有任何影响，只是他们在搬运我们的过程中，受了点儿皮外伤。

但就算是这样，石小单还是不放心，坚持要我们在医院待两天。而且估计他是电视看多了，非得要第二天请心理医生来安抚我们，说是遇上了这样的事情很容易造成抑郁，必须要看心理医生。

不过，因为石小单的坚持，在医院的深度检查下，果真发现了新的情况，那就是石小艺的脑肿瘤好像有可以手术的希望，但手术需要在国外进行。

石小艺对手术很是没有信心，她多次在病房里对我和曾子诺说过，经历过这次的事情，她觉得握住配方也不是办法。所以在临去美国之前，想要把配方交给我，就算手术失败，希望我能传承下去。

包间里，石小艺坐在一张古色古香的根雕桌面前，优雅而娴熟地摆弄着桌上的精美紫砂茶具。

我们是第一次在这样完全正常的环境下见面，却像是熟络了很久的老朋友般地打招呼，并没有生疏也没有客套，我、她、曾子诺，三个人围坐在根雕桌上，直奔主题。

与其说是配方，不如说是石小艺脑子里的记忆。她和我们说起秘方时完全没有手稿，全是她一边泡茶一边说。从土壤的培育到茶树的种植，包括种植茶树时对天气的要求，土壤酸碱度的要求，乃至空气湿度的要求，茶叶周围植被的要求，杀虫的方式和时间，还有茶叶炒制的时间、火候，甚至对火种取材都有严格的要求，都精确到了极致。

而在她冲泡的过程中，我发现石小艺冲泡茶的方式很特别也很考究，比曾子诺还要精细不少。我们都目不转睛地盯着她，就连曾子诺也是虚心地请教："这冲泡也是关键吧？"

"当然，取茶的方式，手和茶壶接触面积的多少，甚至人自身的体温都会影响口感。"石小艺一边说一边把茶壶托在手上做着示范，"必须要掌心和紫砂底部接触，中间最好也不要垫其他东西，很多人的手受不了这样的水温，事实上，人气和紫砂再和茶叶相融之后，会让口感更好。"

曾子诺受教般地点点头："哦……"

"这是几年前我做实验时栽培出来的茶，肯定不如今年的春茶好，但总是比市场上的有机茶口感要好很多的。"石小艺将茶分到品茗杯里递到我们面前，"这套配方的实验完全是在理想环境下进行的，但是我相信大面积种植的时候只要控制得当，最后的口感也不会差到哪儿去。”

冲泡的过程中，大概听石小艺讲了一些栽培和炒制的方法，就已经让我受益不少，在品茶的时候听着她娓娓道来关于这套配方的其他注意事项，更是让我对这个年纪不大但却很有造诣的女人刮目相看。听完她所说的，才让我真正见识到了什么是高端有机茶产业链的最高境界，如果真的严格按照这样的方法生产下来，我觉得其意义完全不能用钱来衡量。

说完正事，石小艺和我像老朋友聊天似的聊开了：“柯安，如果有前世的话，我相信我们俩一定是同胞姐妹。”

我微微一笑，还不是那么放得开：“也许吧，我就觉得见到你很亲切。”

“你知道为什么金俊中见过你的人和喝过你的茶后，就选中了你来接替我吗？”石小艺伸手摸了下我的手，“你甚至连体温都和我一样，虽然肯定我们冲泡出来的味道还是有区别，但比起别人，差别要小很多了。”

这是一种很微妙的感觉，说不出来原因也说不出来感觉，也许是我们相同的成长经历、生活环境，养成的性格也会有些类似，但不同的是，她离家过早而且潜心研究这套配方。

“对了，小艺，你怎么知道金俊中要对你下手了？”曾子诺和我一样，对昨天的事情充满了好奇。

石小艺呷了口茶，轻轻地把品茗杯放在桌上，用湿毛巾擦了下手：“我从韩国回来的原因，就是因为他要我卖掉手里的配方，我不愿意，我们俩大吵了一架后我就回了国。”

“不是因为他不愿意跟你回国？”

石小艺摇摇头：“他这样告诉你的？”

“嗯。”

“怎么可能？要不是他提出要我卖配方，我根本不可能那么早回来，我在韩国的实验室已经修建得非常完美，我那时候还准备继续念博士，再研究出一套红茶的配方。可是，金俊中逼着我卖配方，我开始发现他其实没有原本想象的那么好。他虽有着较高的学历和能力，但潜意识里还是好吃懒做，在配方没出来之前还好，出来后他就成天想着卖了能让自己衣食无忧地过一辈子。”石小艺在我们茶杯里续满了茶，接着说，“在我的世界里，茶的研发是排在第一的，而爱人在之后。所以我没有难过，收拾好东西，处理了实验室就回来了。”

而她回国之后，家里发生了变故，她母亲输光了所有的家产，石腾雄在她的默许下，接受了陈亦梅要求的联姻，只是在这个问题上，石小艺有她自己的想法，她说：“其实和金俊中分手后，嫁给谁对我来说已经不重要了。我当时想的是，如果嫁给张南能给我一个像韩国那样的实验室，我还可以继续研究我的红茶配方，甚至还有黑茶等等，只要有足够的财力来支撑我，这些都不是问题。”

“你这点儿倒是和你爸很像。”曾子诺赞赏地说，“你爸当年做化工产品的新研发，在实验室里一待就是两个月，倪彦说啊，出来的时候整个人都发臭了。”

“是啊，但我和我爸还有本质的区别。我并没有想过我的配方会带来多大的经济效益，只要我能研究出来，这也算是造福人类的事情，即使现在没有人去做它，我相信总有一天会被利用起来。这是茶业界的进步，而不是说要赚多少钱……”

我不得不承认，石小艺的思想境界已经高到了一个我触摸不到的地步。在她家已经落魄的情况下，她依然没有想过要用自己的配方去换钱，只是想着要做出来造福后人。只是，我忽然听到一件让我不敢相信的事实——石小艺曾经被家里联姻嫁给张南？

我想石小艺这几年都处于失忆状态，那么她一定不知道我和张南的事。果然，她重新换了壶新茶，继续和我说着她回国的事：“后来，我和张南的婚期提上了日程。不过有一天，他们家的保姆找到我，说她一个朋友的女儿想要和我学习茶艺，我当时也没多想，就答应并且赴约了。只是没想到，她们好像并不是好人，在我茶里下了药，再然后我就变成了之前的样子。”

听到这儿，我整颗心都被提了起来，小心翼翼地问：“你还知道那两人叫什么名字吗？”

“我只知道，那个保姆的女儿叫欧阳兰兰。”

“什么？”我和曾子诺同时瞪大眼睛盯着石小艺。

“嗯，我确定记得就是这个名字。”石小艺点点头，继续淡淡地说。

我好像记得雷希曾经对我说过，张南在我之前好像是有过一段婚约，只是我完全没有想到那段婚约会是和石小艺。那么如此说来，石小艺喝下那杯有问题的茶就失了忆，这一定和雷希脱不了干系。

曾子诺比我先平静下来，撑着头问石小艺：“小艺，你和金俊中，真的相爱过吗？”

“在韩国孤身一人的七年时间都是他陪我，你说能没爱过吗？没配方的时候他不想，有了之后就完全变了个人。否则他也不会在同学会之后，放弃韩国的工作来中国。”

“没事儿了，现在他涉嫌违反中国的多条法律，随便抓几个罪名出来，也够他大半辈子都待在中国的了。”曾子诺安慰着石小艺说。

而我脑子里就浮现出金俊中穿着囚服站在高墙内的模样，觉得很是解气。

Chapter 8

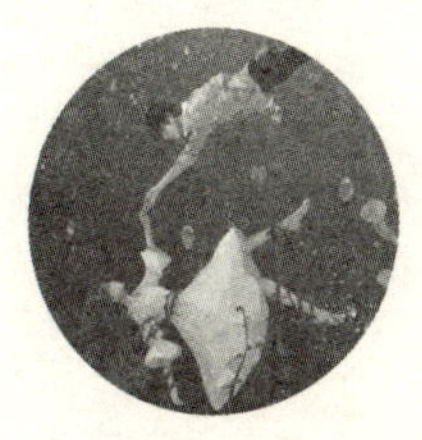

真相水落石出

石小艺在一周后去了美国，接受脑肿瘤手术。这件事对我的影响开始慢慢散去，公司和BQB的合作也丝毫没有受到任何影响，所有的订单和方案正常进行。而曾子诺这次是专程为了石小艺的事情回来的，在石小艺把配方交给我之后，她协助我整理了一些配方的内容后，也暂时离开了A市。

在她离开这天，请我吃了顿饭。

饭桌上，曾子诺第一次和我谈起了茶艺以外的事情，她说："柯安，我一直都知道你的丈夫是张南，也知道石小艺曾经和张南提到过结婚的事，只是我没有想到，你们俩会因为金俊中这件事儿联系到一起，更没想到，害石小艺的人会是欧阳兰兰。"

我刚伸筷子准备夹菜，忽然就停住了："你认识欧阳兰兰？"

"认识。她和你一样，也是茶艺爱好者，也算是我的半个徒弟吧。"

我忽然想起，欧阳兰兰第一次和雷希来我家里泡茶时的那份娴熟。但我没想到，她竟然会是曾子诺的徒弟，那么算起来，也是我半个师姐或是师妹。

显然，曾子诺并不知道我和欧阳兰兰之间的恩怨，她轻轻地品了口红酒，优雅地放下酒杯，看了看窗外，叹了口气，说："前几天我找过她，希望她能告诉我当时石小艺失忆的真相。"

"那她怎么说？"对于石小艺失忆的真相，我同样想要知道。

曾子诺不急不慢地从包里拿出她的手机，找出一份录音文件后放到桌上，然后点了播放。这是她们俩的通话录音，而这份录音里，欧阳兰兰向曾子诺坦白了石小艺失忆的全过程。

通话的过程中，曾子诺不停地劝导欧阳兰兰，并且向她保证，不会因此而追究她的责任。最终基于对曾子诺的信任，欧阳兰兰开口说出了真相，她说："我和雷希是很久以前认识的，六年前她忽然找到了我，她说她知道我妈妈在张家做保姆，也知道张南的未婚妻是个很有名的茶艺师，她想要学习茶艺，问我可不可以约出来见见面。我当时很奇怪，刘素云是我亲生母亲这件事，雷希怎么会知道？血浓于水，虽然她刘素云把我抛弃了，可雷希用她作为威胁，我还是妥协了，我养父母刚死不久，她是我这个世界上唯一的亲人。"

我记得雷希曾经说过，她和张南是六年前分手的。那么，她找欧阳兰兰的时候，正是张南回来准备和石小艺结婚的时候。

"张南的未婚妻是石小艺，其实我和她也不是很熟，我只有托我妈去约她。见面那天只有我、雷希还有石小艺三个人，可是到中途我就睡着了，醒来的时候我就听到隔壁乱哄哄的。过去打开门一看，张家所有的人都站在隔壁房间门前，里面的床上躺着的是张厚年和石小艺。"录音里传来一声很是痛苦的长吸气，"你知道我当时看到的心情吗？我把石小艺约过来，她却和自己未来的公公睡在一张床上。后来小艺就疯了，她连衣服都没穿，光着身子就跑出了酒店。我把自己房间的床单抱了出去，追上她为她裹住身体，但她还是疯了……"

我脑子里"嗡"的一声炸开，我从来没有想过，石小艺是因为这样疯的，更没有想到刘妈原来会是欧阳兰兰的生母。那么对于之前的一切，我

似乎有些释怀了。

和曾子诺在餐厅坐到很晚，当然，也聊了很多私事，只是我始终还是没有把欧阳兰兰对我做过的那些事情告诉她。毕竟我已经明白了，事情也已经过去了，多说也无益。

我回到步行街已经快要10点了，这个时间点正是好多商场服务员下班的点，步行街上好多从各个商场涌出来的人。就在我快到摩卡百货员工通道的时候，忽然看到欧阳兰兰从里面走了出来，我连忙往旁边一躲。

只见一高一矮两个陌生的男子，一看就是地痞流氓一类的，朝她走了过去："兰姐。"

欧阳兰兰随即有些生气地压低了声音："谁让你们找到这儿来的？"

"姐，你已经好久没有来看过哥儿几个了，最近兄弟几个点儿背，手上紧。"高个子说。

欧阳兰兰从手包里拿出钱夹，随便取了几张100元面值的钞票递给那俩人，特别不耐烦地说："拿去，赶紧走，有什么事我会联系你们，别再到这儿来找我了，听到没有？"欧阳兰兰好像对这几个人忽然出现在这儿拦住她有点儿生气。

"好的，兰姐慢走。"

俩人说完，目送着欧阳兰兰去了摩卡底楼的停车场，掏出钱数了数，高个子就骂开了："这姓欧的是越来越抠门儿了啊！才1000元，是不是想翻脸不认人了？"

"谁知道呢。"矮个子把烟头往地上一扔，用脚使劲地踩了踩说，"峰子，明儿你回滨海一趟，把这点儿钱给弟兄们。"

"那咱现在去哪儿？"

"等老钱呗，就手上这点儿钱弟兄们都等着呢，也不能乱花不是？"

一听滨海和老钱，我再仔细打量这两个人，忽然整个人精神抖擞起来。上次去村子里的时候，我好像见到过这两个人，当时他们围在我旁边。他们竟然来找欧阳兰兰要钱？而欧阳兰兰是雷希的人，那眼前这两个人会不会是村子和雷希之间的联络人？听他们刚才说话，好像对欧阳兰兰已经心存不满了，那我是不是有机会问他们点儿什么？

我一路跑回白禾禾店里，到店里白禾禾正在卸妆，听我说完马上停了手："走，现在去找那俩人。"

"现在去找？找到又怎样？"我犯起了迷糊。

"说你脑子不开窍还真是。"白禾禾用湿纸巾擦了一把脸，拉着我的手就往外走，"你不是说他们嫌那女人给的钱少吗？我们试试能不能把他们变成咱的人啊！"

到摩卡百货，那俩人还蹲在花坛边儿抽烟。

我指着他们小声地说："就是他们。"

白禾禾躲在一边儿看了又看，然后直愣愣地走了过去。

我跟在后面拉住她："你干什么？"

"陈晋峰！"白禾禾甩开我的手，喊出了这个名字。

那个高个子男人朝着白禾禾看了一眼，马上就变了脸色，丢掉手里的烟头撒腿就跑。白禾禾反应迅速地跟着追了上去，一边跑一边喊："陈晋峰你站住，我找你不是说白娜的事！"

陈晋峰听到这话，犹豫了下放慢了脚步，最终还是让白禾禾抓住了。两个人站在那儿弯着腰气喘吁吁地喘着粗气，我和矮个子跟了上去，完全没弄明白他们俩怎么会认识。

"禾禾姐。"陈晋峰面对白禾禾，好像还有那么一点儿害怕。

"听说你在帮一个叫欧阳兰兰的女人做事？"白禾禾直接问道。

陈晋峰愣了下："是。"

"你怎么会混到现在这个地步？"白禾禾藐视地看了他一眼，"白娜去年做了手术，也谈新的男朋友了，今天找你也不是说她的事儿，你不用担心。"

听到白禾禾提起白娜，我总算知道了是怎么回事儿。白禾禾之前和我说过，白娜是她有白血病的妹妹，在去年的时候接受了骨髓移植。而她妹妹的病情其实没有恶化这么快的，是在高中毕业的暑假，她和一群同学一块儿去云南旅游。不知实情的男朋友带着白娜天天喝不少酒，在饮食各方面也都没有注意。而白娜当时正度过了压力最大的高三，刚刚放松下来，又是和男友第一次出门，就为了好玩儿，也完全忽略了自己的身体状况。从云南回来后，还没到开学白娜的病就发作了，之后她就一直在医院接受化疗，直到去年手术。她的男朋友在知道白娜有病之后就选择了离开，再也没有出现过。

“对不起，禾禾姐。”陈晋峰和他刚才的嚣张完全不同，低下了头紧张地抠着手，“我那时候其实不是离开白娜，而是……而是去了监狱。”

“什么？”白禾禾也惊讶了。

咖啡厅里，陈晋峰抽着烟和白禾禾说了当年他离开白娜的真相，并不是白禾禾之前和我说的那样，他抛弃了白娜，而是在知道真相后的他万分自责，几乎天天酗酒度日。在一个晚上喝醉后，遇到一群打架的流氓，其中有人误伤了他，当时都快要神志不清的他气得用砖头拍了那人的脑袋，当天晚上就被送进了监狱。

“你什么时候出来的？”白禾禾问。

“去年。”陈晋峰把烟头在咖啡渣里使劲地按着，“我在里面认识了一帮朋友，出来又一时没找到合适的路子，就跟着他们去帮人看场子了。”

“就是帮欧阳兰兰守村子？”

“嗯。”

“陈晋峰。”白禾禾忽然叫了他的全名，压低了声音并且很严肃地说，“我想不用我提醒你你也知道，她们做的事儿一定有问题的，对吧？所以，我们认识一场，我想帮你。”

“帮我？怎么帮？”陈晋峰又点了支烟，显得很颓废，“有没有问题跟我没关系，反正我只管要钱，否则我就得饿死。”

白禾禾还想要说什么，我忽然就鼓起了勇气拦住她，从包里取出一张银行卡放到咖啡桌上，推到陈晋峰的面前：“这里面是一万块钱，我想问你几个问题。”

我是在赌，我想主动给他们钱，和他们从滨海到A市来找欧阳兰兰要钱形成鲜明的对比。

陈晋峰抬头看了我一眼：“我见过你。”

“是，你见过我，就在村子里。”我也没有否认，但心里早已经七上八下了。

“她是我最好的朋友。”白禾禾把卡又往陈晋峰那边儿推了下，“如果抛开我们认识的情谊来说的话，你们不就是为了钱吗？这比欧阳兰兰给得多，你有什么理由拒绝？”

“你先说说什么活儿吧。”陈晋峰面无表情地说，几乎完全抛开了和白娜的关系。

于是，我们就进入了纯交易的状态。

我问：“村子的项目还有多少时间结束？”

“快了，现在我们事儿也不多。”

“我想要在它结束之前去做一笔单子，你们能帮我促成的话，价格你来开。”

“你们想干什么？”陈晋峰警惕地问。

“我刚不是说了吗？你们做的业务，我要来合作。”

陈晋峰看了看我，又看了看白禾禾，眼神没有了刚才的刚毅，而是略带着点人情味儿地说：“姐，我和你们说实话吧，这项目你要是去合作，就是等于送钱呢。”

我心中大喜，看来自己的猜测真心没有错，这一把是赌对了的。我趁机爽快地说：“这个你不用担心，我需要你做的就是帮我搭桥，让我们顺利地合作到最后一步。”

峰子盯着茶几上的一万块钱，犹豫了半天，又问：“能保我安全吗？”

“安全？呵呵。”白禾禾冷笑一声，“你刚刚不是说除了钱都不在乎吗？怎么现在又要安全？这么和你说吧，我们只能保证你跟我们做的事儿不犯法，就这么简单。”

陈晋峰狠狠地吸了口烟，点点头说：“干！有钱赚为什么不干？”

这件事顺利得超出我的预料，更是没想到陈晋峰会和白禾禾是这样的关系，想来应该是老天也看不过去要帮我了吧？只是接下来的事情到底会不会顺利，其实我心里一点谱都没有。只知道我需要经过陈晋峰，用真实“客户”的身份去上这个局的钩，也只有这样我才能弄清楚其中所有的猫腻，拿到利用项目涉嫌诈骗的证据。

只是事情并不会总是往好的方向发展，第二天晚上我正躺在床上敷面膜，就接到陈晋峰的电话，他在电话那头支支吾吾地说：“姐，项目上头让停了，你什么时候有时间，我把钱还给你吧？”

“停？为什么？”

“我也不知道是为什么。”陈晋峰有些难为情。

“是不是他们察觉到了什么？”我第一反应是，他们难道知道我在查了？

“应该不是的，我昨天听老钱的意思，上头应该把该挣的已经挣到手了，自然就没有必要再继续下去。”

我迅速地在脑子里想了想，说：“钱你不用退我，但是我还要你帮我办几件事，你看为难不为难？”

陈晋峰也没推诿，说：“你说吧，姐。”

“你帮我找几个客户的资料，参与过滨海二期的客户。”既然我们亲自去走流程这条路不通，也只能找个其他的人问问到底是什么样的情况，如果这样的客户多，即使所有的合同都符合法律，大家联合起来依然可以想办法。

陈晋峰利落地答应：“行，老钱的手机上有几个来看过项目的客户的联系电话，我想办法把号码抄下来。”

“另外，你为我录一份证明欧阳兰兰和项目有关系的视频。”

“这个嘛。”陈晋峰想了想，“她过几天会和老钱碰头，交接一些项目上的资料，你也知道我们这儿眼睛多，我只能尽量试试。”

“嗯，没关系，你尽量就好。”

挂掉陈晋峰的电话，计划已经在我脑子里盘旋。既然项目不能再继续下去，那是不是只能使用最简单粗暴的方式，那就是想办法约到欧阳兰兰，因为从上次她和曾子诺的录音来看，她其实并不是那么心甘情愿地为雷希做事，只不过是被雷希控制了而已。但如果没有证据证明她和项目有关系，我想任谁也都不会承认才对，所以陈晋峰能否拿到欧阳兰兰和老钱的录像，应该是关键。

白禾禾躺在我旁边，听我把计划说完后，忽然想起了什么，说：“柯安，你上次是不是说见到过雷希和张厚年出现在会所？你说，张厚年会不会是幕后最大的股东？”

我倒是从没有往那儿去想过，被禾禾这么一提醒，全身都在冒冷汗：“张厚年？这样的话我爸卷进这个项目，倒完全可能不是偶然，而是一早就被设计好的。”

“有这种可能。”白禾禾拍着脸，“柯安，我觉得现在问题的关键还是在你爸那儿。毕竟我们俩都不是当事人，好多事情根本不清楚，就算弄明白了真相，没有你爸爸也没办法定他们的罪啊？到时候就更别说把钱还回来的事儿了。”

白禾禾的这番话让我又陷入了两难。出事儿到现在已经快要一年了，

我爸爸到底藏在了哪儿？他到底是在逃避，还是和我一样在寻找证据呢？

这样的纠结让我几乎是整夜未眠，我变得前所未有的焦急，真相马上要出现在眼前了，但却因为我爸的消失，而让整件事陷入胶着。

而更让我焦急的是，半夜3点多我接到了张欣打来的电话，她在电话那头很着急地跟我说陈亦梅住院了，而且在昏迷之前让她通知我去医院，她有特别重要的事找我。

于是凌晨4点，我在白禾禾的陪伴下去了医院，找到陈亦梅的手术室。张欣正来回地在手术室门外踱步，见到我，上前抓住我的手就要跪到地上："柯安，姐求求你，收手吧。"

张欣的话说得我简直莫名其妙，把她从地上扶起来就往旁边凳子上拉："大姐，你别这样，到底出了什么事儿？你告诉我吧。"

"柯安，妈说她之前有找过你对吗？"

张欣这么一问，我大概猜到了是什么事儿，陈亦梅找我，无非就是要我劝说许安芷撤销对张家的诉讼，难道是雷希又开始有什么行动，让陈亦梅气得住院了？我点点头："嗯。"

"柯安，你嫁到张家的这么些年，姐对你总还是没有什么的吧？"张欣忽然抓住我的手，往手术室里面看了看，眼里满是对陈亦梅的担心，"虽然你可能讨厌里面的人，觉得如果不是她的坚持，你不会和张南有恩怨。可你知道，她是我妈妈，我对她的感情和你对你妈妈的感情一样，她生病了我会担心，她遇到事情了我会难受。所以柯安，算姐求求你，就答应妈说的那些好吗？你好好劝劝许安芷，你们都别再闹了。"

张欣很少掺和张家的事儿，而今天的非同寻常，让我总觉得出了什么大事儿："大姐，你能不能先告诉我，妈在来医院之前是不是受了什么刺激？"

张欣将信将疑地看着我："你难道不知道？"

"我真不知道。"我早已经习惯了被人诬陷，所以也并没有太着急，而是神色淡然地说，"我想我现在说什么你也许都不会相信，那么还是先告诉我发生了什么事吧，然后，我再把我知道的都告诉你。大姐，我相信你是个明辨是非的人，等你听完再决定是不是相信我。”

张欣埋头犹豫了一会儿，向我说起了陈亦梅出事前后的经过。

其实早在前年，CC集团的业务量就开始大量减少了，这种情况在张南去世之后更加明显。陈亦梅在经历丧子之痛后，精力确实不如从前，就决定处理掉大量的业务，只留下A市公司和北京公司，让张厚年主要负责北京公司的日常业务。

前段时间，许安芷一纸诉状把陈亦梅告上了法庭，要她还回多多的抚养权。许安芷当然没有只是起诉这么简单，她借用之前微博的影响，通知了各路媒体，一时之间又将CC集团和陈亦梅推上了风口浪尖。在这样的情况下，北京公司的业务量也急剧下降，公司报上来的资料显示是因为抵御不了市场风险，但是陈亦梅坚持认为没有那么简单。

今天是因为半夜陈亦梅收到北京分公司发来的消息，合作了接近二十年的老客户也没有选择和CC集团继续合作了。这就意味着，北京分公司随时都面临倒闭的可能。

“柯安，你知道北京公司倒闭意味着什么吗？”张欣盯着我，好像是想要从我眼神里读出点儿什么来一样，“北京公司是我外公毕生的心血，它一旦倒闭，就代表陈氏集团已经彻底成为了过去。留着的A市公司，仅仅只是谋生的手段而已。”

所有的真相呈现在我面前，我好像看到了在这简单的几句话背后，雷希铺开的那张巨大的网。她果然不是要我去争夺财产那么简单！还好当时我没答应，否则，现在给我一百张嘴，我想我也不能再和张欣、陈亦梅说清楚了。

而这一切，我想还是有机会的，至少有机会让张欣相信我。

于是，我埋下头沉默了十来分钟，深呼吸了一下，说：“姐，你也知道的，妈从一开始就觉得我嫁给张南是有预谋的，这些话我憋在心里从来

没有和谁说过，我想既然解释是徒劳的那还不如保持沉默。可是现在，如果妈还是执意看表面认为我有什么心的话，一定会让在幕后计划安排的人笑到最后的，等到有一天事情发生的时候，恐怕就来不及了。”

“你的意思是？”

“我从来没有预谋嫁给张南，在张南出事之后也从来没有预谋过张家什么。”我坚定地点点头，有种马上就要雪耻的感觉，“不管你信或者不信这都是事实，事实是还有一个女人存在，她的计划也许很大，大到我现在想不到她的目的。”

“谁？”

“雷希。”我幽幽地吐出这两个字之后，就注视着张欣的表情。

只见她面部抽搐了下：“她不是去了纽约结婚生孩子了吗？”

“我不知道她和张南之间曾经发生过什么，但我知道她从来都没有离开过A市。”我迫切地想要向张欣说明这一切都不是我做的，于是把雷希第一次找我，我和许安芷之间的互相争斗，包括刘妈和欧阳兰兰的关系，以及上次在曾子诺那儿听到的录音，都告诉了张欣。说完之后我就闭上了眼睛，因为口说无凭，我不敢期望她会相信我。

张欣一时间难以消化这么多不可思议的事情，愣了半天才把手轻轻地搭在我的肩膀上，问：“柯安，你快告诉姐，这些都是真的吗？”

我依然保持沉默，等着张欣自己消化。

张欣双手按着太阳穴，又自言自语地说：“可是，她怎么会和爸在一起，怎么可能？难怪最近北京公司接二连三地出问题。”接着她吸了一口气半天不敢吐出来，“不会，不应该是这样的，绝对不可能会是这样。”

我心里一阵欣喜：“大姐，你是不是知道什么？”

“不是这样，不可能。”张欣念叨着站起身来，才抓着我的手说，“柯安，我现在还不能确定，要不你先回去吧，让我再好好想想，如果有什么事儿，我给你打电话。”

虽然我很想知道张欣到底想起了什么事，也想知道她是不是真的相信了我，既然她这样说，我也只能先离开。

我几乎是通宵未眠，天亮睡下去一觉就到了傍晚。睁开眼睛的第一时间，就看到了石小单坐在床头，拿着手机打游戏正打得激烈。

我一伸懒腰，他也没放下手机就随口说了句："醒啦？快起来收拾下，我带你去见个人。"

迷迷糊糊的，我第一反应就是石小艺回来了，于是问："是不是小艺回来了？"

"不是。"石小单手不停地在手机上按着，"比我姐还要重要一百倍的人，你别啰唆，去不去啊？"

我讨厌他这种说话的语气，明明是件很重要的事情，偏偏被他一说就变得吊儿郎当似的。于是趴在床上，说："不去。"

"你确定？"石小单说话的时候转过头看着我，正好看到我的头发像瀑布一样垂着床边，他忽然就愣住了。缓缓地放下手机，眼神和表情都变得温柔起来，附带着房间里的空气也比刚才暖和了不少，然后他就这样盯着我，手不自禁地抬起来抚摸着我的头发："真美。"

我沉浸在这种醒来的温柔中，像是梦一样的不真实。可是恍惚间，又想起石小艺生日那天陈姗姗在现场那副主人的样子，看起来，他们好像才是最般配的。这样一想，所有的梦都会破碎，我推开他的手说："你出去吧，我起床穿衣服了。"

洗漱的时候，我一直在想这段时间石小单和陈姗姗的关系，因为在公司总是会听到他们的流言蜚语，一句传一句的，说得好像他们明天就要结婚了似的。所以整个过程我都是嘟着嘴心情忧郁的样子，一直到洗漱好到门店外面，白禾禾看到我的表情就笑了："柯安，小单把叔叔都找到了让你去见面，你还摆着臭脸给谁看啊？"

"你说什么？"我不敢相信自己的耳朵。

“快走吧大小姐，你爸现在在酒店里休息等你呢！”白禾禾把我往外推着。

我想，如果我知道接下来石小单要带给我那么大一个惊喜的话，我是一定不会在床上和他暧昧那么久的，肯定在第一时间就跳起来冲出去了。

接下来我的思维开始变得空旷，整个过程就像是做梦一般。我真的很快就要见到我爸了吗？他现在有没有变得像个野人？石小单是怎么找到他的？他消失的这段时间是不是找到了什么重要的线索？会不会对后天的行动有所帮助？所有的疑问盘旋在脑子里，直到石小单把我带到了酒店敲开了房门，我听到那声熟悉的男声：“来啦。”

然后，我还没来得及看清楚出现在我面前的人，就被他用力地揽入宽阔的胸膛：“安安，你怎么瘦成这样了？对不起，是爸爸对不起你。”

“爸……”叫出这声爸，我的眼泪再也没法止住，像是开了泉眼，顺着眼角不停地流下来，我拼命地摇着头，“没有，爸，这段时间你都去哪儿了啊，我找你找得好苦。”

亲人久别重逢的感觉和劫后余生差不多，我一度以为他可能去了天堂，以为这辈子不能再见到他，真实再见的时候依然恍若梦境。他脸上的胡楂扎着我的手，让我更是难受得只顾着一个劲儿地哭，偶然抽动了腰上的神经也丝毫感觉不到疼，只是不停地喊着“爸”。

我爸用粗糙的手不停地帮我擦着眼泪，可是怎么擦也都擦不干。

不知道什么时候，石小单已经悄悄地退了出去，房间里就剩下我和我爸两个人，抱着头号啕大哭。也不知道过了多久，我努力地控制了自己的情绪让心情平复下来，抽泣着深呼吸了一下：“爸，你这段时间都去了哪儿啊？”

我爸松开我的手，坐回到床头打开窗户，点了支烟，开始和我说起这段时间的事。

原来在我家的事情发生之后，他第一时间就猜测到了有可能是项目出了问题，在范叔把他带走之前他就把所有的合同资料藏了起来。那天他忽然消失，也是因为范叔要他在银行冻结资产之前，通过违法的方式把所有的资产变到范叔名下。我爸不愿意这样做，这样做了之后他就彻底触犯了法律，有一天银行再追究下来，他会涉嫌骗取国家资金罪被判入狱。一旦他进了监狱，那揭开项目的真相就会遥遥无期，所以他才临时决定逃跑。

他知道，仅靠他手里的资料并不足以证明项目的问题，因为所有的手续都合法，根本挑不出半点漏洞。偶然的机会下，他看到了一份外地的报纸，知道项目在外地也有广告，那时候他就肯定其他地方应该还有不少像他这样的人，于是决定去找这些人。

我瞪大眼睛盯着他，他已经黑得不成样子，原先那个我口中经常开玩笑嘲笑的“肥圆糟老头”早已没了影子，瘦得只剩下了皮包骨头。想必这段时间，他一定是吃了不少的苦头，毕竟当初离开的时候，身上的钱也有限：“那，都找到了吗？”

“有一部分资料。”说完，他去了趟卫生间出来，手上多了个布袋，“我总共找到了三个人，他们的情况和我基本一致，这些都是他们提供的一些材料复印件和佐证。”

我心里有了点儿底：“这些材料，能证明项目的全部问题吗？”

“恐怕还不能。”我爸摇摇头，“所有的合同都是和一家投资公司签订的，而投资公司现在已经被注销了，就算起诉法人代表或者是公司，也追不回来这笔钱。”

“那，如果能找到和这个项目还有关系的人呢？”我探着头说。

“在回来的时候，我听小石说过关于这个项目是虚拟的事，但是从法律上讲，找到了和项目有关系的人，就算去起诉他判了刑，万一他的资产转移了，也一样拿不到钱啊。”我爸叹了口气说，“所以，最好的办法是私下找到他们，看看资金实力再想办法。”

我忽然想起来问：“爸，石小单是怎么找到你的？”

"呵呵。"我爸说起这个就笑了，斜眯着眼睛吸了口烟，从桌上拿出一沓报纸递给我说，"这小石脑子还真够用，他几乎在全国各大报纸上都发了一则公告。"

我接过报纸一看，也不得不佩服起石小单来。几乎所有的报纸上都有一则类似寻人启事的公告，大概就是寻找滨海一期项目的投资者，商量款项退还事宜。

我问："他就不怕项目方的人看到啊？"

"项目方的人？看到了敢联系他吗？"我爸一句话把我点醒，雷希心里不见得没鬼，这样的公告她还去联系，简直就是智商有问题，而只有我爸这样的人才会去关注才会相信。

于是，我把我这段时间了解到的情况，也都全部告诉了我爸。我爸听到之后，是长时间的沉默。一直到石小单敲门，提醒我们去吃晚饭，我才知道，和家人待在一起的时间原来过得那么快，不知不觉一个下午就过去了。

晚上简单地吃过晚饭后，石小单终于在我爸的招呼下，加入进来和我们一块儿商量接下来的事情。目前只知道欧阳兰兰和许安芷都是被雷希利用的，而她们后面的计划是什么，已经进行到了哪一步，这些事情我们都一无所知。

石小单听我说起欧阳兰兰和曾子诺的关系之后，信心十足地说："曾子诺和我姐是多年的好友，如果你告诉她这件事儿她不愿意管，那我找我姐去。"

石小艺刚去美国准备接受手术，我想暂时还是不要让她知道这些事，有可能的话等欧阳兰兰的视频资料到了手，我亲自和曾子诺说。虽然我们之间一直是单纯的茶艺上的师徒关系，但经过上次石小艺的事情之后，这种关系好像有了微妙的变化。

最后我们也没有商量出个所以然来，结论就是先等视频到，然后再看张欣那边怎么回话。如果张欣选择相信我，那我们就联合陈亦梅来调查张厚年和雷希，事情可能就会变得更加简单。

晚上和我爸分开后，石小单把我送回了店里。在路上，我就不停地表达着对石小单的感谢：“小单，谢谢你帮我找到我爸，这真是帮我大忙了。”

“那你怎么报答我？”石小单依然嬉笑着打着口哨，好像在我面前永远正经不起来似的。

我低下了头，有些小埋怨：“你不是有陈姗姗吗，还需要我怎么报答？”

“等这件事情处理好之后，你就嫁给我吧？”石小单完全不理会我提到陈姗姗，忽然说这么严肃的话，但脸上依然是一副无所谓的表情，让人感觉这件事儿就是随口说说而已。

我被惊得不轻：“你开什么玩笑？”

石小单忽然板下了脸，把车停靠在路边转过头来，捧起我的脸说：“陈姗姗从第一次见到你就开始加害于你，对不对？是不是还因为她的加害让你差点儿丢了这份工作？”

我停止呼吸，木讷地盯着他，我想，是不是他要告诉我关于和陈姗姗之间的事了？

哪知，他在我额头上吻了下又是一副欲言又止的样子，踩下油门说：“算了，总之你有一天会知道我在做什么，也会明白我的心。”

不知道是不是因为我爸回来的缘故，所有的事情朝着特别顺利的方向在进行。

张欣在不久后的一个晚上约了我去张家，在那栋曾经让我压抑的别墅里，那个在我面前永远高高在上的女人陈亦梅，捧着一张老旧的照片哭成了泪人。

照片是上世纪七十年代的老照片，有些泛黄却被保存得特别好，照片上是一个帅气的男人，和陈亦梅一起肩并着肩特别幸福的样子。陈亦梅的

眼泪滴落下来，刚好滴在男人的脸颊，她轻轻地拂去，有一种我从没见过的温柔，她的脸上有泪水，眼里却是幸福的笑容。

然而，她的开口让我意外，她说："欣儿，照片上的这个人，他是你爸爸。"

张欣似乎早已经知道了实情，没有半点儿惊慌的样子，点点头说："其实我知道。"

我再次盯着照片上的人看，像是我爸年轻的时候，但又感觉不是。我心里有了种不好的预感，难道照片上的人真和我家有关系，才会导致张厚年对准了我爸下手？

然后，陈亦梅这个平时看起来骄傲了一辈子的女人，在我们两个晚辈面前，说起了她曾经有些不堪但回忆起来却很幸福的过去。

照片上的男人不是我爸，而是一个长得很像我爸的男人，在她刚发现自己怀上了张欣的时候就意外去世了。那时候的陈氏集团在A市颇有名望，当她家人得知陈亦梅未婚先孕且未婚夫还意外死亡后，当然是不可能让她生下孩子的，这在当时的社会来讲，绝对是一件让社会完全不能接受的事情。但是执拗的陈亦梅怎么可能舍得打掉这个孩子，这可是张欣她爸唯一留给她的啊！所以在家庭都反对的情况下，陈亦梅快速地找到了愿意娶她的张厚年，当然，张厚年定然是不知道陈亦梅怀着别人孩子的。然后就是结婚，顺理成章地生下了张欣，不过在出生的时候张厚年知道的情况是，张欣早产。

但是，如果不是我前几天找到张欣，她也不会想起在她很小的时候，恍惚记得张厚年带她去医院抽过血。她记得，从那次抽完血回来，张厚年的脾气变化就特别大，开始学会了抽烟和酗酒，也开始整宿整宿在外面不回家。只是在不久之后随着张南的出生，这样的情况缓和了不少，不过也没有维持太久，张厚年又恢复了之前的样子。

她们俩说完后，我小心翼翼地插了话："大姐，你的意思是，那次去医院其实他就已经知道了这件事？只不过因为其他的原因没有说出来？”

“难怪。”陈亦梅捂着头喃喃道，“张厚年应该是早已经知道的，要不然他不会在一夜之间态度变化那么大。那年我怀疑过他是不是在外面有人了，后来没查到也就不了了之了。唉，这可是一同生活了三十年的男人啊，和我同床异梦了三十年，太恐怖了。”就在这么一个瞬间，陈亦梅像是崩溃了，她瘫软地靠在椅子上，不停地发抖，嘴唇也迅速变成了青紫色，不停地哆嗦着喃喃道，“你们告诉我，这不是真的。”

“妈，你别这样啊，妈。”张欣把陈亦梅扶着坐到了沙发上，“妈，你冷静下，我再喂你服点儿药。”

但是陈亦梅就像是失去了反应，整个人都愣了，眼睛也瞪大了往上翻，看起来特别恐怖。

我明白，这个彪悍了一生、觉得自己英明了大半辈子的女人，终于还是在最关键的问题上犯了致命的错误。这样的打击落到任何一个女人身上也不可能接受得了，更何况是自以为是了一辈子的陈亦梅。

看到她的状态我心里也很难受，不管她怎么想我，但她的心眼始终没有坏到不可原谅的地步。我有些同情地看了看屋内，说：“那，接下来你有什么打算？”

“我先去趟北京吧？北京公司那边已经挂牌，今天给他打了电话，他说挂牌是因为CC集团的口碑降低加上市场不景气导致的，但现在看来应该是他们蓄意所为，我先去查出点什么，如果有线索的话我想一切应该来得及。”张欣再也不愿意称呼张厚年叫爸了。

因为这件事，我们都变成了受害者，不管钱能不能要回来，把雷希和张厚年绳之以法也是最好的结果，所以我说：“要不，我让我爸陪你吧？”

最后我们谈好，张欣明天上午回家里交代准备下，我也回去和我爸说说情况，明天下午他们就起身去北京。而我留在A市，除了上班之外还要等欧阳兰兰的视频，等到了之后马不停蹄地联系曾子诺，这件事，或许曾

子诺的帮忙才是关键。

晚上回到白禾禾店里，白禾禾就惊喜地给我一份从滨海寄过来的快递，“这是你走之后刚收到的，我一个人不敢拆开，你快看看是不是陈晋峰寄来的。”

我一阵激动，连拆快递包裹的手都在发抖，里面果然是一个U盘。我打开电脑插上，里面只有一个视频文件，点开后，第一时间出现在界面上的，就是欧阳兰兰那张脸。

视频里，欧阳兰兰在和老钱交代项目收尾的事，同时也给他们发了一笔不小的费用，同时叮嘱老钱和在场的所有人，项目的事情就随着这笔钱的结算而终止。从今天开始，项目就不再存在了，所有的资料也都需要销毁，也不允许任何人提到这件事。

视频持续的时间不长，也许是陈晋峰担心被人发现，大概就这么一段，但足够证明欧阳兰兰和这个项目的关系了。我收起视频，小心翼翼地把它放了起来，坐在床边愣了好久，才鼓起勇气拨通了曾子诺的电话。

谁料，电话接通后没等我开口说什么，曾子诺就说：“柯安，小艺都和我说过了，我正准备明天去一趟A市，另外你帮我约约上次的孟老板，看看他周末有没有空，你陪我一块儿去一趟他的茶厂吧，我有很重要的事情要和他谈。”

我不知道石小艺和她说过的是什么事儿，于是弱弱地问：“子诺，小艺和你说的，是关于欧阳兰兰的事儿吗？”

“是，所以明天我们见面再谈吧。”曾子诺似乎正在忙，所以没多说就挂了电话。

曾子诺没有拒绝！这是我的第一反应。只要她愿意参与到这件事中间来，所有的希望都会重新被点燃，加之事情一步步朝着很顺利的方向发展，更是让我觉得即使现在出了意外，即使现在事情依然迷雾重重，但这不过就是黎明前最后的黑暗。

第二天，按照预先的计划，我爸和张欣在下午就飞去了北京，在机场送完他们，我紧跟着就接到了从北京飞来的曾子诺。一身麻布的民族风，让她在机场显得格外与众不同，和她一同前来的，还有两个看起来特别凶狠的男子。

上了石小单的车，曾子诺看了看我们俩，笑得意味深长，并没有向我们介绍那两个男子是谁。和石小单简单地打过招呼，又问了问石小艺的情况后，曾子诺拿出了电话，拨通一个号码后，做出一个让我们安静的手势，说："兰兰，我到了。好，待会儿见。"然后挂掉电话的她，云淡风轻地问了句："柯安，孟老板那边你都约好了吧？"

我点点头："约好了，我们什么时候去？昨天他问我，我没说具体的时间。"

昨天晚上结束了与曾子诺的通话，我虽然不知道她去孟石凡茶园做什么，但还是第一时间就联系了孟石凡。当时的他听说曾子诺要和我一块儿去参观茶园，简直是一副受宠若惊且不敢相信的样子，表示只要我们去，他随时都能腾出时间。

"好，那等我和欧阳兰兰见过面之后再决定什么时候去吧。"

我不知道曾子诺葫芦里卖的是什么药，但我也不敢随意地问她，只是我相信她，如果答应了的事情一定会尽全力去帮助我们才对。

曾子诺和欧阳兰兰约在了某酒店的咖啡厅里，石小单把她送到酒店的停车场之后，就干脆把车放在了停车场等她，反正我现在一心等着后续的消息，石小单也是明白的。

"柯安姐，你是不是喜欢这样的感觉？"石小单好像能看明白我在想什么，但又总是会直接说出我不愿意表露的心事。

的确，最近的石小单若即若离地保持着和我的关系，除了在公司听到他和陈姗姗的事儿时有些小小的失落，更多的时候他是背后悄悄地做特别多的事情，带给我大大的惊喜。我并不想看到他像之前那样，在我们的感情上锁上厚重的枷锁，而是很喜欢并且享受现在的状态。只是这样的状态，会不会随着所有事情的结束而结束呢？

"哈哈，我猜你就是。"石小单痞子样地在我额头上弹了下，打开窗户点了支烟，"我还猜啊，这段时间让你看着我和陈姗姗出双入对心里不舒服吧？"

我脸一下红到了耳根，我不知道石小单哪儿来的洞察能力，怎么就像是戴了透视镜一样能看透我的内心？

"不逗你了。"石小单斜着头，忽然就变得很是动情地说，"你要知道，如果不是我和陈姗姗被公司传绯闻，她肯定不会就害你那么一次，而你在公司也肯定不会太平。我知道一个爷们儿用这样的方式有点儿搞笑，但是你想想，在此之前我每天看着你郁郁寡欢，却不知道从哪儿下手，要不是陈姗姗，我怎么可能知道雷希的存在？我想要给你最好的生活，但我更想要通过自己努力给予你，我也明白你是经历了很多，所以我不会选择鲁莽地和家里断绝关系，我有这样的家庭背景我为什么不去利用？我为什么为了爱情就要重新开始？而且抛弃父母这样的做法，会对你更加不利。现在公司的法人代表还不是我，一旦我爸把我赶出国外，或者就算我和他们断绝关系，我又该拿什么来给你未来，你的处境又会是怎样？BQB的策划方案已经确定，等后面全部制作完成后，款项就会打到公司来，而那时候销售部的业绩才算完成。我也算完成了年初答应我爸的计划，整个公司就会属于我个人。你知道吗？到时候我要和你在一起，谁还能说什么？我才不用管我爸同不同意，他要有本事就把公司重新收回去！可是他再也不可能收得回去了。"

这番推心置腹的话听得我鼻子发酸，石小单能为我做出这么多改变，我也感动，他身上那种青涩的成熟，那种带有幼稚的袒护，也确实撼动着我。我柯安何德何能，会让石小单为了我谋划这么多事情？

就在我感动到快要流泪的时候，石小单忽然丢了烟头，摸摸我的额头说：“哎呀，你也别太感动，总之你现在什么也不要去想，等把事儿处理完之后就准备安心嫁给我就好。”

感情其实是种很奇怪的感觉，明知道和石小单的未来充满了荆棘，但我内心居然有种想要去试试的冲动。也许就是在我孤独的时候站在窗台的那么一眼，也许是我被许安芷要推向湖中的那么一霎，也可能是在派出所出来时我无助的一瞬，更可能是他年轻的身体在某种特殊时刻传递来的能量。可是，怦然心动的感觉，真的能打破现实的阻拦吗？我不知道。

车门忽然被打开，欧阳兰兰被曾子诺挽着上了车，刚才那两个男子已经不在了。欧阳兰兰好像还心有余悸的样子，脸颊也有未擦干的泪痕。

曾子诺关了车门，说：“开车吧，小单，今天晚上我们去滨海住，明天一早去茶厂。”

欧阳兰兰打量了车里一番，我转头看到她的时候，她尴尬地挤出一丝友好的笑容，我也想回报给她一个微笑，却怎么也笑不出来。

“柯安，兰兰会帮我们的，你就放心吧。”曾子诺也注意到了我们之间细微的变化，说，“对了，其实你一直不知道，柯安也是跟我学的茶艺，算起来应该是你师妹吧？”

我和欧阳兰兰之间的过节，并不会因为曾子诺的三言两语而散去，至少她害死了我未出生的孩子，这让我短时间内怎么也不可能接受和她握手言和。

曾子诺又说：“你会不会恨我用这样的方式让你做这件事？”

欧阳兰兰摇摇头：“既然已经这样了，我还能怎么做？”

“当她找到我说有你参与到这件事儿的时候，我就决定站出来。”曾子诺看着窗外，有些惆怅地说，“兰兰，你养父母临走前托付我好好照顾你，可是我这些年东奔西走疏于和你沟通，才让你走了弯路，所以我现在不是在帮柯安，我这是在帮你。我不愿意看到你越陷越深，也不希望你下半辈子都在监狱里度过，这样我会愧对你养父母的。现在如果你按照我说

的去做，我相信你完全可以将功抵过。”

到了滨海，我们暂时找了家五星级宾馆住了下来，也许曾子诺还要对欧阳兰兰进行言语上的安抚，晚上她们俩住了一间屋。临睡之前，曾子诺给了我一个手机让我看看。

手机里有一段视频录像，也就是今天晚上她们在咖啡厅里的经过。视频是从咖啡厅里的全景开始的，慢慢地，欧阳兰兰和曾子诺出现在视频里，她们正在聊天。

“你好，请问是欧阳兰兰对吧？我们是专案组的，有些情况需要您配合。”其中一个男子首先亮明了身份，随即坐到曾子诺的身边。

欧阳兰兰刚开始还有点儿慌张，但随即恢复了镇定：“哦？你们想要问什么？”

“你涉嫌伪造项目，非法集资，现在我们需要对你进行询问和调查。”

“我……”欧阳兰兰看了一眼曾子诺，说，“我没有……”

“目前只是对你调查，我们需要你的配合。”那人装得有模有样地说。

“好，我配合。”

核实好欧阳兰兰的个人信息之后，那人很严肃地警告欧阳兰兰：“以下我们的对话，在某一天可能会成为呈堂证供，我希望你对自己的言行负责。”

“好。”

然后，那人开始问话了：“滨海项目一期，你是不是参与了？”

“是。”

“滨海国际旅游风景区一期，现在由华南公司开发成了楼盘，地址是在滨海新村海鸿路2号，而你们对外宣传的广告地址和实际不符合。”

欧阳兰兰的脸色开始有些苍白：“我是参与了项目，但这些都不是我在负责。”

“和你没有关系？为什么在和腾飞广告签订的宣传合同上，会有你的签名？”那人说着拿出一份合同放在欧阳兰兰面前，接着那人又说，“欧阳兰兰，我们今天既然敢到这儿来找你，手上的证据肯定是充足的，而且你以上以下的人我们也都已经控制下来，现在是给你最后一个机会。如果你能配合我们调查取证，严惩发起人，如果你真的没有收这些资金的话，你涉嫌的不过是伪造公司签章罪，这样只会对你进行行政处罚。但如果你不配合，把你和项目牵扯在一起的话，那可就是刑事犯罪了，你可要考虑清楚。”

“雷希也被抓了？”欧阳兰兰紧张得一下暴露出来，“我真的没收项目上的钱。”

“是的，她已经被捕。”

“项目上的事情真的和我没有太大的关系，我纯粹是属于帮忙的。”欧阳兰兰听闻雷希被捕，顿时长舒了一口气，“如果我说出来全部的事实，我是不是就可以被放走？”

“你所说的情况属实的话，是可以的。”

“那好，那我坦白。”欧阳兰兰看了看曾子诺，有些顾虑地说，“是在这儿吗？”

“就在这儿吧。”那人拿出纸笔，开始准备要做笔录的样子。

欧阳兰兰取出一支女士烟，点燃后吸了一半，才开始缓缓地说起她参与到项目的始末。

其实最早的时候，欧阳兰兰是有工作的，她毕业后就去了华南集团担任行政外勤。在石小艺出事儿之后，雷希就找到了欧阳兰兰，希望能从华南公司拿出一份带有签章的空白纸，当时的欧阳兰兰因为石小艺的事情被雷希彻底牵制，以为不过就是把签章盖在纸上拿出来，于是就照做了，而雷希正是利用签章原件去仿刻了项目章。

就这样，单纯的欧阳兰兰，一步步陷入了雷希的圈套。但是雷希从来没有告诉过她项目真正的情况，只是告诉她，因为华南公司的资质问题，没办法直接用那边正在修建的项目做宣传，一旦被甲方知道华南资金有缺

口，有可能会取消和华南公司的合作。所以允许她们建立这样的项目，把资金整合到原项目上去进行开发，结束后会连本带息还给客户。

欧阳兰兰原本是怀疑的，她觉得雷希可能不会有那么大的能耐拿到这个项目的集资权。结果因为第一期结束后，华南公司竟然真的在差不多同一时间顺利开始项目了，虽然不是开发成了风景区，但至少也开了个大盘。而且楼盘卖出后，雷希也都把这边借用客户的资金如数归还了，所以到二期的时候，她就觉得这是帮华南公司做好事。

手机屏幕上，只听他们还在盘问："你的意思就是说，整个项目是经过华南公司许可且参与的项目，你只是负责其中的宣传工作，和这边对客户的接待工作，是吗？"

"是的。"

"客户到达之后，你们也是夸大了事实去进行宣传的，对吧？"

"是的。"

"那就是说，这个村子的项目宣传，实际上是虚假的？"

欧阳兰兰终于低下了头："是的，事实上到二期的时候我已经知道了，因为雷希毫无保留地向我坦白了。只是，我已经上了她的船，再想要下来并不是那么容易。如果我继续跟她做，我可以多少拿到一笔报酬，在项目结束后彻底摆脱她。如果我不继续，我不知道她会怎么加害于我。雷希这个女人，我玩不赢她。"视频到这儿也就算是放完了。

所有的一切都因为欧阳兰兰的话而得到印证的时候，我心里的石头总算落地。

第二天一早，我们和孟石凡约好在酒店见面，吃过早饭后，孟石凡开车带着我们去了他的茶园。到茶园后，曾子诺和孟石凡的谈话让我更是对她刮目相看。

她先是询问了孟石凡茶叶的收成和每年的利润，把所有情况都问了个遍之后才说："孟总，你的茶叶虽然比起国内的有机茶好很多，但今天到了这个地方，觉得你还没有完全利用好这儿的土壤和气候。”

“哦？怎么说？”孟石凡一听是要给他提意见，整个人变得更加谦和了。

“其实，有机茶说起来容易，就是不施化肥不打农药，但绝对不只是这么简单。要想在纯自然的环境下提升茶的产量和味道，对土壤和气候还有另外严格的标准，这就需要人工去改变自然环境。”曾子诺浅呷了一口我刚刚泡的春茶，“自然环境的改变包括茶园周围的植被改变，人工降雨之类的气候改变，还有土壤酸碱度的控制，以及人工干预，等等。如果不投入这些，就算你种出了有机茶，也只是卖给普通的民众，根本无法打进国际高端市场。”

孟石凡瞪大双眼认真地听着：“曾小姐，我就知道你是高人，还烦请指点。”

“不知道孟总对茶园现在投资了多少？”

“不瞒您说，孟某已经把滨海的固定资产全部卖了来做这个茶园，就是想要把它做成产业，但听曾小姐这么说来，好像孟某还差得有点儿远？”

曾子诺捂嘴轻声笑了笑：“孟总，凭你给我露的这个底，那我也和你说实话吧，我看中你的茶园了！”

孟石凡脸色一变，可能是考虑我在的原因，孟石凡尴尬地看了看我：“柯安，曾小姐的意思该不会是要买下来吧？”

“不是买。”曾子诺打断孟石凡，“是合作。我不喜欢绕弯子，直说吧，我要投资你这个茶园，让它种出的茶成为世界顶级的有机茶。我们只走懂茶之人的高端市场，打造成国内乃至全世界有机茶的标杆。我手里有全套产业链的配方，你只需要在源头负责就好。”

只要在国内稍微接触茶艺多一些的，很少有人会不认识曾子诺，现在听曾子诺这么说，孟石凡没了刚才那么尴尬，但还是有所顾虑地说：“曾小姐开出的条件对我这样的生意人来说确实很诱惑，可孟某自然也要说出自己的顾虑。”

“孟总你尽管开口，合作嘛，就是要谈的。”曾子诺倒是毫不介意。

“这个茶园是我父辈留下来的财产，如果要我卖肯定是不可能，但合作嘛，倒是可以商量和考虑的。但茶园已经度过了它不出茶的幼期，而去年我也加大了投入，现在正是它开始回报我的时候。如果按照曾小姐这样的说法，好是好，但，是不是意味着又要重新来过？”

孟石凡的意思一听就明白，曾子诺笑笑盯着他，那是一种自信坚定又极富有亲和力的眼神：“孟总，你所说的这个问题我其实已经替你考虑过了，这不，我们还没说到那儿嘛，你放心，我曾子诺做生意这么多年，从来不会亏待任何一个合作伙伴。”

为了解除孟石凡的后顾之忧，曾子诺直接把自己的想法全盘告诉了孟石凡，整个茶园采用租赁的形式，每年按照孟石凡现在大概的年收益交纳租金，合同签订后首付是三年。相当于说，孟石凡可以在签合同之后一次性拿到未来三年的收益，等可以采摘出合格的茶叶后，按照市场价再重新购买。

孟石凡对这样的合作方式非常满意，脸上堆着笑不停地说：“曾小姐果真是豪爽啊。只是孟某依然担心，这样的话曾小姐的成本岂不是提高了不少？哪儿来的利润？要知道我现在的利润，也就30%啊。”

“哈哈哈……”曾子诺把茶杯拿在手上，“孟老板，我相信只要我们合作，出来的茶叶一定是世界上独一无二的。所以所有的成本都不是问题，只要是最好口感的有机茶，有的人愿意高价甚至天价购买。”

也许孟石凡的思维还没有开阔到某一种境界，他依然有些听不大明白，但也没有继续再问，而是说：“行，如果真能这样签合同，那孟某也就答应和曾总合作啦。”

谈妥之后，曾子诺立马拿出协议交到孟石凡手里：“孟总，这是协议，你看看，如果没有问题的话就签了吧？”

“现在就签？”孟石凡定是没有想到曾子诺会这么雷厉风行。

“你要觉得还行就签吧，拖泥带水不是我做事儿的风格。”

原本孟石凡可能还是想要再考虑下，或者至少有个喘息的机会，现在见曾子诺这么利落，稍微思考了下，还是在协议上签上了自己的名字。

曾子诺更是有魄力，直接拿出一张银行卡放在桌上：“孟总，这里面是三年的租金。现在是下午两点，你收拾下我们返回滨海去做个公证，这协议也就算是生效了。”

虽然我知道曾子诺收购茶园的目的是为了发扬石小艺的配方，可是石小艺还在美国手术，我没想到她会这么快和孟石凡签这个合同。

下午去公证处将协议做了公证，曾子诺把银行卡给了孟石凡，之后并没有邀请他吃饭，只是在门口道了声再见，说我们晚上还有事，就暂时地分开。

匆匆地来滨海，匆匆地去了孟石凡的茶园签下合同，孟石凡说什么都要安排晚上的晚宴和酒店。于是，盛情难却，我们也只有留在了滨海。

好长时间没有再回来，不知道为什么，整个晚上做梦都梦到叶一丁。梦到他上学那会儿为我挑菜里面的姜粒，鞋子脏了为我弯下腰去擦干净，又梦到他和我分手那天，最后梦到他在被告席上，戴上手铐脚镣被押赴刑场，我看到一颗子弹穿过他的胸膛，然后他瞬间倒地，却在倒下去后又站了起来，嘴里喊着：“柯安，我爱你。”

我被惊醒了，满头冷汗，看了看时间，早上7点。此时我最想要做的事情，就是去到叶一丁的墓碑前看看他。他被执行枪决后不久，我在新闻上看到过他的遗嘱，他把所有的器官都捐献给了医疗机构做研究，而骨灰被他父母带回了滨海。

我没有任何思考，就拨通了前台的电话，让他们帮我叫车，然后马不停蹄地去了公墓。我找了很久，在角落里不起眼的位置，找到了叶一丁的墓碑。

我顿时就瘫软在墓碑面前号啕大哭了起来，那一幕幕的回忆，充斥着我此刻所有的思绪。

不知道哭了多久，也不知道身边的手机响了多久，我不愿意被拉回到现实，我恨我自己当初那个电话，后悔自己为什么要去打扰叶一丁平静的生活。

“走吧，曾子诺说赶回A市还有事，改天我再送你来看他吧。”石小单在我身后说。

他的话把我从回忆中拉回，我转头看着石小单那张担心的脸，擦干眼泪，尽可能让自己恢复了平静，跟着他离开了公墓。

纵然我伪装得再好，石小单还是一眼看到了我心里：“想到过去了？”

我没说话，拉开车门坐了上去。

“我不是生气你来看他，但下次你来之前可不可以打个招呼？大家找了你一个上午，电话也打不通，都担心死了知道吗？还好你是在酒店里叫的车，要不然这么大个滨海你让我们上哪儿去找？”石小单一上车就开始埋怨着我说，“还口口声声说自己比我大，瞧你这点儿心智，估计连三岁小孩儿都比不上。”

听着石小单絮絮叨叨的埋怨，我感觉很亲切也很想笑，说不出来为什么，总之我就破涕为笑了：“喂，你能不能不要这么正经？”

“行了，你别笑，瞧你笑得比哭还难看，给你十分钟的时间，收拾收拾心情回去了。”

可是我已经没有什么好收拾的了，对于叶一丁那份特殊的回忆，在经历过这段时间的调整后，其实不再给我刺激，我已经能够可以做到不怎么去想了。

回到A市，石小单把欧阳兰兰和曾子诺分别送回去之后，已经很晚了。他带着我去了一个会所，仝跃天、白禾禾和他别的朋友已经在里面开始high了。

进去之后，石小单除了偶尔和他们玩下游戏，更多的时候就牵着我的手坐在旁边。我觉得有些不好，他们已经好久没有聚了，难得聚在一起，石小单还只顾着陪我，于是说道：“小单，你跟他们玩儿吧，别管我。”

然后石小单就挣脱开我的手，起身从茶几上收集过来三个冰桶，把里面的冰和水都倒在了地上，然后分别往里面都加满了酒，又从仝跃天手里拿过话筒：“我宣布个事儿啊。”

玩游戏的听到石小单说话，也都停了下来，白禾禾开着玩笑说：“求婚啊？别这么没创意好不好？”

石小单没有理会她，一手拿起冰桶自顾自地说：“这三桶酒，就当我石小单感谢兄弟们这些年陪着我一块疯一块玩。在这之后，如果工作上生活上需要我石小单帮忙的，兄弟们尽管开口。我很愿意和大家一起做点儿什么事，也很愿意和大家一起在商界打拼。希望以后我们再在一起喝酒赛车的时候，花的每一分钱都是我们自己挣来的！”

这番话说完，所有的人都安静了下来，同时用很诧异的眼光盯着石小单。石小单放下话筒，一口气将冰桶里的三桶酒喝了个精光，拍着胸脯说：“等我从美国回来，找个机会我们聚聚，把各自手里的资源都整合下，一起做点儿什么惊天动地的事情出来！”

此刻的石小单，早不是那个拿着滑板出现在我面前的青涩少年，充满了轻熟男应有的魅力。而这份魅力，确实让我难以抗拒。

第二天一早，曾子诺和石小单两人就去了美国，因为石小艺在明天晚上进行手术，他们需要去陪着她度过那个最关键的时刻。

随后的几天，我几乎每天都焦急地等着我爸和张欣从北京带回来消息，这些烦躁的事情拖了这么长的时间，也几乎让我们家陷入了最低谷，终于是要有个结果了。如果带回来的消息足够好，也许很快我就能去山上把我妈接下来，谁不希望一家人其乐融融地在一起生活呢？

我爸和张欣是一早回来的，看到他们从出口出来的时候，我抑制不住

激动，上前扑倒在我爸的怀里："爸……"

"没事儿了，资料我们都带了回来，先找个地方整理整理吧。"

"好。"我从他怀里离开，又冲旁边的张欣笑笑，"大姐。"

开车把他们带到我家里，张欣很是意外："小单给你找的地儿？"

我摇摇头："不是，朋友借住给我的。"

我爸四周打量了一番，叹息了一声坐到沙发上："我们先商量下吧。"

"好。"张欣坐到我爸身边，从自己大包里拿出厚厚几沓资料利落地说，"这是我们从北京拿回来的所有资料，我们通过内部深入调查，找到了一些线索，在北京分公司挂牌之前，大批量的客户订单转移到了一家叫'永澜商贸'的公司，这是导致北京分公司业务量急剧下降，乃至最后要挂牌的主要原因。更奇怪的是，在挂牌之后，只有这家公司参与了竞价，且给的价格非常低。"

"永澜商贸？"我翻看着张欣递过来的资料，"这家公司主要经营什么？"

"进出口贸易，还有找工厂加工。"张欣抽出其中一份递给我，"这个是从以前的订货商那儿拿到的报价，订货商通过这家公司从生产厂拿到的价格甚至比我们工厂的成本价还要低。"

"那它靠什么赢利？"

"你还看不出来？它根本不赢利。"我爸吸了口烟，指着上面的报价和原来分公司的报价说，"你对比下价格，几乎都是踩着CC生产厂的成本价走的。我和你姐大概算了下，如果靠亏本来恶意带走订货商，这首年的亏损是在800万左右，但由此牵制，导致CC北京分公司亏损，压低它挂牌出售的价格再收购过来，其中的差价至少会在1000万，还不用说他接手之后重新提价的盈利。"

"意思就是说，这家永澜商贸是刻意造成北京分公司没有订货商，从而务必要挂牌处理，然后它再去收购？"我疑惑地问。

“对。”张欣点点头，“挂牌时间下周五就到，如果再没有其他公司去竞价，北京分公司就会被永澜商贸收购。”

我提出了自己的看法：“永澜商贸就是张厚年他们用来转移所有账目的空壳公司吧？”

“目前还没有确切的证据能够证明，但从时间上看这种可能性特别大。”张欣又换了另外的一份资料，“你看这个，是张厚年在北京分公司负责那段时间提高出厂价的批文。这就很蹊跷了，他去的时候分公司已经被挖走了不少的订货商，他不但不想办法去挽回客户，反而还提高出厂价。”

“可是他不担心陈亦梅查出来？”

“不会。”张欣指着另外的一张纸说，“这上面是加工厂所有供货商的涨价通知，通过我们调查了解到，这些涨价通知其实就是伪造的。”

果然，张厚年能这样明目张胆地对北京分公司动手脚，看来早已是策划得很精密，他的目的不过是想把陈亦梅的资产顺利地转到自己名下。当了这么多年的傀儡董事，他想要的不过就是在有生之年，让自己家产丰厚，光鲜一把。

这次我爸和张欣在北京的收获确实不少，甚至还找出了永澜商贸这家公司的注册信息。张欣把一张进货单放到我面前：“柯安，你看看这些产品，是不是你都认识？”

看到单子上的产品，我顿时欣喜若狂。前段时间我刚刚做了一批货的策划，和单子上的产品完全相同。那批货是总部分派下来的订单，我连忙拨通石小单的电话，让他帮忙查查和公司签订订单的是谁。巧合的是，石小单回馈过来的消息证实，之前我做的那批货，正是我看到的这批，而和腾飞签订合同的公司，正是永澜商贸。

我努力让自己完全平静下来，把所有的事情前前后后联系起来，彻底地想了一遍，终于理清了一些思路。

雷希在上次我主动找过她之后，已经很久没有来找过我了，显然并不是因为我没有了用处，而是她一直在精心设计栽赃我。她的目的也确实达到了，许安芷因为对我的恨，所以无止境地去状告张家，却在陈亦梅质问的时候说是我安排的。这所有的一切，不过是想要陈亦梅相信，我就是她长期以为的那种很有心机的女人，在张家出现任何状况的时候，她都会不自觉地把怀疑的目光投到我身上，从而不会对张厚年起疑心，更不会对她——那个在陈亦梅那儿看来已经出国很多年的雷希产生怀疑。事实上，要不是张欣和我爸忽然回来去调查北京分公司，就算最后永澜商贸并购了北京分公司，甚至CC集团濒临倒闭的时候，陈亦梅也会把所有的怀疑放在我身上。雷希和张厚年在私下做什么，怎么转移资产，都不会受到任何人的打扰。因为她从一开始，就笃定了我没有能力去查出这些，也根本不可能会想到我能知道这么多的真相，她可能觉得我一个大小姐能到腾飞去上班，就已经很不容易了。

傍晚，张欣和我爸回来，我连忙合上电脑起身："怎么样？工商和审计那边有没有消息？"

"工商查到了，永澜的企业法人代表是许安芷。"张欣还很奇怪地念叨着，"怎么可能是她呢，她哪儿来这么大能耐啊。"

"大姐，你难道不明白？"于是，我把下午我所猜测的思路，和他们都说了一遍。

张欣恍然大悟："只要永澜和许安芷扯上了关系，也就和你脱不了干系？"

"是的。"

"审计那边我也联系了朋友，等晚上和我妈见过面之后，他们会来家里。"张欣坐到我身边灌了一大杯水，"现在的情况可能比我们想象的还要糟糕，CC集团很有可能被套走了大量资产，如果我们不加以阻止的话，估计北京公司被并购之后A市公司也不会保留太久了。"

我的心被提了起来："怎么说？"

"今天我妈打来电话，说财务总监递交了辞呈。"

"财务总监都要辞职？"

"对，所以我觉得财务上应该会有问题，不过既然他敢走，应该账面儿上是没有任何问题的。"张欣边说边拿出手机准备给张厚年打电话。因为我们晚上要去公司里找一些线索，以防万一我们需要确定张厚年今天晚上的行踪。电话里张欣装着闲聊，问他什么时候回来，张厚年说还在北京，现在分公司那边的问题太过棘手，恐怕回来还得有一阵子。

得到肯定的答案之后，我们在CC集团办公室会见了审计的人。张欣委托朋友找的，据说都是行业内从业时间较长且具备很高专业技能的审计师。会面之后没有过多的废话，张欣把资料交给审计的人之后，言简意赅地把情况大致说明了下。

CC集团的所有办公室和资料柜都是权限开锁，陈亦梅拥有进入到任何一间办公室和打开任何一个公司财务柜的权限。没花费太长的时间，陈亦梅就在审计师的协助下，翻找出了放在财务室的大量资料。

张欣是财经院校毕业，对财务知识多少还有些底子，而陈亦梅不用说，她即使不懂，这些年的生意经历也把她历练得略懂一二。我们面对几大柜子的原始资料，就像是无头苍蝇，盲目而茫然。愣了半天才开始细致地商量分工，张欣和陈亦梅带着审计师查找财务，而我爸，就留在行政办公室查看行政日常的批文和公司业务上来往的一些资料。

从凌晨12点多到CC集团，到早上6点左右，事情依然毫无进展。陈亦梅很不甘心地戴着老花镜盯着一堆资料："怎么可能，怎么可能没有。"

张欣也很疑惑："太奇怪了。"

"陈总，你们也不要过于紧张，今天因为时间的关系我们才查了三年的，到现在还有十年左右呢。估计要是有什么问题，也应该是在最近几年的事儿。"

反倒是我，因为见识了好多雷希的布局，对这样的结果也没觉得太意外。财务总监能够提出辞职，他一定不可能给人在明面上抓到任何的把柄。

天色越来越亮，陈亦梅还执着到近乎疯狂的地步盯着桌上的资料。审计和张欣同时提醒她："陈总，就算半个小时也是查不完的啊。我们也有些累了，不如先回去休息吧？周末我们再带几个同事过来一块儿找？"

陈亦梅的精力还显得很旺盛，她来回在办公室里踱步："我记得CC集团的所有业务这些年都是正常的。大的波动倒是没有，而北京分公司出事儿也就是从去年开始，我还是觉得前几年的账目应该都没有问题，有问题的应该都堆积在去年和今年。"

陈亦梅像是中了魔怔，不停地念叨着。

我爸在外面看到陈亦梅有些不正常，掐灭了烟头进来扶着她："亦梅，先回去休息吧。别想太多，这事儿一定会有结论的。"

"今年有段时间张厚年来支取了几笔钱，不过这几笔钱我都是知道的。"陈亦梅不理会我爸，继续叨叨。

我意识到陈亦梅昨天晚上的振作，很可能是生气到了极点而反弹坚持到现在，此刻的表现更像是一种机械式的状态。因为其实真正累到突破了极限的时候反而会显得精神，就像长时间睁着眼睛不眠不休，反倒最后该睡觉的时候不会闭眼了。她所有的思维里只剩下了要查到真相……要查到真相……

"亦梅，已经天亮了，你歇会儿。"我爸搀扶着陈亦梅坐下，但她还是固执得不肯坐。

我担心她撑太久精神崩溃，就像弦绷紧了总是怕它会断一样，连忙放下手中的资料走到她身边："妈，真相肯定会查到的，你要相信你自己。"

"再查查，里面一定会有。"陈亦梅还在喃喃。

一直到中午，我终于有了发现。在人事部电脑上一个隐藏的文件夹里，找到了一份word文档。这份文档之所以引起了我的注意，是因为这份文档里只囊括了100多个员工的身份信息，却用了10多种颜色进行标记，加之它是个隐藏文件，就更是引起了我的疑惑。更让我有些费解的是，这份明明叫“员工入职表”的文档里，却没有员工的入职时间和工号，只有身份证号码和地址。对于现在的我们，任何一点点蹊跷的发现都会让人兴奋，我到财务室大喊着：“编号为310的电脑是什么部门在用？”

“310？”陈亦梅激动地说，“人事部那儿有资料，每个编号对应的员工名字。怎么？有发现了？”

陈亦梅刚说完，其中一个审计也提高声音：“陈总，有了。”

所有人的目光都被吸引过去，目不转睛地盯着审计指着的账目：“发现什么了？”

“陈总，去年和今年，贵公司有没有大批量员工降薪？”

陈亦梅摇摇头，肯定地说：“没有。”

“那你看啊，这是去年提交到银行的工资表复印件存档资料，但是上面的员工增加了100多号人，工资整体却没有任何增加。我刚才细细对比翻看了这100多人的工资，每月都是1200元。”

“1200元？怎么可能。”陈亦梅咽了下口水，紧张地说，“我们公司就连柜台上的售货员基本工资都是2000元，怎么也不可能有1200元的工资。”

“对，这就是问题所在。这100多个员工，从去年下半年到上个月，出现在工资表上的工资金额都是这么多。”

“你的意思是，用员工工资套现？”陈亦梅问。

“套现的可能性不大，就这么点儿钱，他们不至于用100多个员工的身份信息套。就算是套现，也不可能才这么点儿。”

审计说得在理，这点儿工资一月加起来才10多万，如果是套现的话，张厚年不可能只做这么一点儿。联想到刚才在电脑上发现的员工信息，我从审计手里拿过工资单："大姐，你跟我上楼去查查吧，这100多个员工我刚才应该在电脑上找到过档案。"

"我也去。"陈亦梅跟着我们过来。

然后审计继续留在财务室，张欣和陈亦梅跟我上楼到310电脑上查，拿着刚才的工资单比对电脑上的信息。这一比对，简直就是重大发现，310电脑上面的员工名单，和工资单上的名单完全吻合。就在我们疑惑不解这个情况的时候，白禾禾在216电脑，又发现了新的信息："柯安，你快来看。"

我们连忙转身去她那边围到一起，她电脑里是一份担保函的样本，"我没记错的话，这间办公室都是人事部的吧？怎么会有担保函？"

都是连续熬夜，思维都已经有些混沌，大家一时也弄不明白这到底是怎么回事。于是先把这些有疑惑的资料放到一边，再继续查找，看看还有没有新的发现。到下午6点多，审计那边的工作已经全部做完，除了工资表之外，没有其他新的发现，张欣觉得人家忙了一天一夜也累，就让他们先回去休息，剩下的事情我们自己再来查。

审计离开后，我们随意躺在各个办公室的沙发上，休息到了晚上12点多，又继续起来查找。到星期天中午，所有查出来的可疑点汇总到一起，除了工资表和员工表格之外，也找到了这100多个员工的入职资料，还有社保医保的记录，表面看起来，他们和CC集团普通员工一样。另外我爸还在人事部经理办公室发现了一张A市本地商业银行客户经理和一家贷款服务公司的名片，白禾禾在管理签章的行政办公室那儿，从法人章的出借记录上，找到了多次财务去银行办理业务的出借记录。但核对财务上和银行的往来明细，在当天并没有需要在银行用签章的地方。

如果这些都是痕迹，毋庸置疑都应该和张厚年有关系。目前从查到有问题的人来看，应该牵扯到了人事总监和总监。我问陈亦梅："妈，上次听大姐说财务总监要辞职，那人事部这边儿呢？"

"人事总监在上个月就已经离职了，她老公常年在国外，据说是要带着孩子去定居。"陈亦梅目光空洞地盯着远方，"我还是想不明白为什么。"

"什么？人事经理已经辞了？那现在是谁？"

"以前的副总监升上来的。"

"亦梅啊，你们公司有没有向银行申请过贷款？"我爸在旁边忽然问了句。

"没有，从来没有向银行贷过款。"

"哦。"我爸问完这句，又静下来独自抽着烟。

陈亦梅还是像打了鸡血似的精神："要不我们先查查这些人的身份信息吧？"

"我又仔细看了看，这些人的身份证地址，几乎都是偏远山区。你说要汇总这么多偏远山区人的身份信息，到底是干什么用？"

"会不会是贷款？"白禾禾插话道。

我们同时问："贷款？"

"前段时间有业务员来我门店发传单，说他们公司可以帮普通公司职员贷款。只要你公司的信誉良好，有偿还能力，并且愿意为你提供担保，都可以贷到10万至100万不等的置业基金。"

陈亦梅费解："置业基金？"

A市近两年房地产萧条，有关部门为了鼓励大家踊跃买房，好像就有这么一项政策。只要在公司工作一年以上，满足条件的都可以贷，用于普通员工在A市安家立业。

我好像有些明白了白禾禾的意思："该不会是这一百来号人身上都背了贷款吧？"

大家的脑子都已经有点儿钝了，被我这么一点，所有人才回过神来，我爸当时就惊得跳了起来："100多人都背贷款？按每人50万元算，那也是5000多万了啊！"

陈亦梅听完这话，额头直冒虚汗，呼吸变得越来越快："要是这100多个人每人都贷100万元以上，那岂不是会有1个多亿？CC集团的固定资产不过也才一个多亿啊！"

截至此时，我们总算明白了张厚年不露声色地在做些什么。一个公司一旦被银行查封，那么就算你运行再正常也会受到影响，张厚年不敢整个吞下CC集团，但吞下这1个亿是没有任何问题的，加上他这些年做项目吸纳的钱，还有北京分公司，一旦成功也算是家产颇丰了。

我们把找出来的资料都复印了一份，商量好下一步得先控制人事总监和财务总监，还有这100多个人到底有没有在公司上过班，公司发出去的这笔钱到底有没有收到，这些都是需要去核实的。因为这100多个人几乎都是偏远山区的农民，从年龄上看也多是三十岁左右的中年人，按理说应该不具备贷款条件才对。

而雷希和张厚年那边也不容小视，目前唯一能多少插话进去的人只有欧阳兰兰。我们几乎是把所有的希望都压在了欧阳兰兰身上，如果她能按照曾子诺的计划进行，那么在我们找到这些实质性的证据后，所有的事情都会变得简单。

我们大致把后面的事情分了下工，张欣负责去招人，安排监控人事和财务总监，另外安排找到这100多个人。我爸在这100多个人的身份证地址里随便挑选几个地方去走走，看能不能摸到什么情况。而我周一要上班就先暂时不参与这件事，要是请假多了，从陈姗姗那儿传给雷希知道了，反而会引起怀疑。

大家商量好之后，张欣开车带着陈亦梅回去，我和我爸几乎是躺在沙发上就睡到了第二天早上。把我爸送去了机场之后，我就直接去了公司。

Chapter 9

这是我逃不开的劫

石小艺的手术非常顺利，只是手术后还需要长时间的康复。所以石小单和曾子诺在她手术结束后就先回了国，留下石小单的亲生母亲在那边儿照顾她。

听到石小艺的消息时我很激动，想起那天在手术台上睁开眼睛的一瞬间，我几乎以为我们俩都要离开这个世界了。更是让我没有想到的是，她有一天会像正常人一样生活。这就意味着，曾子诺和孟石凡签下来的那个茶叶项目，之后应该会很顺利地进行。

从机场回来的路上，我把这段时间找到的线索和曾子诺说了一遍，曾子诺想了下，提议要见见陈亦梅。

我不大明白她见陈亦梅的目的，于是愣头愣脑地问："是需要和她商量什么吗？"

"是。"曾子诺微笑着，并没有解释太多。

从上次查出来一些情况后，陈亦梅就病倒了，这段时间一直住在医院里。她所有的希望就是等我爸爸把那100多个人的信息带回来，然后找到这些人后，就可以找财务总监谈话了，到时候拿到了证据，她的想法是要把张厚年绳之以法。

在医院见到陈亦梅，她早已经没有了早些时候的意气风发，脸色蜡黄地躺在病床上，招呼守护在她身边的护工暂时离开，同时又戒备地看了一眼石小单。

曾子诺拉过小单说："这是石小艺的弟弟，你不会陌生的，对吧？"

石小单捏紧了拳头，好像特别恨陈亦梅的样子，但因为在病房，还是没有下一步行动。

陈亦梅双手撑在病床上，使劲地想要坐起来，我见状连忙帮她摇高了点儿病床，让她保持像是坐立的姿势。她说话的声音很虚弱："我认识你，中国出色的年轻茶艺师，曾子诺。"

"陈总客气了，我只是柯安的好朋友而已，按理说应该叫您一声伯母才对。"曾子诺坐到陈亦梅的身边，"您身体不大好，我们就有话直说吧。今天来找您，是想要和你做个交换。"

"交换？"陈亦梅来了兴趣，问，"什么交换？"

"我听柯安说过，她爸爸现在正在帮你们找张厚年的证据。其实按理说，他们已经没有义务这样去拼命帮你们了，对吧？可是现在，他们需要你的帮忙。"

"哦？"陈亦梅盯着曾子诺。

曾子诺说："证据找到之后你们都先放着，等柯安把钱收回来之后，你们再报案如何？"

我大概明白了曾子诺的意思，陈亦梅针对的是张厚年，她只想要把张厚年绳之以法就可以了。而我们的目的不一样，我们想要收回钱是主要上目的。所以就怕她们报案太早，打草惊蛇，让雷希带着钱跑了，这绝对是我们不愿意看到的最坏的结果。

"所以你的意思是，还需要我们做点儿什么吗？"陈亦梅小心地问。

"不需要。"曾子诺摇摇头，"什么时候报案，你听我们的就好。"

我和我爸在这件事上对CC集团的帮助，陈亦梅是看在眼里，对于曾子诺提出的这个要求，虽然有可能会让张厚年逍遥法外，但她还是没有过多的考虑就答应了下来，并且表示如果有需要她的地方，我们尽管提。

在临走的时候，陈亦梅让曾子诺和石小单先离开了，留下我一个人在病房，她抓住我的手充满了歉意地说："柯安，妈这些年都误会你了。"

我承受了这么多年的误会，终于在这一刻得到了消除，心里说不出来的感觉，就觉得从这一刻开始，陈亦梅看我的眼神变得不一样了，是真挚的信任。我摇摇头："没关系的，妈。"

"妈在想，张厚年之所以害你们家，是不是和照片有关。如果真是那样，妈倒还真成了罪人，当时发生那样的事情，就不该把你和南南牵扯在一起才是啊。"陈亦梅说起张南，眼泪瞬间止不住了。

我怕她太过于激动，连忙安慰着说："没事儿的，妈，都过去了，都过去了。"

是啊，一切都快要过去了，因为张南的死，消除了他曾经对我所有的伤害。又因为张厚年的过，消除了陈亦梅对我的误会。我不知道这到底是好事还是坏事，但我知道，因为没了这段婚姻，因为没了家，让我变得前所未有地勇敢和独立起来。或者未来的几十年，我是不是要感谢这样的变故？感谢它让我成长，让我知道如何去面对，而不至于像我妈那样被庇护了一辈子，临老了出意外，只能躲在寺庙里吃斋念佛。

顺着在CC集团里找出来的线索摸索下去，出人意料地顺利。我爸不过三天就返回家里，他到家没有提前通知我，所以他来白禾禾店里找我的时候，我正在加班赶方案。一直忙到凌晨两点多，外面有人敲门，打开门一看是我爸。

他驼着背，笑眯眯地说："还没睡？"

"嗯，还加班儿呢。"外面凉快，我连忙把他往店里面迎，"你怎么回来也不说一声儿啊？事情都还顺利吧？”

“手机被偷了。”我爸尴尬地笑着坐到沙发上，“事情太顺利了。我先去了广西的一个村子，结果名单上的那人正好在家里休息，我就问了他一个人，他说他能认识其他的那些人，他们都是一个工地的工友。”

“工地都在A市？”我也完全兴奋了，“那这样的话，我们找到工地就成？”

“还不止这些。”我爸的脸上完全露出了亢奋的表情，“那个人说啊，他们还有一个工头叫老钱，就是滨海人。我想了想，是不是之前在那个村子里负责项目的那个老钱？”

“哦？”我脑子里盘算了一会儿，“如果是那个老钱倒好办，我可以联系陈晋峰，也可以找子诺联系欧阳兰兰。”

我们父女俩高兴地聊了几句之后，我带着我爸去了路边儿随便吃了点夜宵，然后找了家酒店暂时住下来。消夜的时候他喝得特别多，不停地说我们就快要回家了，以后再也不用半夜回来还在外面吃饭还四处跑去找廉价的酒店了。

第二天一早，我去酒店找我爸的时候，他已经走了。他又没带手机，我正琢磨着他去了哪儿的时候，接到了石小单打来的电话：“柯安，我把叔叔的房间退了，你说你都给他找的什么地儿啊，那是人住的吗？”

我莫名其妙：“你怎么知道我爸住哪儿？”

“叔叔一早给我来的电话啊，他让我陪着他跑一趟工地。”石小单像是在向我炫耀似的说，“就告诉你一声房间退了，我另外订了家五星级的。然后你和子诺姐联系下，她昨天和我一块儿去找过欧阳兰兰，应该今天会有安排。”

我好想问他，石小单你背着我都在安排些什么？但是始终问不出来，他这段时间为我的事情奔波了太多，我怕问出来了不知道该怎么报答他，索性，就装着什么都不知道吧。

挂掉电话，我才是真的有点儿生我爸的气，为什么昨天明明说好我可以去找陈晋峰的，他不让我和他一块儿，偏偏要通知石小单和他一起。这，完全不是我爸一贯的作风才对。

白禾禾被我的电话吵醒，极不情愿地起了床，揉揉眼睛看着我的样子，就开始笑："柯安，小单是把叔叔给买通了吧？这招高啊，先搞定老丈人，哈哈哈。"

我一巴掌给她推了过去："我都烦死了，你这儿还笑呢。"

"有什么好烦的，顺其自然呗。"白禾禾一边儿换着衣服一边儿说，"瞧着我和仝跃天这样儿，估摸着也快完蛋了。"

我这时才发现了白禾禾的不对劲儿，连忙过去摸着她的头说："大小姐，你没事儿吧？"

"没事儿，你这阵子也忙，等你忙完我再好好和你说说。"

白禾禾话音刚落，曾子诺的电话就打了过来，约我9点半在她所住的酒店会所见面。我一边收拾着自己，一边安慰着她："哎呀，我的大小姐，你别一早起床心情就不好了行不行？说不定今儿还得有几个大生意呢。"

"你忙你的去吧，我自己想想就想明白了。"白禾禾情绪依然很低落。

只是我顾不上去安慰她，匆忙出门打了个车，去到曾子诺约的地方和她见面。我到的时候，她和欧阳兰兰已经泡好茶坐在那了，见我到了，欧阳兰兰刻意往旁边挪了挪，反正不是特别自在，倒是曾子诺很自然地招呼我过去，然后为我倒了杯茶。

"子诺，雷希最近总是和国外的中介频繁联系，我在想，她是不是等所有的资金拿到之后就出国？"欧阳兰兰呷了口茶说，"我就怕，她在走之前会把我和张厚年先处理了。"

"处理你和张厚年？"曾子诺靠在沙发上，不紧不慢地问。

"从我妈妈死后，我就一直有种不好的预感，我觉得雷希到最后是不会拿钱给我的。"欧阳兰兰说到刘妈，心有余悸地说，"我妈是自杀的。

她觉得自己做了一件又一件愧对张家的事儿，所以她没办法再面对下去。而她临死之前的愿望，就是我尽早不要再和雷希为伍，可是我不知道怎么摆脱她。”说完欧阳兰兰尴尬地看了看我。

“你也不用难过，一切都还来得及。”曾子诺插话说。

我不想再听到有关刘妈死的事儿，欧阳兰兰一提到就会让我想到张南的死。所以接过话说：“子诺，现在情况基本都已经清楚了，雷希应该想等事情结束后去到国外，所以钱应该还在他们那儿。现在就等我和大姐把那100多个人的情况拿回去，最好能拿到这些人的口供，证明是张厚年或者雷希安排的人。这样的话只要他们还有资产能够查封，钱应该就能回来吧？毕竟这么大一笔呢，想他们一时半会儿也花不完。”

“不。”曾子诺当场否定了我这样的说法，抖了抖烟灰条理清晰地说，“这一切都只是我们的猜测，我们不能凡事都往好的地方去想。你要知道，万一到时候钱都不在他们的户头上，或者已经被转移到了国外，怎么办？就他们目前来说，不会被判死刑，十年二十年之后他们出来又怎么办？既然走到了这一步，最好的办法就是让他们先还钱！”

“怎么让他们还？”我问。

“我打算找雷希摊牌了。”曾子诺板着脸依然很认真地说。

“摊牌？”我不敢相信。

“当然，这件事之前，我们还要计划一番。”

我没想到曾子诺以这样直白的方式去和雷希交谈，有些担忧地说：“如果她不配合呢？”

“她会配合的。”曾子诺笑着看看欧阳兰兰，“所以兰兰，这件事就要靠你了。”

“可是……会不会打草惊蛇？”我小心地问。

“就算不打草惊蛇，钱也不能保证全数归位的，对吧？”曾子诺端起茶几上的苏打水拧开瓶盖喝了一口，“石小艺手里的配方含金量有多少，

我想你不会不知道吧？雷希不知道金俊中的事情，那就说明她也不知道石小艺身上的配方，如果我以此作为诱饵，你们觉得她会不会和我同路？”

“你的意思是你要和她站在一边儿去？”我跟着曾子诺的思路说，“哦不，是装着跟她站在一边？”

“对！她这些年项目赚的钱，还有从CC集团套出去的钱才多少？如果她会衡量，小艺手里掌握的秘方，可就是她一辈子衣食无忧的靠山。你觉得她会抱着一堆死钱出国，还是跟我一块儿不停地赚活钱？”

“但是如果她还是选择不配合呢？”到了现在，我不得不把方方面面的事都想得周全。

曾子诺笑了笑：“不配合，那我们就只能报警，听天由命了。”

我算是明白了，为什么欧阳兰兰会有些惧怕曾子诺，凭她刚才说话的时候，眼神里露出的那副凶相和运筹帷幄的神态，就能确定这不是一个简单的女人。只是在此之前的她都是很平和的样子，也从没有表现出这种神态。

曾子诺又说：“兰兰，你和雷希联系下，就说石小单回了消息，要和她签这份协议，看她什么时候有时间我们约约，越快越好。”

我知道，曾子诺所谓的协议，应该就是消除雷希最后砝码的机会，那也就是收网的时间了。钱能不能如数收回来，全靠曾子诺和雷希的协议了。

还没到吃午饭的时间，石小单就带着我爸还有张欣到了会所和我们见面。我这才知道今天一早，我爸联系了石小单和张欣一块儿，去了工地直接找了老钱。

我无奈地笑着打趣我爸：“爸，你这也太不把女儿当回事儿了吧？”

“嗨，这不有我陪着呢嘛，还要你陪着有什么用？也不瞧瞧你昨儿的安排，我真不好意思说你。”石小单好像是有了我爸这个靠山，说话也狂妄了不少。

我知道石小单又要说我昨天开的酒店太次，连忙转移了话题：“爸，情况怎样？”

“这100多个人都不在公司上班，只是合同签到了CC集团，养老保险和工资走普通员工的流程。”张欣拿着一堆厚厚的资料接过话，“你们看看，这是我昨天让各部门上交的每月工资表，正好就差了这么100多个人。”

“那就是人事经理和财务总监联合做了手脚？”曾子诺马上反应了过来。

张欣说：“对，理论上应该是这样。”

曾子诺盯着资料看了看：“张总，你的人事经理和财务总监人呢？还在不在公司？”

“人事经理辞职了，财务总监还在走程序。”

曾子诺看了看墙上的时间：“你们几点下班？”

“5点半。”

“好，那我们回公司。”曾子诺说着起身，“小单去挪车。”

“是去找财务总监？”

“对，先把他控制下来，我马上去查这100多个人的贷款金额。”曾子诺雷厉风行的做派果然不是说说而已，她一边往外走，一边拿出手机打电话联系银行方面的人。

曾子诺叮嘱着大家：“今天晚上我们要连夜把财务总监拿下，一分钟也不能再拖了！”

在路上，曾子诺联系的人回了电话，已经确定了这100多个人确实是通过置业金的方式向银行贷款将近1个亿。

这个数字确实把我们都吓得够呛，就这群大字不识的人，竟然能从银行里贷出这么多钱？联想到那天在办公室找出来的名片，我想这件事中间一定是有专业的机构在运作，而倚靠的全是CC集团的固定资产担保。

我其实不能理解张厚年这样的做法，他这一辈子就生活在陈家，名义上也是CC集团的董事，究竟为什么要费这么大的劲儿去争？就算争到了他自己名下，又能有多少年给他活？

石小单听完我的顾虑，转头说了句：“男人天生就是有血性的猛兽，有时候别看他争的是钱，实则争的是那么一口气。”

这话说的，好像就是说他一样。

我们掐着时间赶到公司，陈亦梅也先我们一步到了财务总监的办公室。我们到的时候，陈亦梅正在和他交谈着什么，等我们一到，她立即起身让我们坐在沙发上，又招呼张欣反锁了门，拉下窗帘，为我们都倒了杯水。

而石小单和我爸也没闲着，怕有什么状况出现，一左一右地站在财务总监两边。这架势把他吓得不轻，低着头，一言不发地盯着地板。

曾子诺打开录音设备，张欣接过话说：“陈总刚才都和你说得很清楚了吧？你看看是再考虑下怎么说，还是现在就说？”

“我……我其实不知道这些信息张总是用来干什么的，他只是叮嘱我要把这100多个人的工资加进去。我以为……”财务总监说这话的时候，我分明看到他的双腿已经在打战了。

石小单伸出一只手打断他：“你不用解释。”

办公室里的气氛很紧张，每个人的呼吸都能听得清清楚楚，而且我还能明显地听到，眼镜男全身颤抖的声音。我不知道刚才陈亦梅和他说了什么，但看他这个样子显然不是一个能经得住事儿的人，甚至他可能压根没想到过陈亦梅会去查这个。

石小单作为在场唯一的年轻男人，他这个时候完全没有了之前的幼稚，端着咖啡走到冯总监面前，用勺子慢悠悠地搅拌着，说：“冯总监，大家都是成年人，成年人有成年人的游戏规则，这个你明白。你直接告诉我们，张厚年给的你什么条件。我想，你不会告诉我说什么也没有给，你就背着陈总做这些事情吧？”

石小单一语击中要害，让冯总监没有再解释的余地：“张总只是告诉我说……这笔工资领出来我有一半，其他……就没有了。”

“呵呵。”曾子诺挑了挑眉头，“算下来一个月也有6万多，和你年薪差不多。”

“我……我……这事儿确实我做得不厚道，但是张总也说过，这些人都是客户伙伴发配过来的人，我们必须要……”

“行了冯总监，别解释这些，我们不需要听。”石小单再次打断他，“张厚年什么时候联系你的？这些钱每月是以什么形式返还给你？”

“是张总给我现金。”

“你现在辞职，后路怎么打算？张总许诺你什么？”

“没有许诺我什么，就让我先辞职，他会按照我现在的薪资继续发我工资。”

“还是现金？”

“是……”

显然，张厚年的目的是要继续用冯总监，或者是暂时这样，等CC集团的事情告一段落之后，再甩掉他。石小单继续盘问：“你应该知道，你目前的做法已经触犯到法律了，对吧？”

“我知道。”冯总监低下头，“可是如果我把钱退回来，你们能不能网开一面？”

“呵呵。”石小单冷笑着说，“如果我抢了你的钱再杀掉你，告诉你不要计较，你觉得你能做到吗？”

冯总监抬头瞪大眼睛看着石小单：“那你说要我怎么做？”

“哦？真想帮我们做事？”

“只要石总开口，我尽最大努力去做。”

石小单歪着头，轻轻地拍着咖啡杯：“可是替我做事是没有报酬的。”

“愿意，我愿意。”

“那就好。现在你告诉张厚年，遇到点事情急需要用钱，和他今天晚上见面把下个月的钱给你，我这儿有设备供你录像，具体该怎么做你是清

楚的，对吧？”

“嗯，我清楚。”

石小单耸耸肩：“那你打电话吧。”

这话说得很淡很淡，但听起来却让人有种不敢反抗的魄力。我不知道石小单从什么时候开始有了这样的魄力，但从他刚才的谈话，让我看到了一个全新的他，他不再是那个站在家门口和石腾雄吵架的小男孩儿了。而是，像是能担待起什么的大男人！

果然冯总监听话地拿起电话，但声音和手都在不停发抖。

“不用着急，你可以调节下自己的心情。我答应你，如果张厚年站出来承认是他交代你做的这些事情，并且你套出足够多的证据，这件事与你也再没有关系。”石小单用坚定的眼神看着冯总监，“抽支烟，缓缓。”

冯总监大概连续抽了四五支烟后，才终于拨通了张厚年的电话，同时按下录音键和免提。只是他开口说话的声音明显还在颤抖。不过正因为这样颤抖的声音才迷惑了张厚年，因为他说他老婆在外地出差时出了很严重的车祸，造成对方一死二伤，现在急需要拿着钱去善后。

张厚年的声音听起来很亢奋，也没有丝毫犹豫：“那你来岐山别墅拿吧。”

“好的，张总。”

然后，冯总监就带着我们准备好的针孔摄像机，准备开车去岐山别墅。为了不让冯总监趁机逃走，石小单起身走到冯总监身边：“岐山别墅离你家也不远，要不我先去你家里坐会儿等你？”

我料想冯总监已经吓得快要尿裤子了，但他没有任何办法拒绝，只能答应石小单一块儿先回家。我不得不在心底佩服石小单，他到底是哪儿来的这么多鬼点子？用这一招，就把这个冯总监控制得服服帖帖了。

没有过太久，冯总监就和石小单一块儿返回，一同带回来的，还有摄像机刚拍到的视频。

当陈亦梅看到视频上的张厚年，穿着睡衣睡裤出现在门口的样子时，她痛心疾首，捶了捶自己的胸口。这段时间以来，就算有证据也只是听说张厚年和雷希在一起了，可是真的看到张厚年这副模样，她还是显得有些不能接受。

冯总监在办完事情之后，石小单就带着他和家人去了机场。我甚至都不知道石小单是在什么时候安排好的这些事情，而看着他这几天的忙碌，我觉得自己前段时间去找寻线索的时候，简直太小儿科了，石小单就是随便动根手指，也能达到我十倍的效果。

所有的一切都进行得很是顺利，这边张厚年和CC集团贷款的事情，也因为冯总监今天晚上的电话录音和视频录像，让我们有足够的证据证明这一切都是张厚年所为。而雷希那儿有关项目的证据，就等着欧阳兰兰确定和雷希签合同的时间。

欧阳兰兰和曾子诺带雷希去看过孟石凡的茶园后，雷希没有任何怀疑地就确定了签订合同的时间。当然，这所有的一切，除了基于雷希对欧阳兰兰的信任，还得益于曾子诺在行业内的名望。她只需要随便一打听就能知道她，也只要随便一问，就能知道石小艺那套配方能带来的收益。

雷希确定签订协议的日子，在十天之后了。我们分析，最后这十天应该是她所有资金到账的日子。

果然，紧跟着CC集团收到法院的传票，这100多个人的置业金因为长时间未能还款，银行已经起诉了担保方CC集团。按照张厚年的计划，起诉之后就等着银行处置固定资产。

而北京分公司也因为超低的挂牌价成交，成交的公司当然不会是永澜商贸，但是不用去查也知道，和他们都脱不了干系。反正一切都要结束，所有的人也没想过去查是谁拍的了。

终于到约定签合约的前一天，曾子诺把我们带到酒店，签合同的房间也被石小单提前装好了摄像头。这是最关键的时刻，曾子诺说，要让我们都一同来见证。

安排好这一切，曾子诺胸有成竹地说："大家都先休息吧，明天早上9点雷希就会和欧阳兰兰一块儿来签合同。到时候，商业银行的人会为我们设立一个共管账户，雷希和我会按照合同约定往里面打去一笔钱，到时候这笔钱应该足够还柯安爸爸了。"

我爸瞪大双眼问："多少？"

这是我第一次看到我爸异常紧张的样子，几乎都到了不能呼吸的地步，盯着曾子诺想要答案。我知道，他是想知道将会有多少钱转入共管账户，这笔钱，就是他翻身的资本。

"按照合同约定，是两个亿。"

曾子诺一说完，陈亦梅就躺倒在沙发上，我爸连忙扶着她："亦梅你别激动，这里面还有好多钱是从项目上骗的呢。"

我完全不敢相信张厚年和雷希竟然在私下弄了这么多钱。我转头看着我爸，见他终于还是沉不住气，不停地抚摸着胸口，我知道他是在庆幸，这些钱一旦收回来，拿回我们当时被骗走的1个多亿是没有任何问题的，那么也就是说，还掉债主的钱再重新运作企业是没有任何问题的。

而从这些惊人的数字中，确实也证实了石小单那天的说法，张厚年对CC集团做的这些事情，除了钱之外，更多的是他觉得这些年在陈亦梅这儿忍辱负重地生活了大半辈子，想要翻身再扬眉吐气一番。否则，项目上赚的那些钱他也足够用了，没必要再对CC集团下手。

我只能说，这确实是长期压抑之后的一种爆发。

所有人都不约而同地起得很早，然后由石小单去检查了一遍房间各个角落的针孔摄像头，以及和隔壁房间连通的音频设备，确定没有任何问题后，我们除开曾子诺以外的所有人都坐到了隔壁房间。沙发旁边的餐桌上，整齐地摆放着八个显示屏，连贯起来的画面让刚才待的包间里完全没有监控死角。所有人都屏住呼吸，静等着雷希走去包间里，这是雷希和所有人之间最后的较量，成败也就在此一举。

屏幕上的时间显示在9点55分的时候，雷希穿着一身黑色紧身皮草，拿着手提小包扭着身子出现在界面上。紧跟着，欧阳兰兰随着她进来，面无表情。

曾子诺从沙发上起身："这包间怎么样？"

雷希通过这段时间和曾子诺的接触，倒是对她完全没有了戒备，把包扔到沙发上仰躺着，羡慕地说："挺好。"

"今天就要正式签合约了，该说的我也已经和你说清楚了，你都考虑清楚了吧？"曾子诺不紧不慢地说，"你可以选择不相信我，毕竟那么大一笔资金打到共管账户。"

"你不也要往里面转钱吗？"雷希一副你瞧不上我的表情，"这事儿我没想好，怎么可能来找你签合约？当然，我还得要谢谢你，这种好事儿把我拉上。"

"那行，没问题你就先看看协议，等会儿公证处的工作人员会过来陪我们一块儿去银行把钱转到共管账户去。"曾子诺把桌上的合约推到雷希面前。

"行，没问题。"雷希虽是这样说着，但还是拿起了合同仔细地看着，"这笔钱支取需要我们同时去到银行才可以的，是吧？"

"当然，我可是转的两个亿，要不同时支取我还担心你把我的钱取走了呢。"曾子诺说。

雷希有些尴尬地看看曾子诺："我也就是随口问问。"

显然，曾子诺提出这个共管账户，是让雷希消除戒备的根本原因。所以雷希看完协议之后就在上面签了字，随后公证处的人员到了包间，在现场为她们的合同做了公证。

之后她们去了一趟银行，当她们重新出现在画面上，我们知道钱已经转

进去了。而按照我们和曾子诺商量好的，也该是我和陈亦梅过去的时候了。

不过是隔壁而已，但这几步对我来说却像是走了很久，中间停下来深呼吸了好几次。陈亦梅的手也在发抖，但她还是强装着镇定地捏了捏我："柯安别怕，咱是时候问问清楚了。"

我们推开包间的门，缓缓地走到雷希面前，雷希抬头看到我和陈亦梅的瞬间惊了下，但很快恢复了原貌，装模作样地问曾子诺："这是什么意思？"

此时的曾子诺完全变了脸，冷冷地说："别告诉我你不认识她们俩，所以你们谈吧。"

雷希终于明白过来，看了看曾子诺又看看欧阳兰兰："你们俩给我下套？"

"没错，但我只是帮忙，请你归还欠她们的钱而已。"曾子诺冲外面招招手，"我的忙已经帮完了，你看是要直接还钱离开还是最后走程序强制从共管账户上支取，你们自己商量。"

紧接着，石小单带着两个壮汉走了进来，一左一右地站在雷希的身边，我和陈亦梅在雷希对面坐下。然后，曾子诺带着欧阳兰兰，暂时地离开了。

陈亦梅早已经忍不住了，冷笑了一声："雷希，我陈亦梅自认为还算是对得起你，但你为什么要做这些事情？这些事儿是会遭到报应的，你知道吗？"

"我看遭报应的人是你吧？你棒打鸳鸯，就算是死也不足以抵过你的罪行！"雷希已经从刚才的震惊中回过神来，自知已经到了末路，也没有胆怯和害怕，而是理直气壮地挺了挺胸，"还有你柯安，和你没有关系的事情你偏偏要来插一脚！要不是你当年答应嫁到张家，怎么可能会成现在这样子？活该你家破产，你这样的女人死一千遍都不足为奇！"

雷希越说越气愤，好像她把我们两个家害成了现在这样子，心里比我们还要委屈一般。固执地说我们的现状都是咎由自取，重复地诉说着她对陈亦梅的恨。言谈之间我好像感觉到了她心底深处对张南的深爱和遗憾，只是这样的深爱因为得不到，而变成了变态的报复。

是的，这一切都是雷希对陈亦梅曾经的阻拦，而不择手段的报复。

我不想要再和雷希争论，我只想要知道这段时间她所做的一切，到底是不是如我猜测的那样。不过这只是为了满足自己的好奇心而已，如果她不愿意说，我也不能去勉强。但我还是想要为之搏一搏。

我尽量让自己冷静下来，理清思绪说："雷希你也别激动，你应该在你一开始预谋的时候就会想到有这一天的，对吧？任何事情，都可能会出现纰漏不是吗？我能理解你对张南的爱，也能理解你颠沛流离却始终居无定所，想要个家的迫切，也理解你对妈拆散你们的不满。但是这些都过去了，现在放在你面前的只有两条路，如果你能选择其中一条，也不是没有路可走的。"

我的话终于让雷希冷静了下来，她两眼放空地盯着前方："我凭什么还要相信你们？"

"凭你现在信也得信，不信也得信。"陈亦梅咬牙切齿地说。

我按住陈亦梅，不希望她在这个时候还这么强硬："不管你相信还是不相信，你放在共管账户的钱，如果没有曾了诺的签字你都是拿不回去的了，对吧？不管你有多大的恨，如果你还想要未来的话，就和他们俩好好谈吧。你要知道，我们如果没有能把你送进去的确凿证据，是不会走这一步的。"

我循序渐进地做着雷希的思想工作，让她一点点地安静下来，但她还是没有做任何回答。我趁机继续说："不管你信或不信，这都是我的心里话。所以我们也商量过，要是你能把钱主动退还给我们，我们可以先让你离开国内再报警。我可以给你看看我们手上掌握的证据，你自己掂量下，如果走法律程序，你会面临什么样的结果。你也知道，这段时间我们两家被你们弄成了什么样子，整整一年的时间，几乎是家破人亡，妻离子散。

我们真的都很累很累了，不想要再继续和你周旋打官司。要说我们不恨你是假的，但比起恢复正常安稳的生活，我们宁愿把这种恨丢掉。”这确实是我的心里话，说的时候我真的有种想哭的冲动，好想现在就把钱拿回来，把宁川的那些欠债还完，去山上接回我妈。比起让雷希受到法律的严惩，这样的安稳如初的日子，才是我此刻最想要的。

雷希沉默了，低下头应该是在盘算。过了半晌，才抬头问我：“真的让我出国？”

曾子诺在外面听到，立马把我们准备好的协议拿了进来，雷希接过协议抬头看着曾子诺：“我们上午不是签了合同吗？现在这样算不算违约？”

“违约？哼……”曾子诺冷笑一声，“雷希，你想多了吧？上午那份合同里的公司，根本就不具备生产销售茶叶的资质好吗？合同上明确规定如果内容与政策有违背，以政策为准，想必这条你是注意到了吧？再说，我没有骗取你共管账户里的钱，怎么能算违约？”

“你……”雷希指着曾子诺，“果然是阴险至极。”

“呵呵，快看看协议，离银行下班时间不久了，我们最多给你今天的时间。等账转出来后，你拿上护照签证直接去机场，晚上1点有一趟直飞美国的航班。”

最终雷希还是答应了我们的要求，她在协议上签了字之后，我和陈亦梅随着一同去了银行。在银行办理转账业务的时候，她和曾子诺在转账单上签字的同时，我和陈亦梅也随即在免责协议上签了字。

钱，终于成功地回到了我们的账上。

曾子诺说到做到，为雷希订了晚上飞纽约的机票。只不过，欧阳兰兰主动和我们带着所有的证据去了警方自首。警方迅速成立专案组，连夜抓捕了许安芷和张厚年，准备在机场拦下雷希的时候，她却因为拒捕，当场自杀身亡。

Chapter 10

感谢这场意外，让我做回了自己

所有的一切都随着钱的归来而结束，我爸拿着这笔钱还了所有的欠债。只是，他没有选择东山再起，而是把剩下的钱留给了我妈妈去的寺庙。他们是功德圆满了，而我再也没有了完整的家。那些曾经为之努力的目标，幻想过许多次和从前一样的日子，终究是再也回不去了。

我把所有的精力都投入到了工作，一段时间之后我惊奇地发现，这段时间的奔波劳累和思考，非但没有让自己感觉到疲倦，而是一点点地开发了我无尽的可能。把这样的状态带到工作上来，依然是灵感如潮，短短的周末两天时间，我不仅把佘南阳交给我的数据包里的方案全部做了出来，还打电话让他又分配给我不少。所谓脑子不用真会秀逗，以前的自己就是刻意封锁了起来不愿意去思考，也不愿意去努力，一切信手拈来，感觉都是那么地理所应当，好像活下去的目的就是为了有吃有住有穿。到了这一刻，我才终于懂了，每个人都是有无尽的可能，只是看你愿不愿意把这样的可能发挥出来。也许过程真的很累很苦，也真的会有支撑不下去的时候，但到了最后，总是能收获自己意想不到的结果。

比如我现在，能在遇到问题的时候毫不退缩，能在做方案的时候得心应手，甚至很多事情我都能独当一面。不得不说，这是这段时间的经历带给我的除了石小单以外的收获，这种收获必然会辅助我走完余程，也必然不会因为时光的流逝而消散，它已经随着一次次的经历深深地烙在了我的骨子里，永远没办法褪去。

BQB在金俊中的事件之后，就变得正常了起来，再也没有了那些奇奇怪怪的要求。也可能是吸取了教训，再之后BQB所有的订单，都要通过公开招投标。前段时间BQB又并购了20多家韩资企业，这20多家企业中，包含了韩国化妆品电商巨头“韩一秀”和多家电商巨头。所以在合并之后的首次招标，引起了中韩两国媒体的广泛关注。如果最后腾飞广告中标，不仅仅是策划公司，就是我这样的策划师在行业内的身价也肯定会倍涨。面对这样大的诱惑，我和佘南阳还有张勋，都有各自的打算，张勋和佘南阳是想要借用这个机会打响自己，然后找投资商自己独立门户；我的想法倒更简单，就觉得自己在前三十年太过于平淡，希望用这件事来让自己有所成就，不管和石小单的未来如何，至少我可能会因为这笔单子变成优秀独立的职业女性。

我们经过了整整两个月没日没夜的努力，最终还是接到BQB的通知，我们公司在这次晋级的五家公司之内。接到通知这天已经是半个月后的星期五了，对方终审的时间就定在了周末后的星期一。到时候会最终角逐出一家公司，和BQB签订三年的电商广告合同。然而BQB新加入的韩一秀，无疑让这次的订单金额远比之前的进出口方面都要高得多。在BQB发出通知后不久，网站各大新闻也都是头版头条报道了这次的BQB进入复审的公司名单。

预案一共分为三个板块，由我和张勋、佘南阳各自讲一块。然后周末我们聚集在办公室，无数次地把我们做出来的初审方案，一遍又一遍地演示着。最终经过两天的修改演练，到周一早上，我们基本已经没有了紧张感，而是非常有信心地去了BQB总部。

虽然经过了两天的演练，但真正轮到我进入到审核现场的时候，我还是被现场的氛围吓得不轻。现场和我想象中的会议室大有不同，它完全就是个小型的表演厅，我就像是站在舞台正中的位置。而台下的正前方，坐的是BQB高层审核官，在他们之后还有一排专家评审，再之后是一排网络媒体审核团，在四周各个角落，高高低低的长筒摄像头对准了我。

我这才恍大然悟，难怪上周出结果的时候，各大新闻网站都通告了这次结果。看来BQB或者说是韩一秀，应该为这次的公开透明审核在媒体那儿投入了不少，先提前以“广告行业全新招标模式”作为噱头，实则就是在为BQB后期的广告宣传造势了。

“别紧张。”石小单在我步入台上的时候小声提醒我。

这段时间石小单也忙着这个订单，我们几乎没有见过面。今天，算得上是这两个月以来第一次见面，而且还是在这样紧张的氛围下。

我连续不断地深呼吸，努力把自己思维里的所有利弊全数放空，让自己回到这两天演练时候的状态。然后全场我都像是做梦一般，只知道自己刻意保持了端庄优雅的姿势，讲话的时候刻意放慢了语速，在讲到很多关键的方案时刻意提高语气。

直到台下有人说：“好，你们可以先离开了。”

我才如梦初醒，整个脑子瞬间就变得清晰起来，走出门外连忙问佘南阳：“我刚才的表现怎样啊？”

“我……我也跟做梦似的。”

“请了媒体？”张勋阔步走到我面前。

“嗯，好多媒体，还有媒体审核。”

之后我们焦急等待了半个月，结果不出意外的是腾飞中标。这件事，让公司上下都为之沸腾，而沸腾的终点是十天之后的新闻发布会。

在和五家公司一起上过各种媒体之后，终于要迎来我们三个人大篇幅地登上各类媒体的头版头条了。这才是我们最后想要的，比公司加薪升职，都能带来快感的证明。

然后这十天，我们继续进入疯狂模式，每天除了睡觉的时间，几乎都和张勋聚在一起做着方案的细节，抓紧最后的时间，一遍遍地演练着新闻发布会的时候需要讲解的内容。

紧张的筹备后，终于迎来了新闻发布会的召开，奇怪的是，我没有丝毫的紧张，落落大方地按照预先演练的状态，配合佘南阳顺利完成了当天的方案演讲。在台下传来掌声的时候，我知道这一个月我们的努力没有白费，我们很成功地做到了。

第二次接受记者采访，和上次完全不同。上次的我，还是大家口中落魄的原配，而现在我摇身一变，成了重要项目的优秀策划师。面对镜头回答完各式各样的问题后，我躲在卫生间里大哭了起来，我不知道自己为什么会哭，我知道，从今天开始，柯安才真的独立了。

接受完记者的采访，公司特意放了我们三天的假，让我们好好休息之后再上班。在发布会现场分开后，我真的只想要躺在床上好好地睡一觉，什么也不去想。因为这一个月以来，我们每天的睡眠从来没有超过六小时，真的太累了，就连在路上接到石小单的电话，说石小艺明天上午的飞机回来，我也没有心思和他多说两句，只是疲倦地说："我知道了，我先睡一觉吧，明天我再过去看小艺。"

回到店里，白禾禾在哭。见我回来，连忙擦干眼泪收起哭脸，笑着说："哟，功臣凯旋啦？要不要咱们找个地方庆祝下？"

"得了吧你，在我面前还装什么装，出什么事儿了？"我凑过去，趴在吧台上递给她一张纸巾。

"我和仝跃天分手了。"白禾禾略为平静地说。

"什么？"要不是我真的很累的话，我几乎都快要跳起来了。

"我觉得我累了，真的，不想再等了。"白禾禾拿着手机把玩着，"但是真的说出分手，我还是心很痛。怎么办柯安？我心很痛。可是我觉得我根本看不到和他的未来，我在想要不我接受佘南阳吧，再去找个工作，过个小日子也挺好。你说我都27了，再耗下去嫁不出去了怎么办？以前我不大好意思和你说起佘南阳，我觉得不想让你认为我是个三心二意的女人。可是经过最近对他的了解，我觉得他其实是蛮好的一个人。他可以随意宠我的坏脾气，不管我发多大的脾气他都可以忍着，最重要的是他真的是普通人家，与我们门当户对，以后谈婚论嫁也没有压力。从我回来A市后，每次我妈来电话总是说着同一件事，说我这一把年纪了要再不结婚，他们在老家可是没有脸了，而且还有邻里传我在外面给人做情人。要是我孤身一人，自然不会去理这些流言蜚语，但是我爸妈岁数也大了，我不但没让他们享多少福，还让他们在家里替我背这些话，能舒坦吗？”

我这才想起，最近都是白禾禾操心着我的事情，我却从来都以为她是个没有烦心事的人，而没有去关心过她的想法，她用爱伪装的坚强，在今天几乎是到了崩溃的边缘。我有些歉意地问：“你是觉得，想遵从爸妈的意思？”

“对，我要遵从我爸妈的意思。柯安，你是知道的，我爱的不是仝跃天的钱，但问题是他舍不得放下家里那些钱跟我换个城市重新开始啊，你让我怎么办？怎么办！”白禾禾说着说着哭了起来，“你说他到底是不是真的爱我？要是不爱我为什么又要去滨海把我带回来？可是带回来了之后为什么不和家里反抗？挨打受委屈、不说我是他的女朋友这些我都能忍，可是我看不到他的努力，真的，我一点儿也看不到。就在刚才，我打电话和他说分手的时候，他只是说了句‘禾禾，如果你执意要分手，那就先分开吧，我现在真的不能给你什么’，我听到这句话的时候，就知道我们之间只可能是爱情，不是未来。”

我和仝跃天的接触不多，对他也不算了解，对于不了解的人我自然也不能妄加评判。但从年龄上来看，仝跃天比石小单大五岁，可在白禾禾回来A市之后这半年里，他确实做得没有石小单多。他除了在深夜的时候带着白禾禾出去玩儿，就是偶尔有休假的时候带着禾禾去旅游。至少我们都没有看到他的努力，努力去和家人抗争一些东西，依然是每天稀里糊涂地过日子。我知道要不是白禾禾真的没有了希望，按照她这种乐天派的性格，是不会和我说这些话的，一时之间我也不知道用什么话来安慰她："你考虑好了的话，就去做吧。"

"就在刚才，你们新闻发布会刚刚结束，佘南阳给我打来了电话，他说希望我给他一个机会，让他带我出去走走，他会让我看到他的诚意。他还和我开着玩笑说，要是我愿意嫁给他，他就能娶我，在A市买套房，再把我父母接来。"白禾禾擦了擦眼泪，"听到这点，我真的动摇了，我知道我坚持和仝跃天走下去，我将会是自私的，即使他父母到最后愿意我们结婚，依然不可能瞧得上我爸妈。而要是我和佘南阳结婚，我爸妈就能跟着我颐养天年。"

听着白禾禾这番话，我其实还蛮惊讶的，这段时间我都忙着自己的事情，没想到她和佘南阳的关系已经走得如此之近了。佘南阳除了嘴贫之外人也蛮好，要是白禾禾和他在一起也许不一定能大富大贵，但就像她所说的，过平淡的小日子肯定是足够的。

白禾禾和仝跃天的爱情，如童话般地开始却又如闪电般地结束。

晚餐时，佘南阳来了店里，他不顾这段时间的加班熬夜，带白禾禾去了机场，连夜飞去了马尔代夫。他临走前还打赌说，会让这趟旅行变成他人生一个全新的起点。

我想白禾禾现在要的，不过就是这种能够朝夕相处的日子，而不是虚无缥缈的爱情吧？在心情不好的时候有人陪着聊天，在结束一段感情后有人陪着散心，会不会比爱情更美好？

第二天醒来，我终于没有了这个月以来看任何东西都是雾蒙蒙的状态，眼前的所有都变得清晰。早早地石小单就在楼下等着我，他说今天除了接石小艺，还想要给我个惊喜。

在机场接到了石小艺，她的精神比去美国之前好了不少，看起来也丝毫没有一点儿生病的样子。她看到我，还是那样淡然地打了个招呼，极其平常。

“姐，今天我们先回家吧，我有重要的事儿要宣布。”石小单打开车门往车里钻。

“当然。”石小艺把包放在身边，微笑着说，“柯安，一会儿就去家里吃午饭。”

“你们一家人难得团聚，我就不去了吧？”我从心理上，是有些怵石腾雄的。从他上次和石小单吵架的时候我就知道了，他对我的态度是什么。而我也清楚自己的处境，从来没有奢望过我和石小单这样的差距，会让他家里接受我们。

石小艺温婉地伸过手搭在我的手上，像是安慰般地说：“我知道你在想什么，但是你放心，从昨天你出现在各大媒体之后，你就已经向所有人证明了你的优秀了。”

在经过一个宣传路口的时候，我无意间看到中间的广告牌上有我的照片，我以为是昨天的新闻发布会后续效应，也没有太留意。但是往石小单家里去的一路，大到楼顶的巨幅广告牌，小到路边的旗帜广告，几乎都挂着我的照片，这才让我细细地看了眼，我每张照片的旁边都写着一句话：“柯安，嫁给我。”

突如其来的求婚确实让我不知所措，我慌乱地低下头，但还是没有阻止眼泪流下来。石小艺侧头看着窗外，没有看我，她或许不想要打扰我此刻的感动。

这段时间经历了太多太多，我和石小单几乎是一同成熟成长，而在我失去了父母的这天，我没想到他会以这样的方式来给我一个家，我不知道是不是真的到了忘掉过去勇敢地去接受一段新的感情的时候。我幻想着石小单问我这句话，试着在心里拒绝，却做不到。

雷希番外

我是个随心所欲的人

外婆说我的随性像我母亲，生性放荡不羁，最终害了自己。

我认为这是一种褒奖，这代表我有态度，最起码我是在为自己活。无所谓对不对得起谁，不被世俗牵绊，不被环境改变。

大学之前，外婆都觉得我很乖巧懂事，学习成绩也一直很好，因为每次拿着10分改成100分的成绩单，总能在她戴着老花镜的那双眼睛下蒙混过关。上初中的时候，外婆总问我有没有同学喜欢我追求我，我都笑着撒娇回答她我不会早恋，现在只想安心学习回报她对我的养育之恩。

事实上，我在高二就谈了恋爱。

我的初恋我甚至都不记得他的名字，只知道他叫方六，是我住的那片儿的混混，念完小学就辍学了，成天揪着一帮和他一样没上学的孩子在我们学校门外收保护费。

高一刚换了新学校的第一天，方六就在学校出来的胡同里等着我们这些新生，凡经过那条胡同的人，都会留下所谓的买路钱。走在我前面的同学都给了，轮到我了，我就是不给。一是因为我没钱，二是我并不想向这些人妥协。

方六那天没有像对待其他不拿钱的同学一样打我，而是笑嘻嘻地说，这妞很有性格。

我不屑地还他一句，跟你没关系。

从那以后，方六不仅不问我要钱，甚至拿从其他同学那儿搜来的钱请我吃饭，为我买零食买衣服，方六对我的特殊照顾，让我在学校被每个人“敬畏”，就连上厕所，有人看到我去了，被尿憋得再急也都主动让我先上。我认为这是一种优越感，还有一种甚至比老师还要高的尊敬。这种感觉让我很舒服，也很享受，于是方六让我做他女朋友，我做了。

高三下学期方六被抓了，在他被抓的前一天他带我去买了一身很成熟的衣服，还把头发染黑拉直，带着我去后海的一家酒吧里见了个叫张南的人。

我还记得那天喝的是洋酒，我第一次喝，喝了很多，喝到方六让我回宾馆睡觉，他说大哥为我们开了宾馆。那天我来了例假，快要结束了，但我没觉得这会碍事儿。后来我很晕，我以为和我躺在一张床上的人是方六，但是酒醒后才发现是张南。

张南指着雪白床单上的一丝艳红让我放心，他会关照我，同时也会关照我哥。我瞬间明白，方六昨天晚上一直告诉张南我是他妹，他在知道自己要出事之前，把我送给了别人。

我的成绩不好，考不上好的学校，快要高考的时候张南给了我张报名表，一个艺术类学校的模特的申请表，他说我适合去当模特。于是我在他的安排下，顺利地上了这个学校。

大一下学期开始，就陆续有商演找到我们学校，因为有张南在身后，我从来不缺商演。这样的状态一直持续到大四，我想，我和张南的关系是不是就要结束了？

但他却说：“亲爱的，跟我去北京吧。”

我还记得那天，张南就站在我面前，表情真挚，看不出丝毫的欺骗。

他说他家里让他去北京分公司那边，他说他这辈子想要无止境地占有我。

嗯，脸红着的张南，说的是占有。

我笑了。

我不屑地问他凭什么？

他说他会养着我，能衣食无忧地养着我。

初回北京的时候我没有太多的感觉，我觉得张南始终会在某一天厌烦我。不过，慢慢地我体会到了他对我的丝丝照顾，在我生病的时候他守在床边照顾我，在我烦躁的时候他会带我去国外，甚至在我睡不着觉想要看剧的时候，他也会顶着疲倦，陪我坐在客厅里吃着薯片儿看泡沫剧。

我问他喜不喜欢看？

他说他没看。

我说你在干什么？

他说我在看你。

半夜，或是通宵达旦的，我看着电视他看着我，他手里拿着薯片儿一片片地喂到我嘴里。

我也不知道从什么时候开始，我想我是爱上他了，这辈子也不可能会忘掉的爱。

一晃过去了两年，我学会了为他搭配衣服，每天他出门前为他挑选合适的领带系上，他低头轻吻我的额头，说宝贝儿晚上见。我学会了做很多很多花样繁多的菜品，精心挑选食材，备好晚餐等他归来，接过他手里的包时，他低声轻语“宝贝儿真乖”。

我享受和他在一起的时光，不知不觉中放弃了骨子里随性的状态，一心一意做他的女人。

他终于带回来一枚刻着我们名字的钻戒，说：“宝贝儿嫁给我。”

我说：“好，可是你父母答应吗？”

他说：“我喜欢的他们一定会答应。”

我说："要是不答应怎么办？"

他说："那我就带你走。"

然后他牵着我的手走进了他们家的门，领着我站在他父母面前，说要和我结婚。

他父母招呼我吃过晚饭，客气地说你先走吧，我们和南南商量下你们的婚事。

于是我走了，然后我就真的走了。

因为我刚离开张家，一群人就把我围了起来带去了宾馆。从小我都是很无畏，什么也不害怕，所以当时很平静，只是奇怪是谁这样对我？他们要做什么？要钱，还是色？

结果，他们这两样都不要，要给我钱，要我离开张南。

张南的母亲陈亦梅停了我那张没有限额的卡，给了我一张50万现金的卡，要我告诉张南我要结婚了，要出国。她没有说出理由，只给了我两个选择：收下卡拨通张南的电话，告诉他我要出国；在宾馆里待一辈子。

我想只有我离开这个地方我才能再有机会，于是我选择了前者。

凌晨6点，我被带上了从A市到北京的航班，转机到达纽约，去了一个完全陌生的地方。和我一同前往的是一个中年男人，在纽约的生活被他照顾得很好，没有半点离开的机会。

他是个男人，我是个女人，这是他的劣势，也是我的优势。

我百般引诱用尽魅力，这个冷面严苛的男人最终还是没有过我身体这一关，带着我和纽约一模特儿拍的婚纱写真回了国。

我又有了自由身，却恨上了陈亦梅。这个可恶的女人，夺去了改变了我的男人。

我试图和张南再联系，他换了号码，我依然想要和他在一起，却不想像他当初说的那样带着我离开。我已经见识了陈亦梅的手段，所以我想我要理直气壮地嫁进张家。

在多方打听后我在夜场认识了张厚年，他认出了我，我低声在他耳边轻语说，我只是个普通的女人，然后我上了张南他爹的床。

我联系了很多年前方六的朋友，送来了我们需要的东西，精心准备，让张厚年先试试，很小的量就让他变得有力量，像是年轻了二十岁。

其实我并不知道张家太多的内情，我只知道张厚年是张南他爸，是陈亦梅的老公，如果有天张厚年因为我回家和她离婚，她会是什么状态？想想就特别过瘾。却没想梦幻中的张厚年发出了那么多的抱怨，他说他和陈亦梅在一起的日子都是煎熬，他说他成天要面对陈亦梅和野男人生的女儿叫他爹，他说他在陈亦梅那儿就是件遮羞的衣服，他想要离婚想要娶我，想要天天过这种梦幻的日子。

张厚年迷恋上了我，确切地说，他是迷恋上了这种梦幻般的生活。

他说张南的未婚妻叫石小艺，就住在他们家对面。

于是我记住了这个叫石小艺的女人，是个刚从韩国留学回来的女人。

我找到欧阳兰兰，这个张家保姆的私生女，告诉她我想要约见石小艺。

内心有鬼的人总是禁不住威胁，欧阳兰兰总是担心我把她的身世说出来，这样不仅仅是她，就连刘素云也没有好日子过。所以她帮我约了石小艺，也帮我做了很多事。

约上石小艺那天，张厚年在宾馆里吞云吐雾。我说你等我，十分钟我就回来。十分钟后我把迷糊中的石小艺带回了房间。张厚年所有的理智都被欲望占据，他疯狂地扑向了已经倒在床上的石小艺。我含笑闭门，给了宾馆保安很大一笔钱，删掉了当天有我的监控画面。

只是我没想到，石小艺是个不经事儿的女人，从张厚年的床上起来她就疯了。是真的疯了，光着身子连衣服都没穿就疯了。这是很严重的事，我没办法向张厚年提出我要嫁给张南的要求，因为我提了就代表我和这事儿可能会有关系，如果石家追究起责任来，我不敢保证张厚年清醒过来不出卖我。因为他说他爱我，爱的不过是我这身皮囊和功夫，还有大量吸食之后的癫狂。

石小艺不能站出来指证张厚年，他受到的惩罚不过是赔偿了石家很大一笔钱，然后跪在陈亦梅的面前忏悔，说对不起她，没能禁得住石小艺的诱惑。张厚年后来说，他跪在陈亦梅的面前时，就想着有天能把这个女人踩在脚下。

没有多久张南就结婚了，新娘叫柯安，一个和石小艺很像的女人。

于是，我找到了另外一个女人，一个和我曾经一样随性却又不谙世事的女人，许安芷，她有着和我相近的气质和性格。我教她和人相处，教她说话甚至教她走路，让她很快变得和刚来的时候不同，自信且从容。我想，张南一定会爱上这样的女人，如果他心里还有我，也许会想着娶这样的女人，而这个女人我很好操控。

她越来越像我，以至于她第一次出现在张南面前时，张南就留下了自己的电话。我知道张南爱上了她，爱上了现在的她，其实就像是还爱着我，所以我很放心。

只是石小艺的事情发生之后，张厚年能自己操控的钱越来越少，他说雷希我们一起干一件大事儿吧?

我问什么事儿?

他说他想赚很大一笔钱，然后带着我出国。

我不想和他出国，但是我需要钱。

张厚年摆出一张详图，他说你看，这是个一石二鸟的好办法。纸上写着很复杂的流程，我看不大明白，只知道有关项目有关钱，且能够赚很多很多的钱。

我问谁会来投资?

他说陈亦梅。

然后我就真的放心让他去安排，只是我有自己的打算，我只要掌握张

厚年所有的证据，不管他怎么安排，钱到了他的手里也就等于到了我的手里。

几年之中项目所有的运作都是张厚年，他越来越沉迷于这种项目，把爪牙伸向了所有能够上当的人。而我只负责为他补充能量，让他告诉我收入了多少钱，钱在哪儿。

终于，柯忠良资不抵债的事实被曝光出来，我等到了我想要的时机。而更好的时机，还是因为张南在这样的情况下要离婚娶许安芷。这代表，他依然爱着我的影子。

所有的事情如同我们计划中的那样顺利，我臆想着有一天这两个女人能相互厮杀，到最后两败俱伤，剩下我理所当然地嫁进张家。而这样的机会，必须等到她们俩厮杀到张南快要崩溃的时候我再出现，那时候的我将会成为救世主，不用我开口陈亦梅会求着让我嫁给张南。

这才是我想要的。

她和许安芷同时怀孕，无疑为她们厮杀带来了最直接的刺激，如果有天她们的孩子同时都死在陈亦梅面前，这个可恶的老女人一定会为自己曾经的行为后悔，甚至她可能会崩溃。

然后我见了这个女人，这个与我与张厚年都毫无关系的女人。

她很美，美中多了一份不淡定。当我告诉她我会帮她的时候，她更像是漂在海中的枯叶，任何浮萍她都想要牢牢抓住，她回了张家，妄想要生下她肚子里的孩子。

呵呵，这个傻女人！无辜的傻女人。

我在那么一瞬间觉得伤害这样一个无辜的人会过意不去，但想起陈亦梅给我带来的伤害以及我现在每天和张厚年在一起的厌恶，觉得想要达成某种目的就得要踩着别人往上走。不管她是不是无辜，谁让她和张家牵扯上关系！

事实上，我需要柯安这样的女人做我的屏障，亦如当初陈亦梅把张厚年做遮羞布。这是陈亦梅给我的启示，我需要在最后干干净净地嫁给张南，像什么事情都没有发生过。

所以我这样想，一切都那么心安理得。

我制造了很多的意外，让柯安和许安芷在同一屋檐下生活得并不那么愉快。当然，我还需要柯安出轨的证据，而她的初恋叶一丁无疑是我想要的最佳人选。因为在最终事情摆在陈亦梅面前的同时，我会让她相信所有的一切都是柯安为了报复张南做的，我依然可以骄傲地站在陈亦梅面前，让她好好看看，当初阻拦我嫁给张南是多么错误的决定。

四个女人最好的战争，就是其他三个女人都蒙在鼓里不知情，而我站在旁边看着好戏。我看着许安芷早产，看着柯安的肚子一天天地大起来，看着她为了儿子一而再、再而三地忍。我还在等张厚年的时机最终成熟，也在等许安芷的孩子死去，等柯安的孩子滑落。

只是意外再次发生，我原本以为柯安能嫁给不爱她的张南会有超强的隐忍力，会让我做好所有的计划之后她还死心塌地地要生下这个儿子。但事实上我高估了这个女人，仅仅是几次交手下来，她就失去了耐性，她真的答应张南要离婚了。

她离婚的想法来得实在太早，游戏却不能因为她想要离婚而终止。

我只是给了他一张伪装从国外寄回来的明信片，我想要试试张南的心里是否还有我，我告诉他亲爱的，只要你答应我和柯安好好在一起，我会在明年抱回来我们的儿子。

许安芷的早产，柯安的流产。两个女人看似在家里无止境的争斗，张家再也没有了清闲的日子，而我站在旁边，静等着张厚年解决掉刘素云，拿回这些钱，向陈亦梅摊牌，带着我离开。而这时候，我只需要找到石小艺起诉张厚年，所有的一切，都会是我的，也会是张南的。

只是意外总是会在事情最关键的时候出现。我还没来得及安排柯安和她的初恋出轨，还没来得及让张南知道我在哪儿，张南就死在了自己家里。死在了那个我曾经认为懦弱的女人手上。我所有为之努力的目标，彻底消失在这个世界上。

我恨，恨陈亦梅，恨柯安，恨所有的人。

爱的人没了，我却没办法停下自己的脚步，因为我已经摆脱不了张厚年了，我爱上了这种睁开眼睛就有很大一笔钱进账的日子，爱上了这种纸醉金迷的生活。

张南死后我才明白，其实我已经不爱他了，曾经他对我百依百顺的日子里，我知道和他生活的未来，我将会把这个男人死死地捏在手里，我有很清晰的未来，后来我走了，未来不见了，所以我把自己报复的快感归结到了对他的爱。而我想要的不过是一个我能掌握的未来，还有对很多事情累积下来的愤恨，这些恨连我自己也说不清楚，不仅仅是对陈亦梅，只是我把所有的恨都放在了张家这儿，以此想要证明我雷希不是件玩物。

当明白这些之后，我在这条路上已经停不下来了，因为刘素云死了。张厚年把所有的精力放在了我这儿，他似乎真的要和我继续走下去，如果我撤退他一定不会放过我。而我已经走到了这儿，如果停下来，所有的努力也都会白费，张南给不了我能清楚看到的未来，我需要自己给我自己。或者说，我需要张厚年那儿的那些钱。

再次见到柯安的时候，她没了之前的柔弱，细声细语地说话却是字字铿锵有力。我才明白我确实太小看这个女人了，或许早点儿提高对她的戒备，也不至于让张南死在她的面前。但一切都已经来不及了，我能做的只有让这个我曾经错看的刽子手变得一无所有。

我铺开了所有能辅助我走到最后的路，我近乎疯狂地怂恿张厚年继续掠夺钱财。于是他开了项目二期，我还想着再狠狠捞一笔，毕竟未来还很长，我需要它。

计划重新开始的时候，它又如预期般地顺利，我幻想着我会拥有特别多的财富离开张厚年，或者还会有一个疼爱自己的男人，即使他不是张南，但依然可以陪我度过余生。我也慢慢地意识到自己之前过得太糟糕，所以我要让我的未来彻底地、华丽地翻个身。

只是忽然有那么一天，我毫无征兆地在街上冲一个陌生人发了火，然后两人大打出手进了警局，我才惊觉这几年陪着张厚年癫狂，终于为我身体上带来了负面的影响。我想问题的时候会有些犯轴，也会偏激和固执，这是毒品给我带来的后遗症，它通过这样的方式来向我发出信号，如果再不收手持续下去，我很有可能会因此而丧命。

我不想死，我还有规划得很好的未来，我想要爱我的老公和可人的儿子。

所以欧阳兰兰找到我，说出石小艺那个天价配方的时候，我整个人都激动甚至是亢奋了。我不知道这算不算是老天对我的垂怜，我想一定是的，它要我华丽地翻身。

只是，我满怀期待地带着钱去签合同那天，我从来没有想到过，这些年受我摆布的欧阳兰兰会出卖我。当我看到柯安和陈亦梅出现的时候，我明白了所有。

我抱着最后的一线希望把钱递给柯安和陈亦梅，我已经知道了我可能没有了以后，即将清晰呈现在我面前的未来也灰飞烟灭。即使柯安说她会放过我，我也知道我不能顺利地登机，柯安的手段我已经翻来覆去想过很多次，而这次用在了我身上，我已经做好了最坏的打算。

我不再需要未来，也不需要再接受法律天平的衡量，我不想要再去听到那些人于事无补的指责。因为我知道钱会被没收，我的未来也已经被葬送，不管我走到哪儿都会被找回来。

所以，我最后一次主宰了自己，不是命运，而是我死去的方式。